Kerstin und Noa Kropac

Erdbeereis ist auch keine Lösung

Weitere Bücher von Kerstin und Noa Kropac im Arena Verlag:
Lauter Kröten und kein Kuss in Sicht

Kerstin und Noa Kropac

Erdbeereis ist auch keine Lösung

Arena

FSC
www.fsc.org
MIX
Papier aus verantwortungsvollen Quellen
FSC® C110508

1. Auflage 2017

Umschlagillustration: Isabelle Metzen
Umschlagsatz und -gestaltung: Milena Schlosser, unter Nutzung der Illustrationen von Isabelle Metzen sowie Fotos von © Corporate+/5second und © Corporate+/Svitlana Symonova
Vignetten im Innenteil: Carolynn Yoe/Shutterstock
Gesamtherstellung: Westermann Druck Zwickau GmbH
ISBN 978-3-401-60260-8

Besuche uns unter:
www.arena-verlag.de
www.twitter.com/arenaverlag
www.facebook.com/arenaverlagfans

1
Sonntag

»Mein liebster Lenni, seit wir uns getrennt haben, geht's mir schrecklich. Jeden Tag rieche ich an dem Pulli, den du mir geliehen hast. (Deshalb kann ich ihn dir auch leider nicht zurückgeben.) Ich kann ohne dich nicht leben. Du bist meine große Liebe ...«

»Sag mal, bist du verrückt?« Klara starrt mich entsetzt an. Nicht nur ein bisschen entsetzt. Sondern ungefähr so, als hätte ich meinen WhatsApp-Status gerade in »Ich habe meine Tage« umgeändert.

Ertappt zucke ich zusammen. »Was denn?«

»Das kannst du ihm auf gar keinen Fall schreiben!«, bestimmt meine beste Freundin und schnappt sich mein Telefon – vermutlich, damit ich nicht auf »Senden« drücke. Schmollend schiebe ich meine Unterlippe vor. Dabei rutschen meine Mundwinkel so weit nach unten, dass Klara meint: »Jetzt siehst du wie dieses Jammer-Emoji aus. Bloß weniger gelb im Gesicht.«

Ich hoffe, auch weniger rund. Manchmal kann ich es nicht leiden, dass Klara so direkt ist! In meinem jetzigen Zustand bräuchte ich viel mehr Liebe, Verständnis und Samtpfötchen-Behandlung von meiner besten Freundin. Also: *Noch mehr* Liebe, Verständnis und Samtpfötchen-Behandlung als sonst.

Stattdessen sieht Klara mich streng an. Zumindest

kurz, denn dann guckt sie wieder ganz lieb und seufzt: »Ach, Cosi ...«

Jaja, ich weiß schon, dass Klara mir nur helfen will. Schließlich ist sie meine herzallerliebste Lieblingsfreundin. Das hat sie erst gestern wieder bewiesen. Da ist sie nämlich *sofort* zu mir gerast, als ich in den Hörer geheult habe, dass Lenni mit mir Schluss gemacht hat. (Sprechen ging nicht – ich musste ihr erst eine WhatsApp-Nachricht schicken, damit sie wusste, was überhaupt los war.) Heute hat Klara sogar ihr Basketballspiel (ein Spiel! Kein Training ...) abgesagt, um mit mir in die Eisdiele zu gehen, weil ich die Erdbeerbecher hier liebe und Klara meint, dass Eis der beste Seelentröster ist. Nur was meine Nachricht an Lenni angeht, da bleibt sie knallhart. Sie umklammert mein Telefon, als hätten ihre Eltern ihr gerade Handy-Verbot bis zum Abi erteilt ...

»Und warum bitte kann ich ihm das nicht schreiben?« Meine Unterlippe fängt schon wieder verdächtig zu zittern an – mein nächster Heulanfall kündigt sich an.

Klara erkennt das natürlich sofort und rutscht auf der schwarzen Lederbank blitzschnell ganz dicht an mich heran, um behutsam ihren Arm um mich zu legen und mit ihrer watteweichsten Stimme zu erklären: »Du kannst ihm das nicht schreiben, weil Jungs da nicht drauf stehen.«

Das war's! Jetzt kann ich die Tränen nicht mehr zurückhalten. Sofort kullern sie über meine Wangen und landen in den rosa Resten meines Erdbeereisbechers.

»Nicht weinen, Cosi! Das wird schon wieder.« Hilflos versucht Klara mit diesen superdünnen Eisdielen-Servietten wenigstens ein paar meiner Tränen aufzufangen.

Lächerlich – da müsste sie schon mit einem Handtuch kommen! Ich glaube, ich habe in meinem ganzen Leben noch nicht so viel geheult wie in den vergangenen 24 Stunden, seit Lenni Schluss gemacht hat. (Genau genommen sind es noch gar keine 24 Stunden, sondern erst 23 Stunden und 41 Minuten. Allerdings die schlimmsten 23 Stunden und 41 Minuten meines ganzen dreizehn Jahre dauernden Lebens!)

Mein Lenni. Meine große Liebe! Nie wieder werde ich mich so verlieben. Das mit uns, das ist wie bei Romeo und Julia. Wie bei Bibi und Julienco. Eine unzertrennliche Liebe fürs Leben. Und jetzt? Jetzt ist es wie Romeo und Julia – ohne Romeo. Eine totale Katastrophe!

Dabei hat es mit Lenni und mir total süß angefangen – und zwar im wahrsten Sinne des Wortes. Es war der erste Tag nach den Herbstferien. Die Jungs hatten sich so ein bescheuertes Spiel ausgedacht: Sie haben Wasserbomben mit einem Cola-Wasser-Gemisch gefüllt und sie dann durch die Gegend geworfen. Dabei ging es natürlich darum, die Wasserbomben zu fangen, damit sie nicht platzen. Klara und ich saßen gerade auf einer Bank auf dem Schulhof und haben den Jungs dabei zugesehen. Plötzlich drehte sich Lennard zu uns um und feuerte die Wasserbombe genau in meine Richtung. Da ich leider nicht so gut fangen kann, klatschte mir die Bombe an die Stirn, platzte und begoss mich von oben bis unten mit klebrigem Cola-Wasser. Sogar Klara neben mir ist noch halb nass geworden. Die Jungs haben sich weggeschmissen vor Lachen. Außer Lenni. Der hat ganz zerknirscht geguckt und kam mir sofort mit einer Packung Taschentücher zu Hilfe. Denn er ist zwar immer vorne mit dabei, wenn die Jungs Blödsinn machen, aber eigentlich ist er ganz lieb. (Die anderen Jungs haben erst betroffen geguckt, als es einen Riesenärger von unserer Klassenlehrerin gab.)

Frau Döring war noch nicht ganz fertig mit ihrer Standpauke, da hat Lenni schon wieder neue Wasserbomben aus seiner Tasche gezogen und mich dabei ganz schelmisch angegrinst und mir zugezwinkert. Ich habe mich irgendwie gefreut, schließlich ist Lenni der mit Abstand witzigste, sportlichste und netteste Junge aus unserer Klasse. Und er hätte die Cola-Wasserbombe schließlich auch jedem anderen Mädchen ins Gesicht werfen können. In der nächsten Pause hat er sich dann mit einem Schokoriegel bei mir entschuldigt und geschworen, nie wieder eine Cola-Wasserbombe auch nur ansatzweise in meine Richtung zu schmeißen.

Und so bin ich nach Schulschluss in allerbester Laune nach Hause zu Mama geflitzt und habe ihr mit leuchtenden Augen berichtet: »Ich glaube, Lenni ist verliebt in mich – er hat mich heute mit einer Cola-Bombe beworfen!«

Mama hat das Ganze natürlich nicht ganz so rosarot gesehen und kam sofort mit ihrer Kernseife angerannt, um mir die Flecken aus dem Parka zu waschen. Aber ich war mir von diesem Moment an sicher: Ich werde nie einen anderen lieben als Lennard. Meinen Lenni! (Mit dieser Wasserbomben-Geschichte zieht Mama mich übrigens noch heute auf. Schon deshalb konnte ich Lenni *nie* mit zu mir nach Hause nehmen. Die Story hätte Mama ihm glatt noch vor dem ersten »Hallo!« aufs Brot geschmiert!) Auf jeden Fall habe ich seitdem unsere Anfangsbuchstaben in jeden Schultisch geritzt, sie mit Edding an unsere Klotür geschrieben (in der Schule – nicht zu Hause) und auf Schmierblättern heimlich meine Unterschrift mit seinem Nachnamen geübt (zu Hause – nicht in der Schule). Drei Monate lang. Bis er mir vor vier Monaten am Valentinstag *(endlich!)* eine Karte an mein Fahrrad geklemmt hat. »Will you be my valentine?«, hat darauf gestanden: Willst du mein Valentinsschatz sein? Total romantisch. (Auch wenn es danach noch ein paar Tage gedauert hat, bis wir endlich zusammengekommen sind.)

Und jetzt ist es vorbei.

Ganz unromantisch.

Direkt neben der Skaterrampe hat er mich *eiskalt* abserviert, als ich ihn gerade mit einem Mini-Picknick überraschen wollte. »Ich kann ja keinen Schritt mehr ohne dich gehen«, hat er mich angemotzt. »Ständig willst du mich überraschen. Das ist überhaupt nicht mehr überraschend!« Und dann hat er tief Luft geholt und gesagt: »Ich habe keine Lust mehr, Cosi. Ehrlich. Mir reicht's, du bist mir viel zu anhänglich. Tut mir leid, aber wir lassen's!«

Daraufhin hat er sein Skateboard geschnappt und ist zu seinen Jungs abgedampft und ich stand da – zwischen den Rampen, völlig verlassen mit meinem Überraschungspicknickkorb in der Hand. Wenn ich daran denke, muss ich gleich noch mal doller heulen. »Aber wenn ich es ihm nicht schreibe, weiß er doch gar nicht, dass ich ihn trotz allem noch liebe«, schluchze ich und setze meine Brille ab, um sie an meinem T-Shirt trocken zu reiben.

Klara guckt mich skeptisch an und kratzt sich nachdenklich am Kinn. (Jetzt sieht sie selbst aus wie ein Emoji!) Dabei fällt ihr Blick auf mein T-Shirt. »Keep calm because I love you«, steht dadrauf. Reflexartig ziehe ich den Reißverschluss meiner Sweatshirtjacke bis zu meinem Kinn. Klara zieht ihre Nase kraus und meint: »Ich bin mir ziemlich sicher, dass er es weiß.«

Betreten sehe ich auf meine Hände, die nervös die Bügel meiner schwarzen Brille auf und zu klappen. Klara hat ja recht. Schließlich habe ich es ihm nach unserer Trennung bereits elf Mal geschrieben. In verschiedenen Varianten. Dazu noch das eine oder andere Herz-, Kuss- oder Heul-Emoji. Aber das behalte ich jetzt besser für mich. Meine Freundin scheint gerade nicht in der Stimmung für emotionale WhatsApp-Nachrichten zu sein. Zumindest nicht, wenn ich sie an Lenni schreibe.

Ich schniefe, setze meine Brille zurück auf die Nase und schiebe mir das letzte große Stück Erdbeereis in den Mund, das inzwischen allerdings leider ein wenig salzig schmeckt. Klara streicht mir weiter tröstend über den Rücken. »Meinst du, er vermisst mich wenigstens ein bisschen?«, nuschele ich, weil es immer so wehtut, wenn das kalte Eis an meine Zähne kommt.

»Ihr habt euch doch erst gestern getrennt.«

»Ja, eben!«, wimmere ich und bräuchte schon wieder ein Handtuch. Ich will meinen Lenni zurück! Sofort! Ich werde nie wieder einen Jungen finden, der gleichzeitig so lieb und so lustig ist. Ich kann mir mein Leben ohne ihn nicht vorstellen. Die letzten 23 Stunden und 48 Minuten waren schon der Horror. Da möchte ich mir gar nicht ausmalen, wie trostlos ein ganzes Leben ohne ihn wäre! Von Schluchzern geschüttelt, frage ich meine Freundin zum bestimmt hunderttausendsten Mal: »Was mache ich denn nun?«

Klara weiß es auch nicht. Aber sie ist überzeugt, dass meine Nachrichten alles bloß schlimmer machen. »›Willst du was gelten, mach dich selten‹, sagt meine Tante Vero immer.«

Ich sehe Klara unbeeindruckt an. »Als deine Tante jung war, gab es ja auch noch kein WhatsApp!« Damals hatte wahrscheinlich noch nicht einmal jeder ein Telefon. Ganz zu schweigen von Instagram. Oder Snapchat. Da hat man sich ja ganz automatisch selten gemacht. Vermutlich musste man sich sogar noch Briefe schreiben, wenn man sich etwas sagen wollte. Oder man musste den anderen besuchen ...

Ich stutze. Besuch! Daran habe ich ja noch gar nicht gedacht. Unsere französischen Austauschschüler! Entsetzt starre ich Klara an. »In zwei Wochen kommen ja unsere Austauschschüler!«

Klara nickt und sieht mich fragend an.

Wegen dieses Austauschs war ich schon die ganze Zeit ein bisschen nervös. Aber *jetzt* macht mich der Gedanke an unsere französischen Gäste beinahe wahnsinnig. Ich bin nämlich nicht die Einzige, die wegen des Austauschs aufgeregt ist. Die Jungs aus unserer Klasse (abgesehen von Lenni – zumindest bislang!) reden seit *Wochen* über nichts anderes als über die französischen Mädels. Ich meine: Gerade den Französ*innen* eilt ja ein gewisser Ruf voraus ... Die sind très charmant und très jolie. Also insgesamt *très* unerfreulich – erst recht, wenn sie bald in unsere Klasse kommen und Lenni kennenlernen. Denn um ihn werden sich die Französinnen garantiert reißen. Und um Ben vielleicht. Wir nennen ihn immer »Mr Cooligalinski«, weil er schon zwei Jahre älter ist als wir und sich überhaupt nicht für uns interessiert. Mit keinem wechselt er auch nur ein Wort. Dabei hat Lenni es eine Zeit lang mehrmals versucht, weil Ben genau wie er skateboardet. Aber Ben hat alles abgeblockt. Nur mit Gregor redet er manchmal. Ausgerechnet mit unserem absoluten Außenseiter-Freak Gregor. Echt merkwürdig. Sobald es nach dem Unterricht zur Pause klingelt, ist Ben – zack! – verschwunden. Deshalb zählt Ben auch nicht – bleibt eben nur Lenni. »Hoffentlich verliebt sich Lenni nicht in eine französische Austauschschülerin!«, jammere ich. Dann stocke ich. »Und hoffentlich verliebt sich auch keine französische Austauschschülerin in Lenni. Das wäre das Schlimmste!«

Klara schaut mich mitleidig an. Dann schlägt sie plötzlich ihre Hand auf den Mund – Klaras typische Reaktion auf brenzlige Situationen aller Art. Allerdings macht sie das nicht wegen meines Austauschschülerinnen-Problems, sondern weil sie gerade auf die Uhr geguckt hat: »Mist! Ich müsste längst zu Hause sein.«

Mit dem Zipfel meines Ärmels wische ich mir ein paar Tränen aus den brennenden Augen, um an der Wand über dem Tresen die Uhr entziffern zu können – an mein Handy lässt Klara mich ja nicht. 18:15 Uhr. Im Augenwinkel sehe ich, wie Klara mich erst mustert und sich dann lächelnd auf die Unterlippe beißt. »Du erinnerst mich gerade ein bisschen an Abigail.« Abigail ist Klaras Ratte. Sie ist ziemlich hässlich und hat knallrote Glupschaugen. Prompt startet in meinem Kopfkino ein Faceswap: Meine langen dunklen Haare verwandeln sich in weißes Fell, meine blasse Haut wird heller, meine Nase rosa, meine Brille verschwindet und meine dunklen Augen glühen feuerrot. Hoffentlich begegnen wir jetzt keinem! Klara grinst mich schief an, so als hätte sie die Bilder in meinem Kopf gerade mitgeguckt. (Ich habe häufig das Gefühl, dass Klara direkt in mein Innerstes gucken kann. Mama meint, Klara sei bestimmt mein Seelenzwilling. Meine Mutter redet zwar viel Blödsinn, aber in diesem Punkt könnte sie tatsächlich mal recht haben.) Klara kramt das Portemonnaie aus ihrer coolen grauen Converse-Tasche. »Ich zahl schnell!«

Ausnahmsweise will meine Freundin mich heute nämlich von dem Geburtstagsgeld ihrer Oma zum Eis einladen – als Tröstmaßnahme. Allerdings fühle ich mich trotz ausgiebigen Tröstens und einem riesigen Erdbeerbecher kein bisschen besser. Klara drückt mich noch einmal fest an sich und springt dann auf. Dabei bleibt sie mit der Hand am Tisch hängen, mein Handy flutscht aus ihrer Umklammerung und scheppert auf den Fliesenboden. Klara zuckt entsetzt zusammen und schlägt sich schon wieder die Hand vor den Mund: »Oh nein! Dein Handy!«

Ich zucke gleichgültig mit den Schultern. Was soll's? Wenn ich Lenni nicht schreiben darf, brauche ich es eh nicht mehr. Trotzdem bückt sich Klara sofort. Als Rechtsanwaltstochter hat sie vermutlich sofort sämtliche Schadensersatzansprüche im Kopf. Dementsprechend erleichtert schnauft sie: »Alles in Ordnung!«, nachdem sie mein Telefon ausgiebig von allen Seiten begutachtet hat. Dann wird ihr Blick wieder streng. »Aber keine

Nachricht an Lenni!« Widerwillig legt sie das Gerät auf den Tisch.

Ich schaue sie unschuldig an, aber kaum hat Klara mir den Rücken zugedreht, wandert meine Hand wie ferngesteuert zu meinem Smartphone. Keine Nachricht an Lenni! – jaja, schon klar. Allerdings könnte ich ja mal schauen, ob er mir vielleicht geschrieben hat …? Wäre immerhin möglich, dass er auf eine meiner elf Nachrichten geantwortet hat: »Warum???«, »Ist diese Trennung für immer?«, »Können wir nicht noch einmal reden?«, »Wollen wir am Wochenende trotzdem zusammen ins Kino gehen?«, »Oder einfach eine DVD schauen?«, »Oder ins Schwimmbad?«, »Ich würde auch den Kletterpark gut finden«, »Können wir nicht wenigstens Freunde bleiben?« – und noch ein paar mehr. Elf. Wie gesagt. Plus Emojis. Und einige besonders schöne Selfies von uns.

Während ich WhatsApp aufrufe, höre ich, wie Cro aus dem Lautsprecher über meinem Kopf singt, wie leicht man die Liebe seines Lebens verpasst. Bye Bye!

Wie das passt!, denke ich und schwelge prompt wieder in Erinnerungen. Cro haben Lenni und ich immer zusammen gehört, wenn ich bei ihm war. Und wenn Cro gesungen hat, dass wir für immer zusammengehören, hat Lenni mir grinsend direkt in die Augen geschaut und mit meiner Hand auf sein Herz geklopft. Nun muss ich schon wieder schlucken. Sogar gleich doppelt. Wegen des Liedes und weil Lenni sich leider nicht gemeldet hat. Passend dazu singt Cro aus dem Lautsprecher, dass man sich zwar manchmal ein zweites Mal begegnet, dass es dann aber meist zu spät ist. Ist das traurig! Ich lasse den

Kopf fast bis zur Tischplatte sinken. Dabei ändere ich meinen WhatsApp-Status in: »Bye Bye, Liebe meines Lebens!« Für den Fall, dass Lenni mir zwar nicht schreibt, aber zumindest ab und zu meinen Status checkt. Dann schiebe ich mein Handy schnell in die Jackentasche. Denn den WhatsApp-Status zu ändern, würde für Klara wahrscheinlich auch irgendwie in die Kategorie »Nachricht an Lenni« fallen.

Allerdings ist meine Freundin gerade eh abgelenkt. »Auweia! Ich sollte um 18 Uhr zu Hause sein! Pünktlich! Zum gemeinsamen Familienabendessen …« Sie stöhnt neben mir auf, während wir unsere Hauptstraße entlanglaufen und ich kaum mit ihr mithalten kann. Klara ist immerhin einen Kopf größer als ich mit entsprechend längeren Beinen. Ich muss mindestens zwei Schritte bei jedem Klara-Schritt machen, um mit ihr Schritt halten zu können. Aber ich will natürlich nicht, dass Klara wegen mir Ärger kriegt. Ihr Papa kann nämlich ziemlich ungemütlich werden, vor allem, wenn es um verpasste gemeinsame Familienabendessen geht! Klara pustet sich eine blonde Haarsträhne aus ihrem geröteten Gesicht. »Papa wollte heute extra mal früher nach Hause kommen. Er muss sonst neuerdings immer länger arbeiten. Wegen irgendeines heftigen Falls.« Sie schaut noch einmal auf ihr Handy und jammert: »Zwanzig nach!«

Die Arme! So ein Stress – nur weil sie mit mir in der Eisdiele war. Da bin ich ganz froh: Solche Ansagen bekomme ich nie von meinen Eltern. Denen ist es beinahe egal, wann ich nach Hause komme. Sie nennen das antiautoritäre Erziehung – damit ich mich frei entfalten kann. Ich nutze meine Freiheit vor allem dafür, möglichst spät nach Hause zu kommen, um unseren gemeinsamen Abendessen zu entgehen. Schon bei dem Gedanken daran schnürt sich schlagartig meine Speiseröhre zu – und zwar mit einem extrafesten doppelten Seemannsknoten. »Also ich esse heute nichts mehr. Mir ist, seit es mit Lenni vorbei ist, der Appetit vergangen«, erkläre ich Klara schnaufend.

»Ach so?« Meine Freundin schaut mich belustigt von der Seite an.

Ich weiß schon, was sie denkt. Deshalb rechtfertige ich sofort meinen Riesen-Erdbeerbecher von eben: »Eis ist etwas anderes. Das flutscht ja quasi von selbst. Aber ansonsten bekomme ich jetzt keinen Bissen runter.«

Nun muss Klara kichern: »Bei dir zu Hause würde ich auch keinen Bissen runterkriegen.«

Ganz automatisch presse ich meine Lippen fest aufeinander. Meine Eltern kochen neuerdings tatsächlich gewöhnungsbedürftig – zumindest habe ich mich da bisher noch nicht dran gewöhnt. Oder noch besser: Ich hoffe, dass ich mich gar nicht daran gewöhnen muss. Klara behauptet, meine Eltern kochen für die Biotonne. Sie hält unser Essen für organischen Abfall. Fleisch haben meine Eltern ja noch nie gegessen, aber bislang gab es wenigstens leckere vegetarische Gerichte: Vollkornnudeln mit Nussbolognese, Blumenkohl mit Kartoffelgratin. Alles halbwegs normal. Aber seit Neuestem bekommt bei uns jedes Salatblatt einen Namen – nur weil Mama mit Papa so einen Achtsamkeits-Koch-Workshop besucht hat. Seitdem gibt's Quinoa, Chia, Goji, Matchi, Moringa-Blätter und andere Sachen, von denen ich vorher noch nie gehört habe.

Klara schüttelt sich kurz (wahrscheinlich hat sie sich gerade an die Tofu-Klößchen in Algen-Kapernsoße erinnert, zu denen meine Mutter sie neulich eingeladen hat). Dann schaut sie noch einmal auf ihr Handy: »Dreiundzwanzig Minuten zu spät. Das gibt Ärger!« Gut, dass wir gleich da sind. Klara wohnt nämlich nicht weit von der Eisdiele entfernt. Sie wohnt eigentlich von nichts weit entfernt. Denn das alte gemütliche Backsteinhaus, in das sie vor fast zwei Jahren mit ihren Eltern eingezogen ist, steht mitten im Zentrum – genau neben unserem Dorfteich. Wir sagen immer Dorfteich, obwohl wir eigentlich in einer Kleinstadt leben. Ich wohne etwas außerhalb – sozusagen am Dorf- beziehungsweise Stadtrand. Von Klara bis zu mir dauert es mit dem Rad maximal acht Minuten, so klein ist unsere Stadt.

Mein Fahrrad wartet in Klaras Garage auf mich, so wie früher. Wobei früher bedeutet: vor Lenni. Denn in den vergangenen vier Monaten stand es häufig bei ihm. In seiner Garage. Oder bei seinem Tennistraining. Oder neben dem Skaterpark. Oder vor der Musikschule, in der er Schlagzeugunterricht nimmt. Wenn ich daran denke, drohen meine brennenden Augen schon wieder überzulaufen. »Wie kriege ich ihn bloß zurück?«

Klara nimmt mich noch einmal in den Arm. »Uns fällt schon was ein. Aber du darfst ihm nicht schreiben! Sonst denkt er, er kann machen, was er will.« Das leuchtet mir ein. Vorsichtig schiebe ich mein selbst bemaltes Uralt-Rad am nagelneuen Mini von Klaras Mutter vorbei aus der Garage. In dem Moment hupt es auf der Straße. Vor lauter Schreck lasse ich fast mein Fahrrad fallen. Denn es ist kein normales Autohupen. Es ist eher etwas zwischen Röcheln und Tröten. Ganz klar: meine Eltern in ihrer »I fly bleifrei«-Ente.

»Juchhuuu!«, jubelt Mama quer über die Straße. »Wir fahren noch an den See!«

Ich verdrehe die Augen. »Och, Mama, echt? Jetzt noch?«

»Keine Widerrede – du kommst mit.« So viel zur antiautoritären Erziehung und freien Entwicklung! »Das wird dir guttun!«, versucht meine Mutter mich zu überzeugen, während sie aussteigt und schon mal die hintere Tür öffnet. Mit meinen Eltern an den überfüllten Badesee – klingt nicht gerade verlockend, wo ich mich doch am liebsten einfach nur vor aller Welt verkriechen möchte!

Mama lacht mich an und macht dabei eine scheuchende Handbewegung. »Nun los, Cosi! Ein Bad im See wird deine Lebensgeister wecken. So ein lauer Frühsommerabend ist Balsam für deine geschundene Seele.«

Das hat mir noch gefehlt: ein Tröstprogramm von meinen Eltern! Schicksalsergeben schiebe ich mein Rad zurück in Klaras Garage. Mein Seelenzwilling drückt mich noch ein zweites Mal zum Abschied. »Du schaffst das!«, muntert sie mich auf. Wobei ich mich frage, ob sie den Liebeskummer meint oder das Baden mit meinen Eltern. Aber bevor ich nachfragen kann, hat Mama mich bereits ins Auto bugsiert und wir knattern los.

Während meine Eltern ausgerechnet zu ihrer »All you need is love«-Kassette laut mitsingen, starre ich missmutig aus dem Fenster. Draußen springt die Welt vorbei – was allerdings an der Ente und nicht an der Welt liegt: So eine Ente alias »Citroën 2CV« hoppelt selbst auf normalen Straßen wie ein Pingpongball und müsste deswegen eigentlich Hase und nicht Ente heißen. Oder zumindest Canard, das heißt Ente nämlich auf Französisch. Schließlich ist Papas Straßenhüpfer ein französisches Auto. (Ausgerechnet! Da fallen mir sofort wieder die Austauschschülerinnen ein ...) Während ich also von diesem alten Franzosen komplett durchgeschüttelt werde, überlege ich, wie ich es anstellen könnte, Lenni zurückzukriegen. Und zwar ganz schnell. Doch eigentlich fällt mir – mal abgesehen davon, dass ich mich ab morgen natürlich extracool anziehen werde – nichts anderes ein, als ihm zu schreiben. Aber das darf ich nicht – das habe ich Klara versprochen. Ich könnte mir noch besonders viel Mühe mit meiner Frisur geben und mich sogar ein bisschen mehr schminken als sonst. Dazu gibt's von der YouTuberin Laubird unzählige Tutorials.

Aber ich glaube kaum, dass Lenni dann denkt: Wow, Cosi hat sich ihre Wimpern aber hübsch getuscht – jetzt möchte ich unbedingt wieder mit ihr zusammen sein! So funktioniert das nicht. Wenn ich morgen plötzlich Supermodel oder Hollywood-Schauspielerin wäre, fliegen oder zaubern könnte oder schlagartig ein Skateboard-Star wäre – dann würde er vielleicht noch einmal darüber nachdenken. Aber so ... Mein ratloser Blick fällt auf Mamas Hand, die gerade Papas rotblonden Lockenkopf krault, während er verliebt ihr Knie tätschelt. Ich verstehe das nicht. Lenni hat mir gesagt, ich sei wie eine Klette – deshalb hätte er keine Lust mehr auf unsere Beziehung. Aber Mama ist doch auch anhänglich. (Gerade lacht sie laut über einen lahmen Witz, den Papa gemacht hat.) Lenni hätte mir doch einfach sagen können: »Sei nicht mehr so anhänglich!« Dann wäre ich eben nicht mehr mit zum Tennistraining gegangen.

Und zum Skaterpark.

Und zum Schlagzeugunterricht.

Ich schnaufe. Papa nimmt Mamas Hand und gibt ihr einen Kuss. Dieser Anblick ist unerträglich.

Pling! Eine Nachricht. Sie ist von Klärchen. Sie schreibt: »Schau mal! Deine Rettung!« Dazu ein Link zu »Laubirds Channel«.

Laubird ist unsere absolute Lieblings-YouTuberin. Sie ist total cool. Immer lustig – sogar als ihr Freund Nickelback, ebenfalls ein YouTuber, sich von ihr getrennt hat, hat sie noch Scherze drüber gemacht. So nach dem Motto: »Nun kann ich wenigstens wieder diagonal im Bett schlafen.« Sobald ich achtzehn bin, werde ich auch YouTuberin. Klara will lieber Rechtsanwältin werden wie ihr Papa. Verstehe ich nicht. Ich habe neulich gelesen, dass die YouTuber sogar ständig irgendwelche Kosmetik zum Testen geschenkt kriegen und obendrein noch superviel Geld verdienen. Das klingt doch supereasy.

Aber leider erlaubt mir Mama keinen eigenen Kanal – so frei darf ich mich dann doch nicht entwickeln ... Sie meint, ich sei noch zu jung und könnte es vielleicht später bereuen. Blödsinn! Vielleicht fehlt mir in manchen Bereichen tatsächlich noch ein bisschen Lebenserfahrung. Laubird plaudert in ihren Videos nämlich über alles Mögliche und hat immer kluge Antworten auf so simple, aber wichtige Fragen wie: Wie kaut man cool ein Kaugummi? Was ziehe ich zu einem Date an? Wohin mit den Händen, wenn ich neben meinem Schwarm stehe? Wie küsst man richtig?

Lauter Fragen, die Klara und ich (noch) nicht zuverlässig beantworten können und die man Müttern nicht (mehr) stellen möchte. Außerdem gibt Laubird natürlich auch Tipps zum Thema Schminken und Styling. Sie selbst versteckt ihre langen blonden Haare meist unter irgendwelchen Beanies. Am coolsten finde ich so eine graue Eulenmütze von ihr. Früher hat Laubird auch Videos von sich mit ihrem Freund Nickelback eingestellt. Aber das ist ja nun auch vorbei. Seitdem fühle ich mich ihr noch näher. Fast wie eine Verbündete – obwohl ich sie noch nie getroffen habe. Und nun meint Klara, Laubird könnte meine Rettung sein? Neugierig klicke ich auf Klaras Link und bin schlagartig wie elektrisiert. Denn da steht: »So kriegt ihr euren Ex zurück. GARANTIERT!« Darunter sieht man ein Bild, auf dem Laubird ihrem Ex Nickelback zwinkernd einen Kuss auf die Wange drückt. Das Bild kenne ich noch nicht. Nanu? Bedeutet das etwa, dass die beiden wieder zusammen sind? Mein Herz hopst schlagartig doppelt so wild wie Papas Ente. Außerdem fühlt es sich an, als hätte mir jemand wohlig süßen, warmen Schokopudding direkt in meinen Bauch gekippt, so warm wird mir plötzlich. Den Ex zurück! Das ist genau das, was ich mir wünsche! Da steht sogar: »Garantiert!« Ich könnte Laubird küssen! Und natürlich Klara, weil sie es mir sofort geschrieben hat. Sogar meine Eltern könnte ich gerade vor Glück küssen!

Okay, das mit meinen Eltern nehme ich zurück. Denn nun biegt Papa in einen holprigen Feldweg ein. Das ruckelt in der alten Ente so doll, dass mir mein Handy fast aus der Hand springt. Ich schaffe es kaum, mit dem Zeigefinger das Video-Start-Pfeilchen anzutippen.

Als ich endlich treffe, stockt mir der Atem. »Nein! Halt!«, schreie ich. »Ihr müsst sofort stehen bleiben!«

Papa macht eine Vollbremsung, Mama dreht sich erschrocken um: »Was ist denn, mein Schatz?«

»Mein Empfang ist weg.«

Mama verzieht ihren rot bemalten Mund und Papa gibt kopfschüttelnd wieder Gas. Tolle Eltern! Danke!

Eine Viertelstunde später kommen wir auf dem überfüllten Parkplatz an, ich springe aus dem Auto und reiße mein Handy in die Höhe. Nichts! Nur ein mickriges Bälkchen lässt sich blicken – damit kann ich *niemals* ein Video gucken. Panisch sehe ich mich um. Es muss hier doch irgendwo Empfang geben! Sonst wären hier bestimmt nicht so viele Badegäste. Wer kann es sich schon leisten, stundenlang offline zu sein?

Mit ausgestrecktem Arm renne ich quer übers Gelände, stolpere dabei über einige meckernde Sonnenbader, laufe um jeden Busch und umrunde dabei einmal den gesamten Badesee. Nichts! Außer dass mein Arm sich allmählich anfühlt, als würde er gleich absterben. (Da fällt mir ein: Es gibt so einen Inder, der seinen Arm seit 38 Jahren in die Luft hält. Das habe ich in Mamas Yoga-Zeitschrift gelesen. Ich schaffe das nicht mal zwanzig Minuten!)

Mit schlaffen Armen komme ich wieder am Parkplatz an und überlege, ob ich vielleicht zurück zur Hauptstraße laufen könnte. Da hatte ich zwar noch Empfang, allerdings müsste ich dafür ganz schön weit laufen. Vermutlich wäre ich locker eine Stunde unterwegs. Oder so. Kurzer Blick aufs Handy. Weiterhin nur ein einziger Balken. Mist! Verzweifelt sehe ich mich um und entdecke dabei noch etwas viel, viel Schlimmeres als mein Handy ohne Empfangsbalken: meinen Vater! Er brüllt wie Tarzan »UA-UA-UA-UAAAAAA!«, nimmt Anlauf und springt – ohne Badehose! – mit einem lauten Platscher ins Wasser. Meine Mama – oben ohne – quietscht vor Freude. Ich wäre am liebsten unsichtbar. Warum muss ausgerechnet ich so peinliche Eltern haben? Als wäre mein Leben im Moment nicht eh schon eine Totalkatastrophe! Aber dann fällt mir ein, dass mich noch keiner der anderen Seebesucher mit den beiden *(einzigen* Nacktbadern!) in Verbindung bringt. Das ist *gut!* Ich werde nachher einfach versuchen, unbemerkt in ihr Auto zu steigen. Vielleicht könnte ich sogar schon beim Auto auf sie warten?

Ich schnaufe. Warum habe ich nicht solche Eltern wie Klara? Die sind cool. Ihr Papa fährt auch nicht so eine klapprige Ente, sondern so einen BMW, den die Jungs immer bestaunen, wenn Klaras Vater sie von der Schule abholt. Und Klaras Mama ist Grafikerin und designt Internetseiten. Meine Mama weiß wahrscheinlich nicht mal, was eine Grafikerin ist. Oder eine Internetseite. Mama glaubt bestimmt noch, dass man jedes Bild selber malt. Schließlich malt sie selbst. Mit Naturfarben aus Erde und Pflanzen. Um ihre Gefühle auszudrücken. Ihre fertigen Werke hängt sie dann in unseren Flur, sodass man wirklich nur die allerallerbesten Freunde nach Hause einladen kann. (Ein weiterer Grund, warum Lenni nie zu mir konnte.)

Ansonsten stellt Mama, seit sie ihren eigentlichen Job als Friseurin aufgegeben hat, Bio-Cremes her, die sie am Wochenende auf dem Markt verkauft. Und das erstaunlich erfolgreich. Die Leute kommen sogar extra angereist, um ihre tollen Cremes zu kaufen. (Weil man die eben nicht im Internet bestellen kann.) Die Kräuter dafür werden nur in bestimmten Mondphasen geerntet, die Cremes nur zu bestimmten Tageszeiten gemischt, und wenn Mama ihre Regel hat, produziert sie gar nichts, weil sie glaubt, dass ihr Zyklus die Cremes ungünstig beeinflussen würde. Das sagt sie den Kunden auch wortwörtlich genau so. Ich sterbe dann jedes Mal, denn schließlich wohnen wir in einer Kleinstadt. Dank Mamas Auskünften auf dem Markt weiß vom Bäcker bis zum Postboten jeder ganz genau, wann Mama ihre Tage hat. Ein Albtraum! Vor allem, weil ich ihr an den Wochenenden manchmal beim Verkaufen helfe, wenn Papa keine Zeit hat. Was glücklicherweise selten vorkommt, denn sein Job ist eher nicht so arbeitsintensiv und sein Kundenkreis entsprechend überschaubar. Papa baut nämlich indianische Schamanentrommeln. Die sehen aus wie lederbezogene Eimer mit Federn dran. Damit kann man sich angeblich in Trance trommeln – Mama tanzt zumindest immer ganz wild dazu. Nur kaufen will die Dinger keiner. Abgesehen von den komischen Freunden meiner Eltern.

Plötzlich spielt mein Telefon »Lieblingsmensch«. Klara! Wenigstens dafür reicht mein Empfang. »Hast du gesehen? Das ist ja wohl der Hammer«, quatscht sie gleich drauflos.

»Nein!«, jammere ich und halte meinen Arm noch mal kurz in die Höhe. »Ich hab keinen Empfang!«

»Laubird hat einen In-einer-Woche-den-Ex-zurück-Plan, wie man auf jeden Fall seine große Liebe zurückbekommt. Auf *jeden* Fall! Bei Nickelback hat sie's auch so gemacht. Stell dir vor! Die beiden sind wieder zusammen!«

»Echt?«, jauchze ich. Ich kann's gar nicht glauben!

»Cosi!« Klara klingt plötzlich ernst. »Du musst deinen WhatsApp-Status ändern.«

Ups! Das habe ich ja ganz vergessen. »Ich hab aber keinen Empfang«, rede ich mich raus.

Klara lässt nicht locker: »Aber irgendwann hast du wieder Empfang und dann ändere ihn.«

»Ja«, brumme ich. Wir legen auf.

Ein In-einer-Woche-den-Ex-zurück-Plan! Ich kann mein Glück kaum fassen. Das ist genau das, was ich jetzt brauche – und zwar sofort! Noch einmal scanne ich den Badesee, ob ich nicht vielleicht einen Fleck übersehen habe, an dem ich womöglich doch Empfang haben könnte. Vielleicht drängen sich irgendwo auffällig viele Leute mit ihren Handys. Reden die nicht immer von den unzähligen Smartphonesüchtigen? Wo sind sie denn, wenn man sie braucht?

Bei der Suche streift mein Blick meine Mutter, die noch immer mit Papa im See herumtollt. Sie ruft: »Hier sind wir, Schatz!« Dabei hätte ich meine Eltern auch ohne ihre peinlichen Rufe gefunden. Sie sind nämlich weder zu übersehen noch zu überhören!

»Komm doch auch ins Wasser, Cosi! Hier kannst du dich frei fühlen.« Dabei breitet sie ihre Arme aus, als wäre sie die Gallionsfigur der Titanic.

Mist!, denke ich. Jetzt bin ich aufgeflogen – nun wissen alle, dass ich zu ihnen gehöre!

»Im Wasser können deine Nieren auch viel besser entgiften!«, lockt mich meine Mutter.

Ich zucke zusammen und da ist es auch schon passiert: Im Augenwinkel sehe ich, wie einige Badegäste sich neugierig umsehen, wer seine Nieren im Wasser entgiften soll.

Am besten tue ich so, als hätte ich sie nicht gehört. Ich drehe mich mit einem möglichst unbeteiligten Gesichtsausdruck um und stapfe los in Richtung Landstraße. Bloß erst einmal genügend Abstand zwischen mich und meine peinliche Mutter bringen. Dabei fällt mein Blick auf einen Baum: eine hohe Eiche (oder ist es eine Buche?) mit weit verzweigten Ästen.

Das ist die Lösung! Ich habe mich noch nie so gefreut, eine Eiche (oder Buche) zu sehen! Da *oben* habe ich garantiert Empfang!

Ohne den Empfangsbalken aus den Augen zu lassen, stolpere ich rüber zu dem imposanten Baum. Mama behauptet immer, dass ich als Kleinkind auf jeden Baum geklettert wäre. Dann werde ich das jetzt ja wohl auch noch schaffen!

Ich stecke das Handy in die Hosentasche meiner engen Jeans und lege den Kopf in den Nacken. In etwa zwei Metern Höhe ragt ein dicker Ast aus dem knorrigen Stamm. Mit Springen komme ich da nicht ran. Aber der Stamm ist so wulstig, dass ich an ihm eigentlich hochklettern können müsste – also greife ich mit der linken Hand nach dem Astloch, das links oberhalb von meinem Kopf liegt, und taste mit der rechten Hand um den dicken Stamm, bis ich ein besonders wulstiges Stück Rinde erwische.

»Okay!«, mache ich mir Mut. »Dann mal los!« Ich verdränge halbwegs erfolgreich den Gedanken an die

Ameisen – oder noch viel ekliger: Spinnen, die hier vermutlich in sämtlichen Schlitzen und Ritzen lauern, und presse meinen Körper an den warmen, rauen Stamm. Gleichzeitig versuche ich, mit den Füßen irgendwo oberhalb des Bodens Halt zu finden.

Da schreit meine Mama plötzlich begeistert: »Cosi! Wie schön! Du umarmst einen Baum! Das ist gut!«

Überrascht drehe ich meinen Kopf in ihre Richtung und stelle entsetzt fest, dass anscheinend sämtliche Badegäste ihrem Blick gefolgt sind und mich nun neugierig beobachten. Jetzt habe ich Publikum, na, vielen Dank, Mama!

Aber die scheint das gar nicht zu stören. Sie brüllt quer über die Liegewiese: »Spürst du schon die Schwingungen?«

Nun staunen alle Badegäste Mama an.

Welche Schwingungen? Meint sie den Handy-Empfang?

Alle Badegast-Köpfe drehen sich wieder zu mir und die Leute sehen mich erwartungsvoll an. Es sind so viele, dass die Wahrscheinlichkeit leider sehr groß ist, dass mich jemand kennt. Und anscheinend wollen alle wissen, was nun mit den Schwingungen ist. Aber ich sage nichts. Stattdessen stemme ich die Füße gegen den Stamm und versuche, mich mit den Armen nach oben zu ziehen – wie Mogli aus dem Dschungelbuch. Im Zeichentrickfilm sah das ganz einfach aus – im echten Leben ist es das leider nicht.

Mama (alle Köpfe wieder zu ihr): »Herbert, schau doch mal! Unsere Cosi.« Nun strahlt auch Papa mich stolz an. Die ersten Badegäste beginnen zu kichern. Ich möchte im Boden versinken. Oder noch besser: in der Baumkrone. Denn da hätte ich wenigstens Empfang und würde endlich erfahren, wie ich Lenni zurückbekomme.

Während ich mich weiter dabei abkämpfe, diesen kratzigen Baum zu erklimmen, höre ich, wie meine Mutter mit ihrer durchdringenden Stimme versucht, die mittlerweile gackernden Zuschauer zu überzeugen: »Bäume umarmen macht glücklich! Das ist wissenschaftlich erwiesen.« Aber leider falsch, denn mich macht das überhaupt nicht glücklich! Meine Hände sind zerkratzt und Ameisen krabbeln mir in den Kragen.

Mama kommt richtig in Fahrt, als würde sie es genießen, dass sie endlich Zuhörer gefunden hat. »Das Umarmen von Bäumen ändert nachweislich unsere Schwingungsfrequenz. Das wirkt sich unglaublich günstig auf den Menschen und den Planeten aus!«

Ich schwöre: Wenn ich die Baumkrone erreicht habe, bleibe ich dort, bis alle da unten nach Hause gegangen sind. Kann Mama jetzt nicht irgendein Wal verschlucken? Moby Dick? Oder Nessie, das Seeungeheuer?

Das Gelächter der Leute wird lauter. Allmählich werden sie warm. Aber immerhin habe ich inzwischen den ersten Ast erklommen und versuche verzweifelt, mich daran nach oben zu ziehen. Krampfhaft umklammern meine Hände das dicke Holz. Mit den Beinen strampele ich mich schnaufend nach oben. Gut, dass ich halbwegs sportlich bin!

Allerdings komme ich nun nicht weiter. Ich baumele wie ein Faultier am Baum (kommt baumeln von Baum?), mit Händen und Beinen um den Stamm gewickelt, Bauch und Rücken hängen schlaff durch. Wie bringe ich denn jetzt meine Körpermitte nach oben? Allmählich werden meine Arme schlapp. Ich hole tief Luft. Da ertönt erneut »Lieblingsmensch«. Schon wieder Klara. Im unpassendsten Augenblick. Schließlich will ich hier nicht abstürzen. Aber ich will auch Klaras Anruf nicht verpassen. Vorsichtig lasse ich mit einer Hand los, um mein Telefon aus der Hosentasche zu angeln. »Ich habe noch keinen Empfang!«, keuche ich in den Hörer.

Klara sagt: »Ich glaube, mein Papa betrügt meine Mutter.« Zack!, verliere ich den Halt und falle wie eine reife Pflaume vom Baum. Autsch!

Ein Junge ruft: »Jetzt umarmt sie den Boden! Ist das auch gut für die Schwingungen?«

Und ein Mann antwortet: »Besonders glücklich sieht sie nicht aus.« Wieder Lachen.

Ich ignoriere die blöden Sprüche (und den Schmerz) und frage ungläubig: »Wie kommst du denn darauf?«

Klara schnieft: »Ich war kurz an Papas Handy, da kam so ein bescheuertes Kussmund-Bild, du weißt schon. Und darunter stand: Ich kann es kaum erwarten, dich morgen wiederzusehen. Deine Flauschi.«

»Flauschi?«

Anstatt einer Antwort höre ich nur Klaras Schniefen. Und dann: »Was machen wir denn nun?«

WIR? Ich versuche doch gerade, mein eigenes Leben wieder in den Griff zu kriegen.

»Ich kann meinen Papa doch nicht drauf ansprechen.«

»Weiß deine Mutter davon?«, frage ich vorsichtig, obwohl ich die Antwort (als Seelenzwilling) schon kenne.

»Natürlich nicht.«

Inzwischen sitze ich im Schneidersitz am Boden und

lasse den Kopf hängen. Aus der Ferne höre ich meine Mama lachen. Ich sehe zu ihr. Papa trägt sie gerade durchs Wasser. Sie küssen sich und ich denke: Okay, sie sind peinlich. Aber trotzdem bin ich ganz froh, dass *sie* meine Eltern sind – Papa würde meine Mama garantiert nicht betrügen.

»Uns fällt schon was ein!«, tröste ich Klara. Dann habe ich einen Geistesblitz: »Vielleicht finden wir im Internet ja auch einen ›So werde ich die Geliebte meines Vaters los‹-Plan.«

»Habe ich schon geguckt. Gibt's nicht.«

In diesem Moment fällt mir ein, dass Klara erzählt hat, dass ihr Vater neuerdings immer spät nach Hause kommt. Angeblich wegen seines neuen heftigen Falls ... Und jetzt ist klar, dass das wahrscheinlich nicht stimmt, er hat eine Freundin! Arme Klara! Was für ein Albtraum!

Ich möchte mir das nicht einmal vorstellen: Mein Papa mit einer anderen Frau. Schon bei dem Gedanken bekomme ich Panik. Unvorstellbar, dass meine Eltern sich trennen und ich mich womöglich entscheiden müsste, bei wem ich lieber wohnen möchte. Bei Mama und ihren Grünkohlklößchen? Oder bei Papa mit seinen Trommel- und Tanzfreunden? Ich höre Klara weinen. Sonst ist sie immer die Toughere, Mutigere, Stärkere von uns. So verzweifelt habe ich sie noch nie erlebt.

»Nicht weinen«, tröste ich sie hilflos. Dabei bringt das natürlich gar nichts. Am liebsten würde ich jetzt auf der Stelle zu ihr fahren, aber ich komme hier nicht weg.

»Ist schon okay!«, schnieft Klara. Dann legen wir auf, weil Klaras Mama ruft. Hoffentlich merkt sie nicht, dass Klara geweint hat.

Pieps! Ich schaue auf mein Handy und traue meinen Augen nicht: eine Nachricht von Lenni. Ausgerechnet jetzt. Schlagartig habe ich das Gefühl, dass es zu viele Gefühle für mich werden – meine Haut prickelt schon überall. (Oder sind das die Ameisen?) Mit Herzklopfen bis in den Hals öffne ich seine Nachricht und lese: »Klar können wir Freunde bleiben.« Sonst nichts. Wenn das ein echter Brief auf Papier wäre, würde ich den Zettel umdrehen, um zu schauen, ob noch was auf der Rückseite steht. Aber so sehe ich etwas ratlos auf die nicht einmal anderthalb Zeilen.

Na ja. Um ehrlich zu sein: Ich hatte auf ein bisschen mehr Begeisterung gehofft.

Und auf ein bisschen mehr Text.

Noch einmal lese ich seine Nachricht. Keine Ahnung, wie ich die finden soll. Kein Emoji, kein Wort davon, dass er mich vermisst oder dass er die Trennung bereut. Er unterschreibt auch nicht mehr mit »dein Lenni«. Er unterschreibt überhaupt nicht. Dieser Text ist eine Buchstaben-Supersparvariante, so als würde jedes Zeichen extra kosten. Ich versuche, meine Enttäuschung (und die penetranten Tränen!) herunterzuschlucken und mir die Nachricht irgendwie schönzureden. Immerhin hat er mir überhaupt geantwortet. Und er will mit mir befreundet bleiben. Das ist doch ein Anfang! Wenn man sich die Nachricht genauer anschaut, klingt das »klar« am Anfang sogar fast ein bisschen begeistert. Klar! Das heißt doch so viel wie »gerne« oder »selbstverständlich«, »unbedingt«! Anscheinend will er unbedingt mit mir befreundet bleiben. Deshalb schicke ich ihm gleich mal zwei Lach-Smileys und danach noch einen Kussmund.

Das kann man ja so machen. Unter Freunden. Passend dazu will ich jetzt sofort meinen WhatsApp-Status ändern. In »BFF«. Beste Freunde für immer.

Aber nicht einmal dafür reicht mein Empfang. Ich seufze.

Die Bilanz der kommenden Stunde ist erschütternd: Zuerst hocke ich (komplett ohne Empfang!) im Gebüsch hinter dem Parkplatz und warte auf meine Eltern. Als sie endlich auftauchen, bin ich stinksauer und rede kein Wort mit ihnen. Weil sie mich erstens an diesen See geschleppt und mich zweitens auch noch *tödlich* blamiert haben.

Während unsere Ente ganz langsam wieder nach Hause hopst, starre ich unentwegt auf mein Display. Da sitzt Laubird noch immer strahlend, aber bewegungsunfähig, zusammen mit ihrem Nickelback auf dem bunten Blümchensofa und hält ein Lebkuchenherz in die Kamera: »Für immer dein«.

Hat die's gut!, denke ich und male mir aus, wie es sein wird, wenn Lenni und ich wieder zusammen sind. Ich bin irre gespannt, wie Laubird das geschafft hat. Aber erst als wir aus dem Feldweg in die Bundesstraße einbiegen, kann ich endlich Laubirds neuestes Video öffnen.

Es ist eine Katastrophe.

2

Sonntag bis Montag

Mein persönlicher Countdown:
Trennung von Lenni: mehr als 1 Tag
Ankunft Austauschschüler: IIIII IIIII IIIII Tage
Laubirds In-einer-Woche-den-Ex-zurück-Plan erfüllt: 0

Hallihallo, meine Lieben! Willkommen auf meinem Kanal! Wisst ihr schon das Neueste? Ich bin gerade irre glücklich, weil ich nämlich wieder mit meinem Nickelbäckchen zusammen bin! Ist das nicht megacool? Und weil ich weiß, dass ganz viele von euch Liebeskummer haben und ihren Ex zurückhaben wollen, habe ich mir etwas ganz Besonderes überlegt. Ich werde euch nämlich helfen.

Ja, richtig gehört! Ich kenne ein paar TODSICHERE Tricks, wie ihr ihn zurückkriegt! In exakt einer Woche könnte ihr euren Liebsten wieder in die Arme schließen. (Schmacht!) Das verspreche ich euch! Mit diesem Plan habe ich mir auch mein Nickelbäckchen zurückgeholt. Klappt also GARANTIERT. (Daumen hoch!) Ich werde ab heute jeden Abend ein neues Video hochladen, in dem ich euch den Tipp für den nächsten Tag gebe. AN DEN MÜSST IHR EUCH AUF ALLE FÄLLE HALTEN! (WICHTIG!) Sonst funktioniert's nicht.

Aber nun komme ich mal zu meinem allerersten Tipp. Der lautet: SEID NICHT MIT IHM BEFREUNDET! Ganz wichtig! Schließlich soll er merken, was er verloren hat. Wenn ihr noch immer für ihn da seid, merkt er gar nicht, wie sehr ihr ihm fehlt. Also: nichts mit Freundschaft! Euch gibt's entweder ganz oder gar nicht! Basta! Und nun: toi-toi-toi! (Beide Daumen hoch!) Ihr wisst ja: Ihr könnt mich gerne kostenlos abonnieren, damit ihr kein Video mehr verpasst. Und ansonsten bis morgen und: Ich hab euch ganz dolle lieb! Tschüüüüü!

Damit verschwindet Laubird. Zurück bleibt nur ein riesiger grüner Daumen – als Erinnerung, dass ich Laubirds Video like. Aber ich like es gerade überhaupt nicht! Was hat Laubird gesagt? Ich soll auf *gar keinen Fall* mit Lenni befreundet sein? Das ist eine Katastrophe! Mein Herz rast, mein Mund wird ganz trocken – ich bin total in Panik. Schließlich bin ich doch gerade *ganz frisch* wieder mit Lenni befreundet. Seit nicht einmal zwei Stunden. Und nun soll ich unsere junge Freundschaft gleich wieder beenden? *Wie denn?* Ich meine: Wir sind ja nicht bei Facebook. Da kann man so ein Problem mit einem Klick lösen.

Sofort bereue ich meine Lach-Smileys. Und wenn ich an den Kuss-Smiley denke, wird mir sogar richtig schlecht. Schlimmer geht's nicht!

Während die Ente über die Bundesstraße hoppelt, grübele ich fieberhaft, wie ich das wieder geradebügeln könnte. Am besten ändere ich zuallererst meinen Status in »Ab heute wird mein Leben *easy,* denn ich bin wieder Single«. Da habe ich Cro ein bisschen umgetextet – immerhin findet Lenni Cro total cool. Dann sieht er, was er für eine wahnsinnig hippe *Ex*freundin hat, die jetzt sogar froh ist, dass sie ihn los ist. Anschließend könnte ich Lenni eine Nachricht schicken – so nach dem Motto: »Vertippt! Ich wollte vorhin eigentlich Bomben und ein Teufelchen schicken.« Oder noch besser: Ich schicke ein »Ups, falscher Chat!« hinterher. Aber das kommt vielleicht auch bescheuert – mit fast zwei Stunden Verspätung.

Verzweifelt starre ich auf mein Telefon. Das Schlimmste an der ganzen Sache ist, dass *ich* ihn ja gefragt habe, ob wir Freunde bleiben wollen. Daher ist es eigentlich egal, was ich ihm jetzt schreibe – *ich habe es doch eh schon versaut.* Bei diesem Gedanken sticht es in meinem Magen, als hätte ich einen Seeigel verschluckt. Gleichzeitig schießen mir wieder die Tränen in die Augen. (Ich frage mich: Wo kommen die bloß alle her? Wahrscheinlich schwappt in meinem Kopf ein Tränenmeer, wo bei anderen das Gehirn sitzt. Deshalb mache ich auch immer so viel Blödsinn!)

Mama beugt sich zu mir nach hinten – sie hat eindeutig eine Antenne für meine Krisen. »Alles gut, Cosi?« Ich schüttele den Kopf. Dann nimmt sie meine Hand und ich ziehe sie ausnahmsweise auch nicht weg. Manchmal ist es schade, dass ich mich nicht mehr einfach in Mamas Arm kuscheln kann, und alles ist wieder gut. Nichts ist gut. Es wird auch nie wieder gut werden. Weil ich es versaut habe. Endgültig.

Mir kullern die Tränen über die Nase, wo sie sich mit meinem Schnodder vermischen, über die Wangen rinnen und dann kalt auf meine Arme platschen. Wenn das so weitergeht, werde ich bis an mein Lebensende wie Abigail aussehen! Mama drückt meine Hand etwas fester. Draußen geht langsam die Sonne unter. Ich denke an Lenni, der jetzt wahrscheinlich auf seinem Bett liegt und noch ein wenig auf seinem Handy daddelt oder mit dem Nachbarhund kuschelt, um den er sich manchmal kümmert, wenn seine Besitzer arbeiten müssen. Ich wünschte, ich könnte die Zeit zurückdrehen. Mindestens drei Wochen zurück. Da haben wir uns abends immer noch geschrieben. Ich habe nachts nicht einmal mein Handy ausgeschaltet, um zwischendurch gucken zu können, ob er sich noch einmal gemeldet hat. Und obwohl ich dadurch total wenig geschlafen habe, war ich *nie* müde. Ich bin jeden Morgen gerne aufgestanden und in die Schule gegangen. Jeder Tag fühlte sich wie Erdbeereis mit Baiser und Sahne an. Rosa. Fluffig. Superschön. Schon wenn Lenni und ich uns auf dem Schulhof angelacht haben, war das mindestens so aufregend wie früher die Weihnachtsbescherungen. Ich war zum Platzen glücklich. Und jetzt ist alles vorbei.

Die Vorstellung, dass mich Lenni morgen in der Schule nicht mehr mit einem Kuss begrüßt, ist der *Horror*. Noch dazu habe ich Angst vor den Blicken der anderen, wenn sie merken, dass wir nicht mehr zusammen sind. Vor allem vor dem schadenfrohen Blick von Lilly! Die wird garantiert ein kleines Freudenfest mit ihren dämlichen Freundinnen feiern, wenn sie hört, dass Lenni mich abserviert hat. Und sie wird es so laut feiern, dass ich es auch auf jeden Fall mitkriege.

Im Vergleich zu Lilly erscheint mir sogar unsere garstige Französischlehrerin beinahe sympathisch und selbst der dreiköpfige Hund aus Harry Potter wirkt gegen sie geradezu liebenswert! Lilly und ich konnten uns noch nie leiden. Schon auf der Kindergartenreise hat sie es geschafft, dass keiner mehr mit mir gesprochen hat. Ab der ersten Klasse hieß das beliebteste Pausenspiel der Mädchen: Wir-laufen-schnell-vor-Cosi-weg-und-verstecken-uns-vor-ihr-im-Gebüsch-bis-sie-heult. Und wer hat es erfunden? Natürlich Lilly! In der dritten Klasse hat sie sich dann etwas Neues einfallen lassen: Wir-klauen-Cosi-ihr-Federmäppchen-und-werfen-es-in-den-Mülleimer. Ab der vierten Klasse habe ich nur noch mit den Jungs gespielt. Von den Mädchen hätte sich eh keines getraut, mit mir gesehen zu werden – aus Angst, auch in Lillys Schusslinie zu geraten.

In der siebten Klasse kam dann endlich Klara. Lilly hat sich sofort auf sie gestürzt – zumal die beiden im selben Verein Basketball spielen. Sie hat Klara sogar sofort in ihre WhatsApp-Kleidergruppe eingeladen, in der Lilly und ihre Freundinnen sich jeden Morgen beratschlagen, was sie anziehen sollen. Voll idiotisch! Aber Klara hat das nicht interessiert. Bei uns war das nämlich wie Liebe auf den ersten Blick: Seelenzwillinge halt! Dagegen kam Lilly nicht an. Deshalb war sie stinksauer. Vermutlich knabbert sie noch heute an dieser Niederlage und wird Lenni vermutlich zu seiner Entscheidung gratulieren. Dieser Gedanke versetzt mir einen weiteren Stich, diesmal ins Herz. Aber eigentlich sollte mir Lilly egal sein. Denn viel schlimmer ist die Vorstellung, Lenni am Montag in der Schule wiederzusehen und nicht mehr mit ihm zusammen zu sein. Ab morgen werden wir nach Schulschluss nicht mehr Händchen haltend auf unseren

Rädern nebeneinanderfahren und versuchen, es bis zu ihm nach Hause zu schaffen, ohne uns zwischendurch einmal loszulassen. Ab morgen werde ich wieder alleine radeln. Oder laufen – denn mein Rad steht ja noch bei Klara.

»Mama, wir müssen mein Rad noch bei Klara abholen!«, quäke ich nach vorne.

Mama schüttelt den Kopf. »Das ist jetzt zu spät. Papa fährt dich morgen. Du kannst dein Rad ja nach der Schule abholen. Ich geb dir Busgeld.« Ich brumme gleichgültig. Plötzlich dreht Mama sich zu mir um, drückt meine Hand ganz fest und schaut mich intensiv an, so als könnte sie mit Röntgenaugen mitten in mein Herz gucken. »Hab Vertrauen! Was groß und wahr ist, wird nicht verloren gehen.«

Mal ehrlich: Meistens finde ich Mamas Eso-Weisheiten zum Brechen. Aber diese umhüllt mich wie ein warmer Sommerwind. Es ist eine schöne Vorstellung, dass unser Universum nichts trennt, was zusammengehört. Denn dann komme ich auf jeden Fall wieder mit Lenni zusammen.

Ich nicke und lächele sogar ein bisschen. Daraufhin dreht sich Mama mit einem zufriedenen Gesichtsausdruck zurück nach vorne. In diesem Moment kommt sie mir vor wie die große Weise aus dem Morgenland – fehlt nur noch, dass aus ihren Ohren Weihrauch dampft oder sie mit einem Zischen in ihrer Wunderlampe verschwindet.

Nachdem es mir eben noch richtig schlecht ging, fühle ich mich plötzlich wieder ganz zuversichtlich. (Typische Jojo-Gefühle: mal ganz tief unten und dann wieder obenauf.) Immerhin gibt es einen Plan für Lenni und mich. Nicht nur vom Universum, sondern auch von Laubird. Ich muss jetzt nur schnell unsere neue Freundschaft beenden, dann kann, »was groß und wahr ist«, wieder zusammenfinden. Oh Mann!

Ich löse meine Hand aus Mamas Griff und wische mir über die tränenfeuchten Wangen. Eigentlich schade, dass Lenni nicht bei Facebook ist (und ich auch nicht) – dann wäre mein Leben jetzt viel leichter als mit WhatsApp. Momentan könnte ich ihn allenfalls blockieren. Aber das macht überhaupt keinen Sinn, denn erstens würde er gar nicht merken, dass ich ihn blockiert habe – er bekäme schließlich keine Meldung »Cosi hat dich blockiert«. Und zweitens – und das ist noch viel schlimmer – bekäme ich dann keine Nachricht von ihm, falls er sich doch mal melden sollte. Das fände ich auch blöd.

Bleibt also nur Instagram. Da könnte ich seine ganzen Posts, die ich geliked habe, wieder entliken. Disliken geht ja leider nicht. Natürlich könnte ich obendrein noch aufhören, ihm zu followen. Aber das mache ich lieber auch nicht, weil ich dann nichts mehr aus seinem Leben mitbekäme.

Auch wenn ich nicht sicher bin, ob er meine große Entlike-Aktion überhaupt mitkriegt, scrolle ich schweren Herzens durch seine Bilder, um überall mein »Like« zu entfernen. Dabei fällt mir wieder auf, wie niedlich Lenni ist. Die meisten Fotos zeigen ihn beim Skateboarden. Er ist richtig gut und total mutig. Ich würde mich ja nie trauen, auf einem Brett mit Rollen eine Halfpipe runterzusausen. Lenni traut sich das. Ich scrolle weiter. Dann kommt ein Foto, bei dem ich gleich wieder ganz traurig werde: Zwei Paar Füße, die in Chucks stecken (ein großes und ein kleines) liegen auf einer samtroten Sitzlehne vor einer großen Kino-Leinwand. Davor: ein Riesenbecher Popcorn, den Lenni uns spendiert hat, weil er meint, dass Kino ohne Popcorn nur halb so schön ist. Darunter ein Hashtag: #Kino #Popcorn #ZuZweit.

Da waren wir zum ersten Mal zusammen im Kino und haben uns zum ersten Mal geküsst. Bei diesem Bild kann ich das »gefällt mir« nicht löschen. Auch wenn es bei diesem Bild wahrscheinlich am meisten auffallen würde – das hat nämlich nur zwei Likes, aber mein Zeigefinger sperrt sich und alle anderen Finger machen auch nicht mit. Stattdessen entlike ich schweren Herzens das Bild, das danach kommt – von dem riesigen Pärchen-Eisbecher, aus dem zwei lange Löffel und eine Herzwaffel ragen. Bei diesem Becher darf man sich die Eissorten selbst aussuchen und Lenni hat acht (!) Erdbeereiskugeln bestellt, weil ich Erdbeereis so gerne mag. (Dabei ist er eher der Schoko-Typ.)

Ich seufze und gehe zu den nächsten Bildern. Bei denen fällt mir das Entliken ganz leicht. Wir waren im Wildpark. Unsere erste Verabredung überhaupt. Da gibt es ein Foto, auf dem ich gerade Salat esse. Eigentlich gucken nur zwei dunkle Augen umrahmt von einer dunklen Brille hinter einem riesigen grünen Salatblatt hervor. Selbst Klara hat mich kaum erkannt. Was ich nämlich nicht wusste: Es ist überhaupt keine gute Idee, bei einem Date Salat zu essen! Ich hatte das Salatblatt leider nicht richtig klein geschnitten und im letzten Moment, bevor ich es in den Mund schieben konnte, ploppte es plötzlich auf und besprenkelte mich überall mit Balsamico-

Dressing. Total peinlich! Lenni hat sich hinter seiner vorgehaltenen Serviette kaputtgelacht. Habe ich genau gesehen!

Das zweite Bild ist ein Selfie vor dem Wildschweingehege mit ganz vielen niedlichen Frischlingen. Das wollte Lenni unbedingt machen, weil er die kleinen Ferkelchen so putzig fand. Mir sind die Viecher ja ein bisschen unheimlich. Mein Papa ist nämlich als Kind mal von einem Wildschwein gebissen worden – die Narbe hat er heute noch! Deshalb habe ich mit einem mulmigen Gefühl in die Kamera gelacht. Wir wollten gerade weiterlaufen, da raste die wütende Muttersau plötzlich wild grunzend auf mich zu und ich stolperte vor lauter Schreck in den Schlamm. Dabei war zwischen den Wildschweinen und mir ja eh ein Zaun. Trotzdem habe ich mich irre erschreckt! Lenni hat mich dann aus dem Schlamm gezogen und mir seine Sweatshirtjacke gegeben, damit ich sie mir um den Po wickeln konnte, damit nicht jeder den riesigen braunen Fleck sah. Und obwohl er deutlich gefroren hat, wollte er die Jacke auf keinen Fall wiederhaben. Lenni ist wirklich lieb. Trotzdem fällt es mir bei diesen Bildern nicht so schwer, sie zu entliken. Weil das so unfassbar peinlich war!

Aber ob das reicht, um Lenni klarzumachen, dass ich nicht mehr mit ihm befreundet sein will? Ich bin mir nicht so sicher. Ich könnte ihm natürlich seinen Pullover zurückgeben, den er mir geliehen hat. Vielleicht könnte ich sogar etwas Fieses dazu sagen. So nach dem Motto: »Eigentlich wollte ich ihn in die Altkleidersammlung werfen, aber dann ist mir eingefallen, dass er dir gehört ...« Allerdings hat auch das einen Haken: Ich will ihm den Pulli nicht zurückgeben! Zumindest noch nicht. Wenigstens so lange nicht, wie er noch nach Lenni riecht.

Am besten, um nicht mehr befreundet zu sein, wäre es wahrscheinlich, wir würden uns streiten. Aber worüber? Wir haben uns noch nie gestritten. Lenni hört sich immer alles an und sagt dann meistens: »Ich verstehe, was dich daran ärgert. Aber versetze dich mal in meine Lage ...«

Gedankenverloren kratze ich an meinem Ellenbogen. Als es nicht aufhört zu kribbeln, entdecke ich eine winzige Ameise, die mir über den Arm krabbelt, und puste sie aus dem offenen Fenster. Ein Streit wäre bestimmt eine gute Idee. Da fällt mir doch irgendwas ein. Oder vielleicht fällt Klara etwas ein. Mein Hirn ist gerade wie leer gepustet. (Vielleicht der Fahrtwind?) Bin ich froh, dass ich immer zu zweit bin! Auf Klara kann ich mich verlassen. Mein Klärchen. Plötzlich wird mir ganz warm im Bauch. Zusammen schaffen wir es bestimmt, Lennis und meine Freundschaft zu beenden. Und die Sache mit ihrem Papa kriegen wir auch wieder hin. Ganz bestimmt. Hauptsache, wir halten zusammen.

Und zack!, ganz plötzlich ist es wieder da, das gute Gefühl. (Ich sage ja: auf und ab und hoch und runter ...) Beruhigt schließe ich meine Augen und halte meine Nase aus dem Mini-Klappfenster der Ente. Die Luft ist warm. Papas Auto rasselt leise vor sich hin und plötzlich ertönt »Hallo Lieblingsmensch, ein Riesenkompliment dafür, dass du mich so gut kennst ...« Klaras Klingelzeichen. Dabei ist es schon nach 22 Uhr! Das ist schlecht, weil das bedeutet: Es ist definitiv ein Notfall!

»Hallo, Klärchen«, begrüße ich meine Freundin, die anstatt einer Begrüßung nur laut in den Hörer schnaubt.

Dann höre ich sie schniefen: »Meinst du, meine Eltern trennen sich?«

»Nein!«, rufe ich bestimmt und schiebe sofort hinterher: »Was groß und wahr ist, wird nicht verloren gehen.«

Klara schnaubt noch einmal laut in den Hörer, sodass ich mein Handy schnell vom Ohr weghalte. Dann knurrt sie: »Du klingst schon wie deine Mutter.« Daraufhin schweige ich erst einmal betroffen. Klara redet gleich weiter: »Ich würde so gerne wissen, wer sie ist.«

»Hast du sie denn schon mal gegoogelt?«

»Flauschi?«

Stimmt. Da kommen bestimmt eher Anzeigen von Menschen, die ihr Zwergkaninchen abgeben wollen. Oder Teppiche. Oder Kaschmir-Pullover. Ich schnaufe. Das wird schwierig! »Wir könnten deinem Papa doch heimlich folgen, wenn er zu ihr fährt.«

»Und womit? Mit dem Fahrrad? Und dann? Steigt er in sein Auto und ist weg.«

Stimmt auch. Das geht nicht. Wir bräuchten ein Auto. Also, ich meine: ein richtiges Auto. Da brauche ich meine Eltern gar nicht zu fragen. Denn selbst wenn ich sie überzeugen könnte mitzumachen (und sie sind verrückt genug, dass sie das tun würden), steigt Klaras Dad in seinen 7er-BMW und braust davon, noch ehe wir unsere lahme Ente überhaupt gestartet haben. Da könnten wir ebenso gut mit dem Rad hinterherstrampeln. Oder zu Fuß gehen. Klara weint weiter. Auch mir ist schlagartig wieder zum Heulen zumute. Denn plötzlich fühle ich mich überhaupt nicht mehr zuversichtlich. Ich meine:

Nun haben wir *zwei* fette Probleme (vorausgesetzt, wir zählen die französischen Austauschschülerinnen nicht zusätzlich als eigenes Problem ...), die wir lösen müssen – und für die wir noch keine Lösung haben. Aber auch das zeichnet allerbeste Freundinnen aus: Nach einem kurzen Hoch prima gemeinsam heulen zu können.

Am nächsten Morgen weckt mich Mama mit einem betrübten Gesichtsausdruck. Ich bekomme sofort einen Schreck und richte mich abrupt auf: »Oh nein! Hab ich verschlafen?«

Dabei wollte ich heute extrafrüh aufstehen, um mich besonders hübsch zu machen. Mit Mascara und so.

Mama zieht die Stirn kraus: »Quatsch! Es ist zehn vor sieben. Ich wollte dich nur vorwarnen, dass heute Vollmond ist.« Wieder dieser betroffene Blick.

Verständnislos sehe ich meine Mutter an. »Ja und?«

»Das sind schwierige Tage! Da erlebst du alle Gefühle viel intensiver.«

Ich lasse mich stöhnend zurück ins Kissen fallen. Schließlich sind meine Gefühle auch so schon intensiv genug.

»Ja, uns erwartet ein heftiger Tag. Das ist sogar wissenschaftlich nachgewiesen! In Vollmondnächten passieren viel mehr Morde als in normalen Nächten. Und heute steht der Mond auch noch im Widder.«

»Und was macht er im Widder?«, erkundige ich mich zunehmend besorgt.

»Da liegt Streit in der Luft!« Mit diesem Satz und einem vielsagenden Blick rauscht Mama aus dem Zimmer – wie eine alte, gruselige Hexe nach einer schlimmen Offenbarung. Fehlt nur noch die Katze auf dem Buckel. Erstaunlich, dass ich so normal geworden bin! Bei *den* Eltern!

Während ich Lennis Pulli, der neuerdings neben meinem alten Stoffteddy mit mir im Bett schlafen darf, ordentlich zusammenlege und in die selbst gefilzten Hausschuhe schlüpfe, wird meine Laune allmählich besser. Denn wenn heute Streit in der Luft liegt, passt das perfekt zu meinem heutigen Auftrag! Schließlich muss ich mich heute mit Lenni streiten. Zumindest ein bisschen. Also wenigstens so doll, dass wir anschließend nicht mehr befreundet sind. Vielleicht hilft mir der Mond sogar dabei. Ich selbst habe nämlich noch gar keine Idee, wie ich das anstellen soll mit dem Streit. Ich seufze. Sobald ich an Lenni denke, habe ich das Gefühl, dass etwas an meinem Herzen knabbert. Das ist wirklich verrückt. Liebeskummer tut körperlich weh. Gleichzeitig werden meine Füße so schwer wie Beton. Ich kann kaum aufstehen.

Pieps! Eine neue Nachricht von Klara: »Es gibt einen Weichspüler, der Flauschi heißt.« Was ist denn das für eine Info? Der Weichspüler wird sich kaum darauf freuen, ihren Papa wiederzusehen.

»Und?«, frage ich deshalb zurück.

»Übers Internet finden wir sie schon mal nicht.«

Schon klar. »Wir finden sie schon!«, versuche ich Klara Mut zu machen. Klaras Elternkummer ist genauso schlimm wie mein Liebeskummer. Er ist auch ihr allererster Gedanke beim Aufstehen. Wobei ich mich frage, warum es so wichtig ist, Flauschi zu finden. Das ändert doch nichts.

»Das ändert sehr wohl was!«, beharrt Klara wenig später an der Bushaltestelle, an der Papa mich abgesetzt hat, damit ich zusammen mit Klara in die Schule gehen kann – wobei »zusammen mit Klara in die Schule gehen« eigentlich nur bedeutet, dass wir etwa vier Minuten durch ein kleines Waldstück laufen, bis wir das Schultor und den Fahrradabstellplatz erreichen. Aber immerhin: vier Minuten, in denen ich noch vor Schulbeginn ungestört mit Klara quatschen kann.

»Aber was genau soll das ändern?«, hake ich noch einmal nach.

»Mensch, Cosi! Weiß ich doch auch nicht. Das müssen wir uns überlegen, wenn wir sie haben. Vielleicht ist Flauschi ja selbst verheiratet und wir können ihr drohen, alles ihrem Mann zu erzählen, wenn sie nicht die Finger von meinem Vater lässt.« Meine sonst so starke Klara wirkt aufgelöst. Die Sache ist aber auch verzwickt. Zumal wir ja echte Anfängerinnen sind, was Liebesdinge angeht: Ich hatte eine viermonatige Beziehung mit Lenni und Klara war mal zwei Monate mit Tim aus der Neunten zusammen. Das war's. Die Sache mit ihren Eltern ist eher was für Fortgeschrittene, finde ich. »Und wenn Flauschi ihren Mann verlässt und verlangt, dass dein Papa dasselbe macht?«, gebe ich deshalb zu bedenken.

Klara guckt verzweifelt: »Ich weiß es doch auch nicht. Ich glaube, das müssen wir entscheiden, wenn wir wissen, wer sie ist.«

Schon wieder zwickt es in meinem Bauch. Die Sache mit Flauschi ist ganz schön heikel. »Hast du schon eine Idee, wie wir Flauschi überhaupt finden sollen?«

»Leider nicht!«, sagt Klara und lässt seufzend ihre

Schultern hängen. Ich seufze mit. Das ist wirklich ein blöder Tag. Hat Mama ja schon angekündigt …

Mit heftigem Bauchgrummeln betrete ich mit Klara unser Klassenzimmer. Sofort sucht mein Blick nach Lenni, aber ich bemühe mich, es mir nicht anmerken zu lassen. Ich entdecke ihn inmitten seiner Kumpels in der hintersten Ecke unseres Klassenraums.

Klara knufft mich in die Seite: »Jetzt starr ihn doch nicht so an!«

Okay. Ich muss wohl unauffälliger werden. Noch ein vorsichtiger Blick in seine Richtung – und sofort werde ich ganz kribbelig im ganzen Körper, weil Lenni so toll ist. Immer fröhlich. Immer voller Ideen. Immer zuversichtlich. Immer da. Ich schmelze dahin. Nun ist mir auch klar, warum man das so sagt: dahinschmelzen. Weil sich das Herz plötzlich warm und weich anfühlt, weil sich die Beine plötzlich warm und weich anfühlen. Weil im Kopf nur noch rosa Brei zu sein scheint. Weil man sich fühlt wie ein dahingeschmolzener Erdbeereisbecher. Lenni ist einfach der coolste Junge überhaupt. Ich kriege kaum noch Luft. Gerade schüttelt er lachend seine dunklen Haare aus seinem braun gebrannten Gesicht, dabei bekommt er so süße Grübchen. Außerdem hat er einen dunklen Leberfleck unter dem Mund. Ich liebe diesen Leberfleck. Er passt so gut zu ihm. Lennis dunkle Augen leuchten begeistert, während er seinen Freunden wild gestikulierend was erzählt. Seinen Armbewegungen nach bestimmt irgendwas vom Skateboarden. Plötzlich stoppt er seine Erzählung und schaut in meine Richtung. Dann hebt er lässig seine Hand zum Gruß. Ich lächele und winke zurück.

Prompt bekomme ich einen Knuff in die Seite. »Nicht starren! Und nicht so belämmert winken! Und nicht befreundet sein!« Klara zupft an meiner Sweatshirtjacke, damit ich mich neben sie setze. Und ich denke nur: Er hat mich angeschaut! Er hat mich gegrüßt! Er ist so toll!

»Wie hat Laubird gesagt? Ganz oder gar nicht!«, erinnert mich Klara, während sie ihr Mäppchen aus der Tasche holt.

Schuldbewusst presse ich die Lippen aufeinander. »Du hast ja recht!«

»Das wird schon!«, meint sie und drückt meine Hand.

Ich lächele sie dankbar an. »Wie findest du, wie er mich angesehen hat?«, wispere ich Klara gerade ins Ohr, da betritt Frau Steinbrück unsere Klasse. Unsere miesepetrige Französisch-Lehrerin, vor der alle Angst haben, weil sie ein echtes Biest ist.

»Bonjour!«, keift sie in die Klasse – ein Gruß wie eine Drohung. Alle Schüler springen hektisch auf. »Bonjour, Madame!«, rufen wir im Chor zurück. Dann gibt uns Frau Steinbrück ein Zeichen, dass wir uns setzen dürfen. Kurzes Stühlerücken. Alle sitzen und sehen sie erwartungsvoll an. »Wir haben un problème«, beginnt sie.

Och nee! Die jetzt auch noch. Als ob wir nicht schon genügend Probleme hätten dank Widder im Mond oder so und überhaupt. Wobei Lehrer-Probleme meistens gar nicht so schlimm sind. Zumindest nicht für uns Schüler. Deshalb höre ich auch nur mit einem halben Ohr hin und überlege stattdessen lieber, wie ich das mit dem Mini-Streit heute hinkriegen könnte. Das ist nämlich echt schwierig, zumal Lenni und ich ja eigentlich nichts miteinander zu tun haben – außer dass wir in derselben

Klasse sitzen. Vielleicht in der Pause? Ich könnte den Tischtennisball klauen und über den Zaun werfen. Oder drauf treten. Aber dann ist nicht nur Lenni sauer, sondern vermutlich alle Jungs.

Frau Steinbrück setzt ihre Brille auf und blättert in einem Hefter. »Unsere Französisch-Austauschklasse besteht diesmal fast nur aus Mädchen«, höre ich sie sagen. Auf einen Schlag hat sie meine komplette Aufmerksamkeit. *Wie bitte?* Fast nur Mädchen? Das ist allerdings un problème. Und was für eins! Sofort beginnt Klara unauffällig über meinen Rücken zu streicheln. Sie weiß genau, was das bedeuten könnte.

Gebannt starre ich Frau Steinbrück an, die noch einmal tief Luft holt: »Also müssten die Mädchen aus dieser Klasse entweder jede zwei französische Schülerinnen aufnehmen. Oder ...« Ich bin wie erstarrt. Der nächste Albtraum wird wahr. »... wir müssen diesmal ein paar Mädchen bei Jungen unterbringen. Was ich difficile finde.«

Aber hallo! Das finde ich auch! Très difficile!

Eine Französin soll bei Lenni übernachten?! Das ist der *Horror!* »Auja!«, ruft der pummelige Johannes vorlaut in die Klasse.

Frau Steinbrück wirft ihm einen bitterbösen Blick zu, der mich sofort zum Schweigen gebracht hätte. Doch die Jungs kichern und klatschen sich unter dem Tisch ab. Und Lilly – offenbar angespornt durch Johannes' Lacherfolg – schreit: »Iiiiehhh! Soll auch eine bei Gregor übernachten? Die Arme!« Beifall heischend schaut sie sich um. Doch diesmal kichern nur Lillys dämliche Freundinnen und selbst das eher verhalten.

Gregor rutscht auf seinem Stuhl noch ein Stück tiefer. Er ist unser absoluter Klassen-Außenseiter. Weil er eigentlich immer ungewaschen riecht, seine fettigen Haare ihm an der Stirn kleben und er Klamotten trägt, die so aussehen wie die von den Kinderfotos meines Vaters. Sein Ranzen ist so alt, den würde sogar meine Mutter aussortieren, obwohl die ein Riesenfan von Secondhand und Wiederverwertung ist. Über Gregor weiß niemand was, nur, dass er ein schwieriges Elternhaus hat und bei seiner Oma lebt. »Er tut mir leid«, flüstere ich Klara zu.

»Mir auch!«, seufzt sie.

Frau Steinbrück hat ganz eindeutig kein Mitleid mit Gregor. Sie geht überhaupt nicht auf Lillys Unverschämtheit ein. »Ich fürchte, das werden eure Eltern entscheiden müssen, wie wir das mit den Übernachtungen machen«, erklärt sie mit spitzen Lippen.

Das hatte mir gerade noch gefehlt: Eine superhübsche französische Austauschschülerin, die bei Lenni übernachtet. Eine Woche lang! Panisch sehe ich zu Klara rüber, die sich alle Mühe gibt, mich zu beruhigen.

Laut sagt Klara: »Also bei mir können garantiert zwei schlafen!« Sie blickt zu Leonie und Sophie, die beide ebenfalls nicken. »Und bei Leonie und Sophie auch«, fügt Klara hinzu. Bei mir natürlich ebenfalls. (Wobei mir unsere Gäste schon jetzt leidtun! Franzosen sind doch Gourmets. Die werden sich wundern! Wahrscheinlich reisen sie nach einer Woche bei meinen Eltern *nie wieder* nach Deutschland.) Immerhin acht Mädels sind damit schon mal untergebracht. Bleiben zwölf Übernachtungs-Französinnen übrig. Zwölf!

Ich schiele zu Lenni rüber, der weiterhin aufgeregt

mit den anderen Jungs tuschelt und vermutlich gerade ähnliche Rechnungen aufstellt. Dabei merke ich, dass ich beobachtet werde – von Lilly! Sie sitzt genau neben Lenni und starrt gehässig zu mir rüber. Warum verzieht sie dabei so garstig den Mund? Ach so: Sie versucht zu lächeln. Ich sehe meiner Erzfeindin sofort an, dass sie Wind davon bekommen hat, dass zwischen Lenni und mir Schluss ist. So wie Klara mein Seelenzwilling ist, ist Lilly meine Seelenfeindin. Ich spüre ganz deutlich, dass sie mir gleich eins reinwürgen wird.

Ohne den Blick von mir abzuwenden, streckt sie langsam, beinahe genussvoll, ihren Arm in die Höhe. Als Frau Steinbrück sie aufruft, erklärt Lilly: »Bei mir können auf GAR KEINEN Fall zwei Mädchen schlafen. Leider nicht mal eine. Und bei Janine und Nadine auch nicht.« Erst gucken ihre beiden treu ergebenen Untertaninnen etwas verblüfft, dann nicken sie schnell. Hab ich es doch gewusst!

Frau Steinbrück zieht die Stirn kraus. »Das werden wir am Elternabend in einer Woche klären. Wir beginnen jetzt erst einmal mit dem Unterricht.« Ich muss schlucken. Dann fallen drei Mädchen schon mal weg. Bleiben sieben.

Wie sollen denn sieben Mädchen zwanzig Französinnen aufnehmen? Ich meine: Ich bin ja wirklich nicht gut in Mathe, aber dass die Gleichung nicht aufgeht, kapier sogar ich. Mist! Mist! Mist!

Nun kann ich mich überhaupt nicht mehr auf den Unterricht konzentrieren. Ich kann mich nicht einmal mehr darauf konzentrieren, wie ich mit Lenni einen Streit anfangen soll. Die ganze Zeit skateboardet eine niedliche

Französin mit Schmollmund, dunklen Locken und normalen Eltern durch meinen Kopf. »Das war's. Dann kann ich auch gleich mit ihm befreundet bleiben«, jammere ich. Ganz leise, damit nur Klara mich hört.

»Quatsch!«, motiviert die mich ebenso leise. »Nicht aufgeben!« Nicht aufgeben – meine Freundin hat gut reden. Das wird doch nie und nimmer wieder was mit Lenni. Schon gar nicht, wenn demnächst auch noch eine Französin bei ihm wohnt. Rien ne va plus! »Du musst dich nur an Laubirds Plan halten!«, zischt Klara.

Da kracht plötzlich das große Lehrerlineal auf das Pult. Es ist, als hätte eine Bombe eingeschlagen. Die ganze Klasse zuckt erschreckt zusammen. Die Steinbrück brüllt: »Ruhe! Was soll denn dieser Krach heute?« Schlagartig sind alle – sogar der immer Quatsch machende Johannes – mucksmäuschenstill und starren regungslos in Richtung Tafel. Frau Steinbrück lässt ihren Blick kreisen wie ein Raubvogel auf der Jagd. Wir halten die Luft an. Weil die Steinbrück aber leider keinen Störenfried finden und mit ihrem tödlichen Blick verspeisen kann, beginnt sie wieder damit, uns irgendwelche französischen Grammatikwörter zu erklären. Ich habe spätestens nach dem dritten Satz den Faden verloren. Schließlich muss ich über Wichtigeres nachdenken. Ich muss mindestens sechs Französinnen irgendwo unterbringen und mich außerdem mit Lenni streiten. Vorsichtig luge ich zu ihm rüber. Wie er gelangweilt Papierschnipselchen zwischen zwei Stiften hin- und herschießt. Süß!

Ach, nein.

Streiten!

Nur wie? Mein Blick fällt auf Lilly, die es im Französisch-Raum irgendwie neben Lenni geschafft hat. Wahrscheinlich auch nur, um mich zu ärgern. Sie sieht mich an und hebt vorsichtig ein Blatt hoch, auf das sie einen Baum gemalt hat. Was soll denn das? Ich will gerade den Kopf wegdrehen, da umfasst sie ihre Unterarme und tut so, als würde sie ihren Kopf an irgendetwas reiben. Sie wiegt ihren Unterarm hin und her. Nun macht sie auch noch einen Kussmund und strahlt mich dabei garstig an. Wahrscheinlich wird sie jetzt verrückt. Ich will mich gerade von ihr abwenden, da umarmt sie plötzlich ihre Baumzeichnung. Mir stockt der Atem. Denn plötzlich verstehe ich: Lilly muss mich gestern am See gesehen haben! Jetzt grient sie noch breiter. Offenbar sieht sie mir an, dass ich verstanden habe. Sie kreist mit ihrem Zeigefinger an ihrer Schläfe, so als hätte ich nicht alle Tassen im Schrank. Blöde Kuh! Mein Herz klopft schneller. Am besten ignoriere ich sie einfach. Dann hat sie mich eben an dem Baum gesehen. Na und?

Doch dann beugt sie sich demonstrativ zu Lenni rüber. Erst schaut sie dabei zu mir, dann richtet sie ihre Aufmerksamkeit scheinbar nach vorne zu Frau Steinbrück. Nun wird mir heiß und kalt. Lilly will Lenni von meiner Faultiernummer am See erzählen!!

Mit aufgerissenen Augen starre ich zu ihnen rüber. Lenni senkt seinen Kopf, damit er hören kann, was Lilly ihm zuflüstern will. Meine Hände werden feucht. Ich muss das unbedingt verhindern! Panisch sehe ich mich zu Klara um. Aber bis ich ihr überhaupt erklärt hätte, was los ist, wüsste Lenni längst Bescheid. Das geht nicht! Ohne darüber nachzudenken, reiße ich den Arm in die Luft (und ignoriere den Muskelkater, den ich vom Handy-in-die-Luft-Strecken habe). Frau Steinbrück sieht mich überrascht an – schließlich melde ich mich sonst nie in Französisch. »Ja, bitte, Cosmea?«

Ich nehme all meinen Mut zusammen und brülle beinahe hysterisch: »Lennard bewirft mich die ganze Zeit mit Papierschnipseln!«

Lilly sitzt sofort kerzengerade – und Lenni starrt mich fassungslos an. Der Rest der Klasse hält die Luft an.

Frau Steinbrücks Augen werden zu schmalen Schlitzen, ihre Stimme zu einem bedrohlichen Knurren: »So? Tut er das?« Dann wendet sie langsam, ganz langsam ihren Kopf in Lennis Richtung. Der sitzt da wie erstarrt. Mit weit aufgerissenen Augen. Beide Stifte in der Hand. Vor ihm ein weißer Papierschnipsel. »Ich habe überhaupt keine Papierschnipsel geworfen«, stottert er. Noch nie habe ich ihn so sprachlos erlebt. Lenni, dem doch eigentlich immer etwas einfällt. Wahrscheinlich ist ihm bewusst, dass er mit den verräterischen Schnipseln vor sich nicht gerade glaubwürdig rüberkommt. Das findet wohl auch die Steinbrück.

»Ach, hast du nicht?«, geifert sie und schreitet langsam in seine Richtung. Sie *hasst* es, wenn jemand ihren Unterricht stört. (Und vorlaute Jungs hasst sie am meisten.) Ich frage mich schon, ob das mit den Papierschnipseln wohl so eine gute Idee war. Im Augenwinkel beobachte ich, wie Lilly erst überrascht die Augenbrauen hebt, sich dann aber krampfhaft ein gehässiges Grinsen unterdrückt. Unsicher sehe ich zu Klara, die sich – natürlich – schon wieder entsetzt die Hand vor den Mund presst. Auch mir stockt der Atem. Gleich wird die Steinbrück zubeißen! Ich schließe die Augen.

Als ich sie vorsichtig wieder öffne, fange ich gerade noch Lennis wütenden Blick auf, während er mit seiner Strafarbeit in der Hand unseren Klassenraum verlässt. »Na, das hast du geschafft«, gratuliert mir Klara, wobei ich in ihrem Gesicht nicht lesen kann, ob sie das nun gut oder schlecht findet. Dabei wollte ich das doch gar nicht! Na ja, ich wollte mich heute natürlich mit Lenni streiten. Aber doch nicht so! Nun wird er mich für alle Zeiten hassen.

Immerhin konnte Lilly ihm nicht von meinem Parallelleben als Faultier erzählen. Doch auch wenn ich eine Katastrophe abgewendet und mit Bravour Laubirds Tagesziel Nummer eins erreicht habe, das Drücken in meinem Bauch ist stärker als vorher.

In der Pause versucht Klara, mich aufzubauen. Wir stehen in einer langen Warteschlange in unserer Cafeteria und Klara redet auf mich ein: »Aber Cosi, du musstest eure Freundschaft beenden. Das war doch deine Aufgabe für heute.« Ich starre weiter betrübt vor mich hin. »Du könntest solche Aktionen demnächst ja auch vorher mit mir besprechen«, schlägt Klara vorsichtig vor.

»Aber es ging doch so schnell!«, jaule ich sofort laut auf, sodass ein paar Leute von ihren Tischen aufschauen.

Klara sieht sich um. »Pscht!«, macht sie, aber dann schüttelt sie ihren Kopf und spricht mit gedämpfter Stimme weiter: »Das war ja auch total okay!« Dabei sehe ich ihr an, dass es nicht okay war, Lenni bei der Steinbrück zu verpetzen. Klara ist eine schlechte Lügnerin. Wie immer kauft sie für uns ein Schokokuss-Brötchen und will mich abbeißen lassen, aber diesmal ist mir der

Appetit wirklich vergangen. Heute mag ich nicht mal Klaras mitgebrachtes Salamibrot essen.

Als wir die Cafeteria verlassen, höre ich direkt neben dem Eingang Lilly schnattern. Sie steht mit dem Rücken zu uns und ich schnappe gerade noch auf, wie sie lästert: »... die Mutter hat wirklich schwer einen an der Waffel. Kein Wunder bei der Tochter!« Dann lacht sie künstlich und wechselt das Thema: »Habt ihr am Wochenende das GNTM-Special gesehen? Mal ehrlich: Da kann ich auch mitmachen. Blöd, dass ich noch warten muss, bis ich sechzehn bin!« Dabei knabbert sie an einer Möhre, während ihre nickenden Freundinnen Janine und Nadine auf ihren Reiswaffeln herumkauen und neidisch auf Klaras Schokokuss-Brötchen schielen, als wir an ihnen vorbeilaufen. Ich könnte brechen, so blöd finde ich die!

Wenn Lenni und ich noch zusammen wären, könnten wir sicher zusammen über meine Aktion am Badesee lachen. Aber wenn Lilly es ihm erzählt, kann ich die Geschichte nicht einmal geraderücken. Deshalb bin ich den Rest des Tages damit beschäftigt, Lilly im Blick zu behalten, die immer wieder versucht, sich an Lenni heranzupirschen, um ihre Geschichte loszuwerden. Glücklicherweise kann er sie genauso wenig leiden wie ich und hat offenbar keine besondere Lust, ihr zuzuhören. Er geht ihr konsequent aus dem Weg.

Mir leider auch. Er ist offensichtlich stinksauer. Ich glaube, dies ist der schrecklichste Schultag meines Lebens!

Als wir endlich Schulschluss haben, versucht Klara noch immer, mich aufzubauen. »Zumindest hast du dein Tagesziel erreicht – du bist definitiv nicht mehr mit Lenni befreundet! Das ist doch super!«

SUPER? Das ist ja wohl das allerfalscheste Wort. »Wahrscheinlich hat er mich sogar schon bei WhatsApp blockiert«, jammere ich.

Klara schaut mich betroffen an. »Aber du sollst ihm doch eh nicht schreiben.« Da hat sie natürlich recht. Trotzdem wäre es schön, wenn ich ihm zumindest theoretisch schreiben könnte. Plötzlich quietscht Klara laut auf: »Ha!« Ich zucke zusammen. »Cosi, ich hab jetzt die Lösung für Flauschi! Wir könnten sie doch blockieren. Dann kann sie meinem Vater nicht mehr schreiben.«

Stimmt! Das Flauschi-Problem haben wir ja auch noch! Es fällt mir gerade etwas schwer, von meinem fürchterlichen Lenni-Desaster zu Flauschi zu switchen. Klara fällt das natürlich etwas leichter. Schließlich schwirrt ihr Flauschi bestimmt die ganze Zeit genauso durch den Kopf wie mir Lenni. Blöd, dass alles gleichzeitig passiert und nicht nacheinander! Ich seufze tief und bemühe mich, nun auch mal über Flauschi nachzudenken. Klara will sie bei WhatsApp blockieren, dann kann sie Klaras Papa zwar nicht mehr anschreiben – aber damit ist doch das Problem nicht gelöst. »Es gibt doch auch noch E-Mails, Anrufe, echte Treffen, tausend Möglichkeiten«, gebe ich zu bedenken. »Wir wissen ja nicht mal, ob Flauschi vielleicht in seinem Büro arbeitet. Womöglich ist sie ja seine Sekretärin? Da hilft dir das überhaupt nicht, wenn du sie bei WhatsApp blockst«, überlege ich laut.

Klara zieht eine Schnute. »Du hast recht! Aber was können wir dann machen? Ich kann doch nicht einfach zusehen, wie mein Vater mit dieser Flauschi durchbrennt.« Inzwischen haben wir die Bushaltestelle erreicht, an der ich sonst immer Händchen haltend mit Lenni vorbeigeradelt bin. Deshalb bin ich kurzfristig noch einmal abgelenkt. »Hoffentlich geht Laubirds Plan auf!«, bete ich inständig.

»Hoffentlich fällt uns bald etwas ein!«, seufzt Klara im gleichen Moment. Sie kann offenbar auch keine Sekunde an etwas anderes denken. »Also, zuerst mal müssen wir herausfinden, mit wem wir es überhaupt zu tun haben.« Gedankenverloren tippt sie mit ihrem Zeigefinger auf ihre Nase. »Nur wie?« Plötzlich leuchten ihre Augen auf: »Ich hab's! Wir hacken Papas Handy!«

Ich verziehe das Gesicht. »Klar! Du und ich! Weil wir ja auch solche Computergenies sind.«

Der Bus hält und wir steigen ein. »Du bist doch gut am Computer!«, meint Klara. Ihre hellgrünen Augen funkeln vor Begeisterung über ihren famosen Plan. Aber ich erkläre ihr, dass es durchaus einen Unterschied zwischen PowerPoint und Handy-Hacken gibt.

Da erklingt plötzlich eine tiefe Stimme in der Busreihe hinter uns: »Ich kann Handys hacken.«

Klara und ich drehen uns ruckartig um und da sitzt »Mr Cooligalinski«. Ben aus unserer Klasse. Schwarze Klamotten. Schwarze strubbelige Haare. Sehr blass. Er erinnert mich ein bisschen an diesen hübschen Vampir aus Twilight, auf den alle Mädchen so abgefahren sind. So ein cooler, in sich gekehrter Typ. Es ist das erste Mal, dass er mit uns spricht.

Dementsprechend erstaunt starre ich ihn an. Aber Klara strahlt sofort: »Du kannst Handys hacken?«

Ben nickt verlegen. Es ist wahrscheinlich das erste Mal, dass ihn ein Mädchen derart begeistert anstrahlt.

Es ist wahrscheinlich überhaupt das erste Mal, dass ihn jemand anstrahlt, denn eigentlich gehen ihm nämlich alle aus dem Weg, weil er immer so grundgenervt wirkt.

Er kam zusammen mit Klara in unsere Klasse, nachdem er sitzen geblieben war. Er ist schon fünfzehn. Keine Ahnung, warum, vielleicht ist er schon zum zweiten Mal hängen geblieben. Allerdings würde ich mich nie trauen, ihn danach zu fragen. Er hat nämlich eindeutig keine Lust zu reden. Obwohl er super Skateboard fährt, würde er zum Beispiel nie im Leben mit Lenni und seinen Kumpels abhängen. Wenn er mal an der Skaterrampe auftaucht, macht er seine Flips und Slides, die anderen Jungs beobachten ihn ehrfürchtig, dann haut er wieder ab. Er ist fast ein bisschen unheimlich.

Deshalb hätte ich nie gedacht, dass ich einmal einen ganzen Nachmittag mit Ben verbringen würde. Doch nun sitzt er neben uns auf der Bank neben dem Dorfteich und erklärt uns geduldig (supergeduldig), was wir machen müssen, damit die Nachrichten, die Klaras Papa bekommt, gleichzeitig auf Klaras Handy erscheinen. »Wichtig ist, dass ihr den Code vom anderen Handy habt. Sonst geht gar nichts.« Klara nickt aufgeregt. Ihre Wangen sind feuerrot.

Ich spiele nervös mit den Bändeln meiner Sweatshirtjacke. Das mit dem WhatsApp-Hacken ist nämlich gar nicht sooo leicht. Dafür müssen wir Klaras Papa für mindestens fünf Minuten von seinem Handy weglocken. Fünf Minuten! In denen er auf gar keinen Fall merken darf, dass ich an seinem Handy zugange bin. Denn das ist der Plan: Klara muss einen spektakulären Unfall vortäuschen, und während ihre Eltern sich hoffentlich besorgt um sie kümmern, muss ich »Inside Wikileaks« spielen und das Handy hacken.

Wenn das schiefgeht, erteilt mir Klärchens Vater garantiert auf Lebenszeit Hausverbot. Wobei ich mich frage, was mir ein Anwalt sonst noch anhängen könnte. Fällt WhatsApp womöglich unters Briefgeheimnis? Nicht, dass ich wegen dieser Nummer sogar im Jugendknast lande ...

Mir ist zu Recht ein wenig mulmig bei der Sache und deshalb frage ich vorsichtig: »Sagt mal, ist das überhaupt erlaubt, die Nachrichten von anderen zu lesen?« Ich beuge mich leicht vor. Klara und Ben lachen laut auf, als ob ich einen Scherz gemacht hätte. Dann winken sie gleichgültig ab. Sie müssen dann ja auch nicht ins Gefängnis! Ich bin ja diejenige, die mit dem fremden Handy in der Hand erwischt wird, wenn's schiefläuft. Schnaufend lasse ich mich zurück auf die Bank plumpsen. Ben tröstet mich mit der Aussage, er hätte schon viel Schlimmeres gemacht, ohne Ärger zu kriegen. Na toll! Was ist denn das für ein Argument? Vermutlich hat er sich bislang auch noch nicht ausgerechnet bei einem Rechtsanwalt eingehackt ... Ich werde immer nervöser. Doch Ben setzt ungerührt sein kleines Hacker-Einmaleins fort und erklärt uns ganz genau, wie wir vorgehen müssen.

Am Ende strahlt er uns stolz an: »Ist super, oder? Ganz simpel.« Dabei guckt er in ziemlich verwirrte Gesichter.

»Ich verstehe gar nichts!«, gebe ich zu.

»Okay, dann bereite ich es eben für euch vor«, meint Ben resigniert seufzend. »Klara, wie ist die Nummer von deinem Dad?« Nachdem er minutenlang in ihr Handy getippt hat, reicht er uns das Handy mit den Worten: »Jetzt sollte nichts mehr schiefgehen.«

Ich hake nach: »Sollte nicht? Oder geht auf gar keinen Fall?«

Ben und Klara lachen schon wieder. Dabei war das ernst gemeint! Dann nimmt Klara Ben in den Arm (!), dabei haucht sie: »Vielen Dank! Du rettest mir gerade mein Leben!«

Ich reiße die Augen auf. Aber ehe ich noch etwas sagen kann, schnappt Klara meine Hand und zieht mich einfach hinter sich her.

»Wenn es nicht so traurig wär, wär es ziemlich cool, dass wir das einfach machen!«, flüstert sie, während sie leise die Haustür aufschließt.

Klaras Mama kommt sofort aus dem Arbeitszimmer gelaufen und schaut ihre Tochter überrascht an. »Klärchen! Musst du nicht zum Basketballtraining?«, ruft sie.

»Zu viele Hausaufgaben!«, schwindelt meine sonst so ehrliche Freundin und weicht dem Blick ihrer Mutter aus, indem wir blitzschnell die Holztreppe nach oben in ihr Zimmer rennen. Unsere Herzen klopfen so laut wie Papas indianische Schamanentrommeln. Wir kichern plötzlich drauflos. Einfach so. Das sind bestimmt die Nerven!

Klara holt Abigail aus dem Käfig, setzt sich im Schneidersitz auf ihr helles Blümchensofa (das coolerweise fast so aussieht wie das von Laubird) und lässt Abigail über ihre Arme und Schultern klettern. Ich suche derweil im Internet »Strafe bei Verstoß gegen das Briefgeheimnis«. Was ich da herausfinde, ist ein Schock, denn dort ist von einem Jahr Gefängnis oder einer Geldstrafe die Rede. Mulmig ist jetzt gar kein Ausdruck mehr für das Gefühl in meinem Bauch.

»Du, Klara«, beginne ich vorsichtig. »Was denkst du, was dein Papa macht, wenn er mich erwischt?«

Klara zuckt mit den Schultern. »Keine Ahnung.«

»Nein, sag mal. Meinst du, er zeigt mich an?«

Klara schüttelt den Kopf. »Erstens bist du noch nicht vierzehn, also noch gar nicht strafmündig, und zweitens hat er doch selbst genug Dreck am Stecken.«

»Okay, dann schreie ich sofort ›Flauschi!‹, wenn er mich entdeckt. Dann wird er sich bestimmt überlegen, ob er da eine große Sache draus macht.«

Klara guckt skeptisch. »Was soll denn meine Mutter denken, wenn du mit Papas Handy in der Hand im Flur stehst und ›Flauschi!‹ brüllst? Die hält dich ja für irre.«

Das ist aber immer noch besser, als im Knast zu landen. Klara zieht ihre Augenbrauen so hoch, dass sie beinahe komplett unter ihrem dichten blonden Pony verschwinden. »Wir sollten gar nicht darüber nachdenken. Das klappt schon!«

Ihre Zuversicht hätte ich auch gerne ... Dabei fällt mir Mama wieder ein mit ihrer düsteren Mondprophezeiung: Es wird mehr gestritten und es passieren mehr Verbrechen. Ich bekomme eine Gänsehaut. Sie hat recht! Diesmal hat sie wirklich recht. Erst der Quasi-Streit mit Lenni und jetzt werde ich auch noch kriminell ...

Ich sehe auf die Uhr: kurz vor fünf. Gegen sechs kommt Klaras Papa nach Hause. Theoretisch könnten wir jetzt noch unsere Hausaufgaben erledigen – wir haben nämlich tatsächlich ganz schön viel auf. Allerdings sind wir dazu viel zu zappelig, immerhin ist dies unser erster geheimer Hacker-Einsatz. Außerdem muss ich Klara ja noch mein neuestes Lilly-Problem erläutern, dazu bin ich in der Schule noch gar nicht gekommen, weil der Lenni-Schock so groß war.

Als ich damit fertig bin, schüttelt meine Freundin den Kopf. »Und deine Mutter hat wirklich gedacht, du würdest den Baum umarmen?«

Ich rümpfe die Nase. »Lilly. Es geht um Lilly. Sie war offenbar auch am See und will Lenni nun von dieser peinlichen Nummer erzählen.«

»So eine blöde Ziege!«, schimpft Klara.

Allerdings! Und leider hat diese Ziege Mamas peinlichen Auftritt am See erlebt ... Da fällt mir siedend heiß ein: »Hoffentlich hat sie das alles nicht auch noch gefilmt!«

Klara schüttelt vehement den Kopf: »Dann hätte sie den Film schon irgendwo gepostet. Oder zumindest in der Schule herumgeschickt.«

In dem Moment fährt mit einem tiefen Motorbrubbeln ein Auto vor das Haus: Klaras Vater. Wir stürzen sofort zum Fenster. Tatsächlich, da ist er. Atemlos verfolgen wir, wie er die Autotür ins Schloss schmeißt und stehen bleibt, weil er – mein Herz rast wie verrückt! – noch telefoniert. Dabei sieht er sich verstohlen um. »Bestimmt spricht er mit Flauschi«, stößt Klara hervor und hält Abigail dabei so fest, dass die sich mit einem lauten Quieker beschwert. Geistesabwesend tätschelt Klara ihrer Ratte den Kopf. Klara ist genauso angespannt wie ich. Wir beobachten, wie ihr Papa sein Handy jetzt besonders nah an sein Gesicht hält, dann lächelt er – und legt auf. Sein

Telefon steckt er in die rechte Tasche seines dunkelbraunen Jacketts.

»Hast du gesehen? Hast du gesehen? Die rechte Tasche«, flüstert Klara aufgeregt – dabei klingt sie fast wie Abigail, die Ratte.

»Klar!«, entgegne ich heiser. Ich bin so nervös, dass ich gerade nicht mal meinen Liebeskummer spüre. Gut, dass ich YouTuberin und nicht Agentin werden möchte – denn dafür hätte ich ganz eindeutig nicht die Nerven.

Klara setzt Abigail zurück in ihren Käfig und sieht mir fest in die Augen. »Jetzt geht's los. Bist du bereit?« Ich nicke. »Weißt du noch seinen Code?« Anscheinend geht Klara gerade ihre innere To-do-Liste durch.

Brav antworte ich: »2412.« Klara nickt zufrieden, mir hingegen dreht sich jedoch fast der Magen um bei der Vorstellung, gleich heimlich das Handy von Klaras Papa zu hacken. »Hauptsache, der Code stimmt auch noch«, bete ich.

Klara lacht auf. »Papa kann sich so schlecht Zahlen merken. Den Code ändert er bestimmt nicht.«

»Ganz schön leichtsinnig, finde ich. So könnte deine Mama ja auch diese Flauschi-Nachrichten entdecken.«

»Ja, aber sie geht ja nie an sein Handy. Los, wir müssen uns beeilen!«

Ich wünschte, ich könnte Klara in eine längere Diskussion über das regelmäßige Ändern des PIN-Codes verwickeln. Oder einfach vorspulen bis zu dem Moment, wenn wir wieder in Klaras Zimmer sitzen und alles hinter uns haben. Ich bin nicht der Typ für solchen Stress. Zumal ich vor Herrn Bentheim ohnehin immer ein bisschen

Angst habe, weil er so streng wirkt – und das auch, ohne dass ich gerade unerlaubt sein Handy hacke ...

Unten fällt die Tür ins Schloss. »Hallo, da bin ich! Mmmh, das riecht aber lecker!«

Klara nickt mir verschwörerisch zu und bringt sich schon mal auf ihrem rollbaren Schreibtischhocker in Position. Wir haben uns das nämlich so überlegt: Klara legt sich einfach mit dem Schreibtischstuhl auf den Boden und schreit und wimmert dabei wie am Spieß – so als wäre sie gerade samt Stuhl umgekracht. Das ist zwar keine Glanzleistung an Superidee, aber dann sind ihre Eltern garantiert erst einmal abgelenkt und wir wollen ja auch nicht nach Hollywood, sondern an das Handy – und dafür sollte es reichen. Klara muss ihre Eltern nur lange genug beschäftigen, bis ich alle Hackereien geschafft habe. (Wie das klingt! Ich und hacken!)

Auf Zehenspitzen schleiche ich an die Zimmertür und lausche in den Flur. Wichtig ist, dass Klaras Vater nicht ausgerechnet in dem Moment telefoniert, wenn unsere Show startet. Denn dann würde er sein Telefon nämlich garantiert in die Hosentasche stecken und wir müssten uns für morgen einen neuen Unfall ausdenken. Ich spitze die Ohren und höre Klaras Mama fragen: »Na, wie war dein Tag?«

»Purer Stress!«, antwortet der Vater.

»Was für ein Heuchler!«, raune ich. Aber immerhin scheint er nicht zu telefonieren.

Schwungvoll drehe ich mich zu Klara um und kann gerade noch »Du kannst jetzt ...« flüstern, da bleibt mein Ellenbogen plötzlich an etwas Weichem hängen, Klaras Nase! Im Augenwinkel sehe ich, wie meine Freundin wie ein gefällter Baum von ihrem Stuhl kippt. Oh nein! Ich habe gar nicht gemerkt, dass sie so dicht an mich herangerollt war!

Sofort lasse ich mich auf die Knie fallen. »Klara! Geht's dir gut?« Meine Freundin presst sich beide Hände aufs Gesicht und ich beiße mir erschrocken auf die Unterlippe. »Entschuldige, ich habe gar nicht gemerkt, dass du so dicht hinter mir bist. Nun sag doch mal was!«

Vorsichtig nimmt Klara ihre Hände von der Nase. Und ich sehe nur noch rot. Alles ist voller Blut! Ihr Gesicht, ihre Hände. Der Teppich. Klaras T-Shirt. Es sieht schrecklich aus. »Ich hole schnell ein Taschentuch!«, rufe ich und springe auf, aber Klara schüttelt heftig ihren Kopf.

»Du muscht mein Ändy nehm'!«, nuschelt sie.

»Isch musch wasch?«

»Du muscht mein Ändy nehm'!« Dabei reicht sie mir mit ihrer blutverschmierten Hand ihr nun ebenfalls blutverschmiertes Handy. Mit spitzen Fingern nehme ich es entgegen. Mir wird ganz übel. Klara schubst nun auch noch mit dem Fuß ihren Schreibtischhocker um. Dann brüllt sie los: »Aua! Hilfe!«

Einen kurzen Moment werden meine Knie weich. Ich kann jetzt nicht gehen. Schon gar nicht, wenn meine beste Freundin so aussieht, als wäre sie dem neuesten Hellraiser-Horrorstreifen entsprungen. Aber Klara scheucht mich los. »Du musscht jetzt renn'!« Dabei deutet sie mit dem Kopf in Richtung Tür, während sie noch einmal loslegt: »Aua! Aua! Hilfe! Hilfe!«

Von draußen höre ich die aufgeregten Stimmen ihrer Eltern. »Klara? Was ist denn los? Klara!«

Inzwischen drückt mein Bauch so doll, dass ich fast

das Gefühl habe, auf Toilette zu müssen. Aber das würde mir Klara vermutlich niemals verzeihen ... Während Klaras Eltern in diesem Augenblick panisch ins Zimmer stürzen, renne ich mindestens ebenso panisch raus.

»Ich hole Eiswürfel!«, brülle ich. (Obwohl Taschentücher natürlich sinnvoller wären. Oder Handtücher. Oder Waschlappen. Aber das mit dem Blut war alles so nicht besprochen und ich bin gerade unfähig zu improvisieren.)

Beim Treppab-Rennen murmele ich vor mich hin: »2412, 2412, 2412.« So als wäre es irgendeine Beschwörungsformel. Dann stehe ich vor der Garderobe. Das dunkelbraune Sakko hängt ganz rechts. Ich wische mir vorsichtshalber noch einmal die Hände an meiner Jeans ab, bevor ich nach dem Telefon suche. Dabei schießt ein grauenvoller Gedanke nach dem nächsten wie lauter kleine Weltraumraketen durch meinen Kopf. Was, wenn das Telefon nicht mehr drin ist? Was, wenn Klaras Vater gleich die Treppe runterkommt? Und wie soll ich mit dermaßen zitternden Fingern überhaupt nur eine richtige Taste treffen? Doch ich habe Glück und ertaste sofort etwas kantiges Flaches. Leider zittern meine Hände weiterhin so stark, dass ich es kaum schaffe, das Telefon aus der Sakkotasche zu fischen. Als ich es endlich erwische, spüre ich, wie warm es noch ist. Klaras Papa hat garantiert lange mit Flauschi telefoniert. Aber darüber mag ich jetzt gar nicht nachdenken. Bald ist damit nämlich Schluss!

Mit dem Gefühl, etwas Gutes zu tun, tippe ich entschlossen den Code ein. Klaras Handy brummt mich vorwurfsvoll an. Mist! Jetzt habe ich den Code ins falsche

Handy eingegeben. Konzentration, Cosi! Nicht, dass ich versehentlich noch irgendein Handy sperre ... Also noch mal: »2412« in das Telefon von Herrn Bentheim eingeben. Dann Klaras Code eintippen. Nun sind beide Geräte entsperrt. Perfekt. Ich hole tief Luft. Mama behauptet, ein Mensch tanke mit jedem Atemzug neue Energie. Aber das ist anscheinend wieder eine ihrer Fantasie-Geschichten. Denn ich fühle mich kein bisschen besser. Nicht einmal meine Hände hören auf zu zittern. Gut, dass Ben schon alles vorbereitet hat. Ich muss eigentlich nur noch auf »Senden« drücken und dann warten, bis das Handy von Klaras Papa die Bestätigungs-SMS schickt, dass Klara ab sofort alles mitlesen kann. Allerdings liegt genau da der Haken. Es kann nämlich bis zu fünf Minuten dauern, bis die sich melden.

»Cosi, wo bleibt denn das Eis?«, brüllt Klaras Mama plötzlich.

Erschreckt zucke ich zusammen. Das Drama da oben habe ich wegen des Dramas hier unten glatt vergessen.

»Und bring noch ein Küchentuch mit! Oder besser: die Küchenrolle!« Gleich die ganze Rolle? Blutet Klara so stark? Auwei-auwei! Hoffentlich verblutet meine Freundin nicht, während ich hier unten Agentin NullNullCosi spiele. »Bring ich sofort!«, rufe ich nach oben, lege die Handys auf den Boden und flitze in die Küche, um die geforderten Sachen zu holen, dann flitze ich wieder zurück zur Garderobe, stelle alles auf dem Boden ab, nehme die Handys: Noch immer keine Nachricht! Wie lange brauchen die denn von WhatsApp?

Plötzlich höre ich Schritte oben auf dem Flur. Mein Körper fühlt sich an, als hätte man ihn spontan in Eiswasser getaucht. Die Haut brennt, ich bekomme kaum mehr Luft und bewegen kann ich mich auch nicht. Nur meine Gedanken kreischen: Da kommt jemand! Jetzt gibt's Ärger, da kommt jemand! Aber das interessiert meine Arme und Beine nicht die Bohne. Sie sind wie schockgefroren. Bewegungsunfähig. Die Schritte kommen näher …

Plötzlich setzt mein Atmen wieder ein und mit einem Ruck kommt Bewegung in meinen Körper. Panisch hechte ich zur Garderobe, stopfe das eine Handy zurück in das Sakko und bücke mich, um die Erste-Hilfe-Sachen aufzuheben. Da fällt mein Blick auf das flache iPhone von Klaras Dad, das ich noch immer in der Hand halte. Mist! Ich habe Klaras Handy ins Sakko gesteckt. Pling!, erscheint genau in diesem Augenblick der Bestätigungs-Code von WhatsApp. Entsetzt starre ich zum Sakko – in dem nun Klaras blutverschmiertes weißes Smartphone steckt und auf den Code wartet. Ich bin erledigt!

Ein Schatten taucht plötzlich am oberen Treppenabsatz auf. Wenn das ein Film wäre, den ich gerade gucke, würde ich jetzt wegschauen. Aber leider ist das hier real! Ich kann nicht mal denken. Es ist, als wäre mein Gehirn gelöscht. In diesem Moment schreit Klara erneut schrill auf. Sofort verschwindet der Schatten und die Schritte entfernen sich eilig in Richtung Klaras Zimmer.

Kurz atme ich erleichtert auf. Dann straffe ich meine Schultern (und meine Nerven) – und mache mich noch einmal ganz agentenmäßig ans Werk. Mit »2412« entsperre ich erneut das Telefon von Klaras Papa. Den gesendeten Code tippe ich in Klaras Handy ein, nachdem ich es aus dem Sakko gefischt habe. Anschließend lösche ich die Nachfrage-SMS auf dem Telefon von Klaras Dad, stecke das (richtige!) Gerät zurück in sein Sakko und renne die Treppe nach oben, um endlich völlig aus der Puste Coolpack, Küchenrolle und Küchentuch abzugeben.

»Na endlich!« Frau Bentheim klingt vorwurfsvoll.

Ich ermahne mich innerlich, ruhig zu atmen. Schließlich will ich nicht, dass es mich auch gleich umhaut und Klaras Mutter mich mit verarzten muss. Völlig kraftlos und mit Herzklopfen bis zum Hals lasse ich mich auf das Blümchensofa sinken, während Klärchen sich allmählich aufrichtet. Ihre Mutter versucht noch, ihr das Blut, so gut es geht, aus dem Gesicht zu wischen. Shirt und Teppich sind leider in einem Zustand, bei dem das eher aussichtslos ist.

Klaras Papa aber hat keinen Blick für das Blutchaos. Stattdessen mustert er mich misstrauisch. »Warum hat denn das so lange gedauert?«, will er wissen. Ich sehe ihn an wie ein verträumtes Schaf, denn darauf habe ich keine Antwort parat. Spontan improvisieren und das auch noch mit einem leeren Gehirn – das klappt nicht.

»Wahrscheinlich hat Cosi auch einen Schreck bekommen«, springt Klaras Mutter mir zur Seite. Ich nicke nur. Mehr geht nicht. Dann fällt mein Blick auf Klara. Fragend sieht sie mich an. Ich blinzele leicht. Das reicht. Klara hat verstanden. Sie grinst. Wir haben es geschafft! Jetzt müssen wir nur noch warten, bis Klaras Eltern aus dem Zimmer verschwinden, dann können wir endlich die Nachrichten lesen und herausfinden, wer Flauschi ist.

Doch leider wird daraus erst einmal nichts. »Na, nach

dem Schrecken kommt ihr am besten mal gleich mit runter. Essen ist fertig«, fordert Klaras Mama uns auf. Klara und ich wechseln noch einen Blick, während meine Freundin das Kühlpack auf ihre Nase presst. Wir nicken uns zu: Dann muss unser Spionprogramm eben bis nach dem Essen warten.

Ich atme noch einmal tief durch und endlich fällt ein bisschen der heftigen Anspannung von mir ab. Unwillkürlich schüttelt es mich.

»Jetzt ist es ja wieder gut«, tröstet mich Klaras Mutter und drückt mich an sich. Wenn die wüsste!

Beim Abendessen rutschen Klara und ich unruhig auf unseren Stühlen hin und her. Aus ganz vielen Gründen: Erstens gibt es Coq au vin. Ausgerechnet ein französisches Essen! Das erinnert mich natürlich sofort wieder an die Austauschschülerinnen und meinen Lenni-Kummer. Dabei fällt mir zweitens ein, dass Laubird garantiert schon längst ihr neues Video eingestellt hat. Nach der Pleite von heute hoffe ich nämlich sehr, dass es morgen besser wird! Und drittens wollen wir natürlich unbedingt wissen, ob das mit dem Hacken geklappt hat.

Deshalb schlingen wir unser Essen runter und verzichten auf Nachtisch. Wir behaupten, noch dringend etwas für die Schule erledigen zu müssen, und verkrümeln uns endlich in Klaras Zimmer, nachdem meine Freundin ihren Eltern hoch und heilig versprochen hat, wegen ihrer Nase nicht mehr zu lange zu machen. Dann endlich sitzt Klara an ihrem Handy und ich an Klaras Laptop. Voller Hoffnung entsperren wir die Geräte und machen beide lange Gesichter.

3
Montag bis Dienstag

Mein persönlicher Countdown:
Trennung von Lenni: mehr als II Tage
Ankunft Austauschschüler: IIIII IIIII IIII Tage
Laubirds In-einer-Woche-den-Ex-zurück-Plan erfüllt: I

Hallihallo, meine Lieben. Willkommen auf meinem Kanal! Heute wisst ihr ja schon, was euch erwartet: Ihr kriegt den ZWEITEN Tipp, wie ihr euren Ex zurückbekommt. (Zwei Finger in die Kamera!) Wie gesagt: Bei mir hat's geklappt. Und wenn ihr euch dran haltet, dann verspreche ich, dass ihr euren Süßen auch bald wieder in die Arme schließen könnt. (Knutsch!)

Ihr dürft schließlich nicht vergessen: Er hat sich ja mal in euch verliebt. Also findet er euch grundsätzlich cool. Jetzt müsst ihr euch nur wieder interessant machen. Und das tut ihr, indem ihr euch rarmacht. Männer sind Jäger. Sie wollen immer das haben, was sie nicht haben können. Das ist ihr Urinstinkt. Wahrscheinlich wart ihr zum Schluss keine Herausforderung mehr für ihn. Das muss sich ändern.

Deshalb Tipp Nummer zwei: Geht ihm aus dem Weg! Unbedingt! Dann wird ihn das Jagdfieber packen. Grrrrrrrr! Viel Erfolg und bis morgen. Tschüüüüüüüüüüüü!!! Eure

Laubird. Und nicht vergessen: Daumen hoch, wenn euch mein Video gefallen hat.

Betrübt starre ich auf Klaras Rechner. Laubird ist verschwunden. An ihrer Stelle prangt nur noch der überdimensionale Daumen mit dem Text »Hat euch das Video gefallen? Dann Daumen hoch!«. Allerdings kann ich nicht behaupten, dass mir das Video gefallen hat. Ich fühle mich ertappt. Entlarvt. Total bescheuert. Denn Laubird hat recht: Ich war zuletzt ganz bestimmt keine Herausforderung mehr für Lenni. Er musste mich kein bisschen jagen – stattdessen bin immer ich ihm hinterhergejagt. Zum Training. Zur Musikschule. Zum Skaten. Deshalb hat Lenni auch gesagt, dass ich ihm zu anhänglich bin. Er konnte seinen Jagdinstinkt nicht ausleben!

Ich seufze. Zeitgleich mit Klara. »Und?«, frage ich sie, weil ich natürlich wissen will, ob wenigstens unsere Hacker-Aktion was gebracht hat.

Klara verzieht den Mund. »Also, mal abgesehen davon, dass sie sich lauter schmalziges Zeug schreiben, bringt uns das überhaupt nicht weiter. Er hat sie als »F« gespeichert und sie unterschreibt immer nur mit Flauschi. Hier, hör mal: *Schon wenn ich an dich denke, raubt es mir den Atem. Ich könnte stundenlang an dir riechen. Du bist der Mann meiner Träume. Für immer deine Flauschi.* Und mein Vater antwortet: *Ich war noch nie so verliebt wie in dich, meine Supersexyflauschimaus.* Bäh! Supersexyflauschimaus! Schon der Name klingt total bescheuert! Mit Mama schreibt er sich, was es zum Abendessen gibt.« Klara muss schlucken – sie will sicher nicht schon wieder deswegen heulen.

Ich setze mich neben sie auf das Sofa und lehne mich an sie. »Das klingt aber nicht gut«, gebe ich zu. »Vielleicht sollten wir es deiner Mutter doch lieber sagen? Dann könnte sie wenigstens bei Laubirds In-einer-Woche-den-Ex-zurück-Plan mitmachen.« Zerknirscht schaue ich zu meiner Freundin rüber. Ich hoffe, dass sie das genauso sieht. Diese Flauschi-Kiste ist was für Erwachsene, da sollten wir uns besser nicht einmischen. Womöglich machen wir alles nur noch schlimmer und ich will auf gar keinen Fall die Beziehung von Klaras Eltern auf dem Gewissen haben!

Klara kratzt sich am Kinn (wie ein Nachdenke-Emoji!), dann schüttelt sie entschieden den Kopf. »Nein! Womöglich ist Mama dann so sauer, dass sie Papa rausschmeißt, und er zieht schnurstracks zu Flauschi. Das geht nicht. Wir müssen rausfinden, wer Flauschi ist und sie alleine wieder loswerden. Erst wenn Flauschi ausgeschaltet ist, darf Mama davon erfahren. Sonst geht das schief. Das habe ich im Gefühl.«

Ich seufze und gebe mich geschlagen.

Draußen vor dem Fenster grummelt es. Der Himmel ist plötzlich dunkelgrau, nur die Häuserfassaden reflektieren noch die letzten goldenen Sonnenstrahlen, die es durch die dicke Wolkendecke schaffen. »Oh, oh! Das sieht nach Gewitter aus!«, meint Klara. Jetzt heißt es: Beeilung!, wenn ich es noch trocken nach Hause schaffen will. Meine Regenjacke habe ich nämlich nicht dabei. Schließlich ist derzeit Beauty-Programm angesagt – und in dem knallorangenen Friesennerz sehe ich aus wie eine Boje auf Landgang. Da fehlt nur das Fähnchen auf dem Kopf. Schnell verabschiede ich mich von Klara und ihren Eltern, und als ich kurz darauf durch die Haustür witsche, erhasche ich noch einen letzten misstrauischen Blick von Klaras Vater, der gerade sein Handy aus dem Sakko holt. Ich bin mir sicher, er ahnt etwas ... oder? Hektisch schlage ich die Tür hinter mir zu.

Draußen schlägt mir ein kühler Wind entgegen. Es ist superungemütlich. Zusammen mit den ersten vereinzelten Regentropfen schaffe ich es gerade noch rechtzeitig nach Hause und bin erstaunt, dass der knallbunte VW-Bus von den besten Freunden meiner Eltern auf der Einfahrt steht und aus dem Garten ein buntes Stimmenwirrwarr rüberweht. Was machen die denn bei dem Wetter freiwillig im Garten?

Als ich mein Rad an dem VW-Bus vorbei in die Garage schieben will, höre ich, dass Mama und ihre Freundin Mystique offenbar wieder bei ihrem Lieblingsthema sind: bei Mystiques missratenem Sohn Salem. »Man kann mit ihm nicht mal vernünftig reden! Sogar in seiner Freizeit treibt er sich mit diesen Gangstern rum«, jammert Mystique. (Als sie früher mit meiner Mutter zur Schule ging, hieß sie übrigens noch Brigitte. Mystique ist angeblich ihr »Engelsname«.)

»Mystique, das tut mir wirklich leid«, sagt Mama betroffen. Ich bleibe stehen und sperre meine Ohren auf. Bislang habe ich nämlich nie herausfinden können, welchen kriminellen Machenschaften Salem nachgeht. Dabei finde ich das natürlich irre spannend. Zumal Salem gerade erst sein Abi gemacht hat und dann offenbar auf die schiefe Bahn geraten ist. Aber leider will niemand so richtig mit der Sprache herausrücken. Auch jetzt nicht.

»Inzwischen meldet er sich kaum noch bei uns«, beschwert sich Mystique gerade und Mama entgegnet: »Na, das ist aber auch schwierig, wenn ihr nur in der Weltgeschichte herumreist.«

»Früher ist Salem in seinen Ferien immer mitgekommen«, seufzt Mystique noch, da ruft plötzlich Papa: »He, Gunni, das muss hierher! Schnell! Sonst bricht's wieder zusammen!«

Auf dieses Stichwort schiebe ich mein Rad eilig in die Garage, um zu schauen, was da wohl im Garten zusammenbrechen wird. Und ich traue meinen Augen nicht: Mama, Papa, Gunni und Mystique hantieren ungeschickt mit einer riesigen grünen Plastikplane herum, die sich durch den Wind immer wieder aufbläht. Neugierig stelle ich mich daneben. »Was wird das denn?«

Mama strahlt. »Das ist unser Familienzelt!«

»Wollen wir in den Sommerferien wieder campen?« Verständnislos ziehe ich dic Nase kraus. Bislang hatten wir dafür allerdings ein kleines Dreimannzelt, was ziemlich eng war, und deshalb freue ich mich. »Bekommt jetzt jeder ein eigenes Zimmer? Oder nehmen wir diesmal unser selbst angebautes Gemüse mit?« Meinen Eltern ist ja alles zuzutrauen.

Mama lacht mich mit vor Begeisterung rot glühenden Wangen an und stupst Papa in die Seite, der mich ebenfalls ganz beseelt anschaut, so als hätte ich gerade wieder einen Baum umarmt. »Das ist doch für den Wald. Wir haben gedacht, es würde uns bestimmt guttun, für eine Weile in den Wald zu ziehen. Ganz nah bei den Urkräften der Natur. Den Sturm fühlen, im Regen duschen, im Einklang mit den Tieren des Waldes.«

Mit jedem Wort klappt meine Kinnlade weiter nach

unten. Genauso gut hätte sie mir sagen können, dass wir ab sofort nur noch auf Besen reiten, Erde essen und unsere Unterhaltungen tanzen wollen.

»Sagt mal, habt ihr sie noch alle?«, platzt es dann aus mir heraus.

»Na, na, na!«, ermahnt mich Papa.

Und Mama beschwichtigt sofort: »Pschschsch, Herbert ... Das ist nur der Vollmond.«

Mit einer formvollendeten Kehrtwende lasse ich Mama, Papa und ihre Freunde im Garten stehen. Ich höre noch, wie Mystique seufzend sagt: »So hat es bei Salem auch angefangen.«

Manchmal habe ich echt das Gefühl, mit Außerirdischen zusammenzuleben: Erst dieses eklige Weizengraszeug, das ich neuerdings jeden Morgen trinken soll, und jetzt wollen sie auch noch in den Wald ziehen?! »Das könnt ihr vergessen!«, meckere ich vor mich hin und schließe kopfschüttelnd die Haustür auf. Bevor ich hineingehe, rufe ich noch einmal laut: »Das ist ja wohl die bescheuertste Idee der Welt!«

Wütend stapfe ich nach oben in meine winzige Dachkammer. Das muss ich unbedingt Klara schreiben. Das ist ja wohl das Allerletzte: im Wald leben! Ich bin doch kein Reh!

Vielleicht könnte ich zu Klara ziehen. Ihr Zimmer ist riesig. Da wäre locker noch Platz für ein zweites Bett. Zur Not schlafe ich auch auf dem Sofa und Klamotten habe ich eh nicht so viele. Zur Beruhigung greife ich erst einmal nach Lennis Pulli und schnuppere daran.

Pieps! Nachricht von Klärchen. Das nenne ich mal Gedankenübertragung, da kann ich sie gleich mal ... Ich lese: »Vielleicht kann ich zu euch ziehen, wenn meine Eltern sich trennen?«

Ich schnaube. Das wird Klara sich aber ganz schnell anders überlegen, wenn sie hört, dass wir demnächst im Wald leben werden!

Rasch tippe ich ihr zurück: »Glaub mir, das willst du gar nicht ... erzähl ich dir morgen!« Plötzlich fällt mir mein Kindergarten ein. Ich war natürlich in so einem ökologischen Waldkindergarten. Da gab's einen Pipi-Baum. *Das fehlte mir noch!* Dass ich mir mit dreizehn wieder einen Pipi-Baum suchen muss! Das fand ich schon als Kleinkind bescheuert. Deshalb ändere ich noch meinen WhatsApp-Status in »Zu Hause ist da, wo ein Internetkabel aus der Wand kommt.« (WLAN erlauben meine Eltern leider nicht. Wegen der Strahlung.)

Missmutig gehe ich schlafen, damit ich nicht weiter über Lenni, Flauschi, französische Austauschschülerinnen und jetzt auch noch »Mein Leben im Wald« nachdenken muss. Im Wald gibt es nicht mal ein Internetkabel!! Mit diesem Gedanken schlafe ich ein.

Klara sieht das am nächsten Morgen genauso. »Und wo sollst du dir im Wald die Zähne putzen? Oder die Haare waschen? Oder googeln? Hast du im Wald überhaupt Empfang?«, fragt sie mich, als wir gemeinsam durch den Regen in Richtung Sporthalle sprinten. Viel zu viele Fragen, die ich nicht beantworten kann.

»Keine Ahnung.«

Klara schüttelt fassungslos den Kopf. »Ihr könnt doch nicht in den Wald ziehen! Deine Eltern haben echt verrückte Ideen.«

Aber das wussten wir ja schon vorher. Ich stöhne und ziehe mein cooles Pali-Tuch gegen das Schietwetter ein bisschen enger um den Hals. Wie hatte meine Mutter das gestern genannt, »den Sturm fühlen, im Regen duschen«? Superidee, einfach super!

Ein Leben im Wald ist garantiert überhaupt nichts für mich. Ich habe ja schon genug von der Natur, wenn ich, so wie jetzt, die Straßenseite wechseln muss. Unsere Sporthalle liegt nämlich genau gegenüber unserer Schule. Bei schönem Wetter gehen wir raus auf den Platz. Aber heute bleiben wir natürlich drinnen, in der muffigen Mini-Turnhalle. Und als wäre Sport in dieser stickigen Butze nicht schon Strafe genug – spielen wir auch noch Völkerball. Ich hasse Völkerball. Ich turne lieber oder mache Leichtathletik – solange es nur ums Rennen und Springen geht. Mit Bällen hingegen stehe ich absolut auf Kriegsfuß, weil ich weder werfen noch fangen kann. Klara dagegen ist begeistert. Sie ist eher ein Jungstyp: groß, etwas kräftiger, absolut unerschrocken und sie liebt Ballspiele.

Deshalb liefert sie sich beim Völkerball heftige Schlachten mit den Jungs – heute vor allem mit Ben, den ich, glaube ich, zum ersten Mal in der Schule lachen höre. Auch Lenni hat ganz erstaunt zu Ben rübergeschaut. Gregor steht wie immer unbeteiligt am Rand, was vor allem daran liegt, dass keiner ihn abwirft, weil jeder allzu heftige Bewegungen von Gregor vermeiden möchte, da sein Geruch so unerträglich ist. Lilly zielt (wie immer bei solchen Gelegenheiten) ausschließlich auf mich. Aber mit einer solchen Wucht, dass es jedes Mal höllisch wehtut. Blöde Kuh!

Mein Hauptproblem jedoch ist, dass Lenni ebenfalls im gegnerischen Team spielt. Dabei lautet mein Auftrag für heute, ich soll ihm aus dem Weg gehen. Superwitzig! Erstens gehe ich sowieso jedem aus der gegnerischen Mannschaft aus dem Weg – so funktioniert ja das Spiel. (Leider macht Lenni ohnehin keinerlei Anstalten, auch nur ein einziges Mal in meine Richtung zu werfen.) Und zweitens bekomme ich nie den Ball, um ihm zu zeigen, dass ich ihn *nicht* abwerfe. Das bedeutet, dass ich Lenni in den ersten zwei Schulstunden zwar konsequent und erfolgreich aus dem Weg gehe – er aber gar nichts davon mitkriegt.

Dasselbe in der Pause. Da spielen die Jungs Tischtennis (natürlich mit Ausnahme von Ben und Gregor) und wir Mädchen hocken auf den Bänken. So merkt Lenni wieder nichts davon, dass ich mich gerade rarmache.

»Das ist ja ein blöder Tipp«, beschwere ich mich bei Klara, während ich in das Schinkenbrot beiße, das sie mir heute mitgebracht hat. Mein erstes Highlight des Tages, denn so können sich wenigstens meine Geschmackszellen mal freuen. Der Rest von mir ist nämlich total frustriert. »Wahrscheinlich hat Nickelback noch bei Laubird gewohnt, als sie ihn ignoriert hat. Dann hat er es natürlich gleich gemerkt.«

Meine Freundin nickt abwesend, während sie konzentriert unseren Schulhof scannt.

»Immerhin muss ich nicht wieder irgendwelche peinlichen Aktionen starten. Ich werde einfach den ganzen Tag nichts machen. Ich frage mich nur, was das bringen soll«, maule ich weiter, woraufhin Klara noch einmal nickt und ihren Blick weiter schweifen lässt. »Sag mal, suchst du was?«, frage ich.

Klara nickt schon wieder. »Ich habe mir überlegt, dass wir Papas Handy orten müssen. Durch die WhatsApp-Nachrichten wissen wir, wann er sich mit Flauschi trifft. Dann müssen wir nur dem Signal folgen und – zack! – wissen wir endlich, wo Flauschi wohnt. Ich suche gerade Ben, weil ich ihn fragen will, wie das geht mit dem Orten.«

»Gute Idee!«, rufe ich begeistert. Ich wäre ja froh, wenn wir wenigstens ein Problem lösen könnten! Außerdem kommen wir auf der Suche nach Ben vielleicht an den Tischtennisplatten vorbei und dann könnte ich demonstrativ nicht in Lennis Richtung gucken. Dann habe ich ihn wenigstens schon mal ein bisschen ignoriert. Aber bevor ich meinen Plan umsetzen kann, klingelt es schon zum Unterricht und unseren Computerfreak haben wir nicht gefunden.

»Wahrscheinlich schließt er sich in den Pausen in irgendeinem Jungsklo ein, um verbotene Seiten zu hacken«, tippe ich.

Klara verzieht enttäuscht den Mund. Nicht weil wir nun immer noch nicht wissen, ob wir das Handy alleine orten können, sondern auch weil wir jetzt Chemie haben. »Ich glaube, Dienstag ist unser allerallerschlimmster Schultag«, grummele ich auf dem Weg ins Labor.

Wobei momentan eigentlich jeder Schultag schlimm ist, weil ich Lenni sehen muss – ihn aber nicht anfassen und nicht einmal mehr angucken darf. Ich seufze und wünschte, es wären schon Ferien. Wobei: Dann würde ich Lenni ja überhaupt nicht mehr sehen. Das ist doch zum Verrücktwerden! Liebeskummer ist schrecklich.

Auf dem Gang vor dem Labor sehe ich die Jungs herumalbern. Lenni und Johannes balgen sich gerade. Ich schaue demonstrativ in die andere Richtung und bestaune die stinklangweiligen Schaukästen mit den staubigen Reagenzgläsern darin. Da kann Lenni mal sehen, dass ich sogar die ollen Reagenzgläser spannender finde als ihn!

Leider bin ich so mit Weggucken beschäftigt, dass ich mit voller Wucht in Gregor renne, der sich anscheinend gerade vor den Schaukästen auf den Unterricht vorbereitet hat. Sein Chemiebuch schlägt mit einem lauten Klatscher auf den Boden. Unzählige Zeichnungen von hässlichen Monstern, pockigen Kröten und sabbernden Hexen segeln heraus.

»Oh, sorry!«, stammele ich und bücke mich, um Gregors Buch und die Zeichnungen wieder aufzusammeln. Dabei rumsen unsere Köpfe voller Wucht aneinander, sodass es mich fast umhaut. Gregor rafft blitzschnell sein Buch und seine gruseligen Zeichnungen zusammen, stopft beides in seine speckige Ledertasche und haut ab.

Da höre ich Lilly krakeelen: »Ha, vor Cosi rennt sogar der Gregor weg.« Blick auf mich. »Kein Wunder!«

Ich reibe mir die schmerzende Stirn und funkele sie wütend an. Sagen kann ich nichts. Erstens fällt mir überhaupt nichts ein und zweitens traue ich mich auch nicht. Deshalb halte ich die Klappe. Dafür motzt Klara: »Nein, Lilly. Gregor will nur die *hübschen* Porträts, die er von dir gezeichnet hat, in Sicherheit bringen. Und jetzt geh mal aus dem Weg!« Ohne ein weiteres Wort zu sagen, trollt sich Lilly.

»Bei mir hätte sie zurückgemotzt«, stelle ich verwundert fest.

Klara zuckt unbeeindruckt mit den Schultern, dann flüstert sie: »Der Gregor ist schon ein komischer Kerl!«

Ich nicke. »Allerdings! Hast du diese merkwürdigen Bilder wieder gesehen?« Gregor malt immer nur Monster und Aliens. Schon seit der fünften Klasse. Superunheimlich!

»Aber er hat nasse Haare«, wundert sich Klara. »Anscheinend hat er nach dem Sport geduscht.« Das wundert mich nun allerdings auch. Nach Sport duscht doch keiner freiwillig in der Schule! Aber es erklärt, warum ich ihn nicht rechtzeitig gerochen habe. Klara und ich sehen, dass Gregor inzwischen eine neue Stelle gefunden hat, an der er im Chemiebuch lesen kann. Dann gehen wir weiter in Richtung Laboreingang.

Sobald wir die schwere Eisentür erreicht haben, drehe ich mich unauffällig zu Lenni um. Gerade rast er Johannes hinterher, der sein Beanie geklaut hat, und hat damit garantiert schon wieder nicht mitbekommen, dass ich ihn eben betont nicht beachtet habe.

Da entdeckt Klara Ben. Sie winkt ihm zu und ruft: »Wo warst du denn? Wir haben dich die ganze Pause lang gesucht.«

»Hat's geklappt?«, will er wissen, ohne auf Klaras Frage einzugehen, und strahlt wie ein geschmückter Weihnachtsbaum, als wir erzählen, dass wir das Handy tatsächlich gehackt haben. »Aber nun müssen wir das Handy orten«, erklärt Klara und sieht Ben mit demselben Blick an, mit dem sie ihre Eltern seit Wochen von pinken Martens zu überzeugen versucht. Nur hat sie bei

Ben damit mehr Erfolg: »Kein Problem! Hat dein Papa ein iPad?«, fragt er wie selbstverständlich. Der ist ja eine Wunderkerze!

Doch ehe er uns erklären kann, wie man mit einem iPad ein Handy ortet, taucht leider unser Chemielehrer auf und öffnet keuchend die schwere Brandschutztür.

»Wir machen heute einen Versuch«, beginnt Herr Bayer kurz darauf seinen Unterricht, »dafür teile ich euch in kleine Gruppen ein. Immer vier Leute.« Mein Herz macht einen Hüpfer. Das ist meine Chance! Wenn ich jetzt mit Lenni in einer Gruppe lande, kann ich ihm endlich zeigen, dass ich ihn ignoriere. Wie sagt Mama immer? Man muss seinen Wunsch ans Universum schicken. »Bitte mit Lenni! Bitte Lenni!«, bete ich leise vor mich hin, dann höre ich: »So, Cosmea, Klara, Leonie und Marie. Ihr seid ein Team.«

Damit wäre bewiesen, dass Mamas Eso-Theorien nichts taugen. Und Lenni merkt wieder nicht, dass ich ihm aus dem Weg gehe. Mal ehrlich: Allmählich bereitet mir Laubirds In-einer-Woche-den-Ex-zurück-Plan nur noch Oberstress. Wie soll Lenni denn bitte schön merken, dass ich mich rarmache? Ich unterdrücke einen Seufzer.

Während Klara vorsichtig eine grüne Flüssigkeit in das Reagenzglas kippt, es sofort zischt und qualmt und Leonie und Marie eifrig mitschreiben, was passiert, grübele ich intensiv darüber nach, was ich anstellen kann, damit Lenni mein Desinteresse endlich bemerkt. Na, herzlichen Glückwunsch: jemandem zeigen, dass man ihn ignoriert ... Dazu müsste ich Lenni am Nachmittag rein zufällig über den Weg laufen, um ihm dann offensichtlich aus dem Weg zu gehen. Heute hat er Tennistraining!

Dann müsste ich extra in den Nachbarort zu Lennis Tennisverein radeln, um dann so zu tun, als ob ich ihn nicht sehe. Das ist lächerlich. Mir bleibt wirklich nichts anderes übrig, als ihn noch in der Schule zu ignorieren.

Erst in den letzten zwei Stunden – ausgerechnet in Mathe – bietet sich mir endlich eine Mini-Mini-Gelegenheit, Lenni zu beweisen, dass ich ihn nicht beachte. Als Lenni an der Tafel ein falsches Ergebnis errechnet, fragt unser Mathelehrer Herr Wilnius: »Wer kann Lenni sagen, wo sein Fehler liegt?« Und jetzt kommt's: Da habe ich mich demonstrativ *nicht* gemeldet. Problem ist nur: Das hätte sowieso keiner erwartet. Es ist zum Heulen! Ruckzuck ist der Schultag um und ich habe Laubirds Plan nicht erfüllt.

Wie ein geprügelter Hund schlappe ich hinter Klara und Ben aus dem Klassenzimmer, während Ben Klara ganz langsam erklärt, wie man das macht mit der Handy-Ortung. Wenigstens bei der Flauschi-Geschichte kommen wir offenbar weiter. Dagegen entwickelt sich meine Ex-Rückhol-Aktion zur totalen Pleite. Plötzlich tippt mir jemand von hinten auf die Schulter. Leicht genervt drehe ich mich um, da setzen plötzlich Atmung und Herzschlag aus: Hinter mir steht Lenni! Im ersten Augenblick starre ich ihn nur an. Aber dann erkenne ich meine Chance. Blitzschnell sehe ich mich nach allen Seiten um, entdecke am Ende des Gangs das Mädchen-Klo und sprinte los. Zack! Bin ich verschwunden! Mein Herz überschlägt sich fast vor Aufregung. Wenn das nicht eindeutig ein Aus-dem-Weg-Gehen ist! Ich bin eine Heldin! Eine Laubird-Ex-zurück-Heldin.

Gebannt starre ich auf die hellgraue Klotür, ob Lenni

mir womöglich folgt. Aber Lenni traut sich garantiert nicht ins Mädchenklo. Ich male mir aus, wie er verdutzt davorsteht und sich wundert, warum ich weggelaufen bin. Einen kurzen Moment lächele ich stolz vor mich hin. Aber dann fällt mir ein: Was soll Lenni denn jetzt von mir denken? Wahrscheinlich glaubt er, ich hätte Durchfall. Ach du liebe Güte! Dann denkt er womöglich, bei seinem Anblick hätte ich spontanen und akuten Brech-Durchfall bekommen! Mir wird ganz heiß. Denn mir fällt kein einziger anderer und appetitlicher Grund ein, warum jemand so plötzlich aufs Klo rennt.

Mein Herz rast jetzt wie verrückt. Vor allem traue ich mich nicht mehr vor die Tür. Nicht, dass Lenni auf mich wartet und fragt, was los war. Oder noch schlimmer: Dass er nicht wartet, weil es ihm völlig gleichgültig ist, dass ich womöglich schlimmen Brech-Durchfall habe. Betrübt starre ich auf die grauen Bodenfliesen. Dann auf die hellgrauen Wandkacheln. Nichts als Kacheln. Dazu dieser eklige Klogestank. Ich lausche nach draußen. Nichts. Allmählich müsste Klara doch mitbekommen haben, dass ich verschwunden bin. So kompliziert kann das mit der Handy-Ortung doch nicht sein.

Resigniert setze ich mich auf den Fliesenboden und beginne damit, meine Hausaufgaben zu machen, da reißt Klara schwungvoll die Tür auf. »Ach, hier bist du! Ist dir schlecht?«, ruft sie besorgt. (Aha! Sie denkt also auch sofort an das *einzig Naheliegende ...)*

Unglücklich schaue ich auf. »Quatsch!« Wobei mir von dem ekelhaften Klogeruch sogar wirklich allmählich übel wird. »Ich bin nur Lenni demonstrativ aus dem Weg gegangen«, erkläre ich, während ich meine Sachen packe.

Klara zieht stöhnend ihre Augenbrauen hoch, sodass die schon wieder fast komplett unter ihrem Pony verschwinden. Sie braucht nichts zu sagen, denn ich sehe ihr deutlich an, dass auch sie inzwischen an Laubirds Plan zweifelt. Oder an meiner Umsetzung ... oder an beidem. Mir geht's ähnlich.

Nachdem ich jetzt so langsam wieder klar denken kann und wir die stinkende Klo-Hölle verlassen haben, frage ich mich vor allem, was Lenni eigentlich gerade von mir wollte. Vielleicht wollte er sich versöhnen? Sich mit mir verabreden? Oder noch mal über unsere Trennung sprechen? Und was mache ich? Ich haue einfach ab.

»Hoffentlich war es kein Fehler, ihm aus dem Weg zu gehen. Vielleicht hat ja der Tag gestern schon gereicht?«, frage ich mich.

»Der Tag gestern hat ihm bestimmt gereicht!«, erwidert Klara schnaubend.

Ich verziehe den Mund bei dem Gedanken an meine Notfall-Freundschaftskündigung in Französisch. »Das meine ich nicht! Ich meine: Vielleicht hat er gestern schon gemerkt, dass er mich zurückhaben möchte. Vielleicht brauchen manche Jungs gar nicht die ganze Woche, um ihre Liebe zur Exfreundin wiederzuerwecken? Vielleicht wollte er mir das sagen?«

Da bleibt Klara abrupt stehen und zieht mein schwarzweißes Pali-Tuch aus ihrer Tasche. »Mensch, Cosi. Jetzt weiß ich, wovon du die ganze Zeit redest. Lenni wollte dir dein Tuch wiedergeben. Das hattest du im Labor vergessen und Herr Bayer hat es ausgerechnet ihm in die Hand gedrückt. Hier!«

Vor Enttäuschung beginnt meine Unterlippe zu zittern.

»Ach so! Mein Tuch!« Wer hätte gedacht, dass mir beim Anblick meines Pali-Tuchs einmal die Tränen kommen würden – aber plötzlich habe ich einen richtig doofen Kloß im Hals. Klärchen legt sofort ihren Arm um mich, während ich mir vorstelle, wie Lenni mir einfach nur mein verflixtes Tuch geben will und ich wie der Blitz ins Klo schieße. Ich seufze. »Wahrscheinlich hält er mich jetzt für bekloppt. Oder inkontinent.«

Klara sagt nichts, sondern schnüffelt an meiner Jacke. Dann verzieht sie ihr Gesicht. »Meine Güte, stinkst du nach Klo!«

Und damit geht ein erfolgreicher zweiter Ex-zurück-Schultag zu Ende: hübsch geschminkt und bis auf die Knochen blamiert, habe ich es geschafft, dass ich jetzt wie ein Dixi-Klo stinke. Da kann Lenni ja beinahe froh sein, wenn ich mich rarmache.

Klaras Mutter wackelt sofort wie ein Kaninchen mit der Nase, als sie uns die Haustür öffnet. »Wo wart ihr denn?«

Ohne auf ihre Frage zu antworten, entgegnet Klara: »Ich gebe Cosi gleich einen Pulli von mir.«

Entrüstet sehe ich meine Freundin an. »Vielleicht wollte deine Mutter ja nur wissen, warum wir erst jetzt von der Schule kommen.«

»Nein, ich wollte wissen, warum ihr so streng riecht«, erklärt Klaras Mutter, wobei sie mir aufdringlich nahe kommt und Klara mir einen triumphierenden Blick zuwirft.

Ich gebe mich geschlagen, und sobald ich umgezogen bin und Klara mir geschworen hat, dass Lenni ganz normal und kein bisschen verstört wirkte, als er ihr mein

Tuch gegeben hat, erläutert mir Klara, wie man ein Telefon ortet. Wir haben ja schließlich nicht nur mein Problem. Unseren heutigen Nachmittag widmen wir erneut Flauschi ... Pieps! Nachricht für Klara. Sie zieht ihre Nase kraus: »Meine Mannschaftskameradin Paula beschwert sich, weil ich erst nicht beim Spiel und gestern nicht beim Training war.« Etwas ratlos starrt Klara auf ihr Telefon. »Egal!«, winkt Klara ab. Dabei weiß ich genau, dass sie ein schlechtes Gewissen hat.

»Siehst du, deshalb mache ich Yoga. Da hat man keine Mannschaftskameradinnen, die man enttäuschen könnte. Außerdem kann man sich die Trainingszeiten frei einteilen.«

Aber trotz meiner Argumente sieht Klara nicht überzeugt aus. »Donnerstag gehe ich wieder zum Training. Aber jetzt orten wir erst einmal Papas Handy. Das geht nämlich ganz leicht!«, erklärt sie mit leuchtenden Augen. »Wir müssen das nur auf Papas iPad einstellen. Kinderspiel!«

Erleichtert atme ich auf. Heute hätte ich definitiv nicht noch mal die Nerven, so eine Agentennummer wie gestern durchzuziehen – nicht nach dem heutigen Tag! Stattdessen setzen wir uns gemütlich ins Esszimmer, Klara holt eine Tüte Chips, zwei Gläser und Apfelschorle aus der Küche und stellt alles auf den Tisch. Dann geht sie zum Kaminsims, um das iPad aus der Halterung zu heben. Klaras Familie steuert damit das Licht im ganzen Haus, die Musikanlage, sogar ihre Haussprechanlage – deshalb haben wir diesmal leichten Zugriff.

»Aber nicht zu viel naschen! Es gibt gleich Abendessen!«, ermahnt uns Klaras Mum aus der Küche.

»Jaja!«, antwortet Klara. Ich recke meine Nase in die Luft. Es riecht köstlich. Leider hat mich noch keiner gefragt, ob ich wieder mitessen möchte. Klara weiß es gar nicht zu schätzen, dass es bei ihr immer leckeres Essen gibt. Aber sie hat jetzt eh keine Nase für so was. Sie tippt wie wild auf dem iPad herum. Aber nur kurz. Dann flüstert sie: »Es geht los.«

»So schnell?« Ich bin echt beeindruckt. Atemlos verfolgen wir, wie ein kleines schwarzes Smartphone in unseren Nachbarort fliegt und dort direkt neben Lennis Tennisverein landet. »Spielt dein Papa Tennis?«, wundere ich mich.

»Ach was! Da wohnt bestimmt sie«, raunt Klara. Pling!, erscheint genau in diesem Moment auf Klaras Handy eine Nachricht, die ihr Vater in diesem Moment an ihre Mutter geschickt hat – unsere Hacker-Aktion von gestern war ein voller Erfolg. Während wir aufgeregt auf Klaras Smartphone und das iPad starren, um zu lesen, was Klaras Vater gerade geschrieben hat, ertönt aus der Küche ein genervtes Aufstöhnen. »Papa hat gerade geschrieben: Er muss heute schon wieder länger arbeiten. Cosi, magst du dann wieder mit uns essen? Ich habe die Schnitzel nämlich schon in der Pfanne. Die schmecken doch nicht, wenn man sie aufwärmt.«

Klara und ich sehen uns verschwörerisch an. Ich rufe: »Ja, gerne!« Dann sage ich leise zu Klara: »Du hast recht. Da muss Flauschi wohnen.« Fasziniert und auch ziemlich traurig starren wir auf das iPad-Display – als ob wir Flauschi und Klaras Papa dort leibhaftig über das Display springen sehen könnten. Ohne es laut auszusprechen, ist nach einem Blickwechsel mit meiner Freundin klar: Wenn er das nächste Mal bei ihr ist, werden wir auch da sein! Und dann wissen wir, mit wem wir es zu tun haben ...

Als ich zu Hause anrufe, um ihr zu sagen, dass ich heute wieder bei Klara esse, klingt meine Mutter ein bisschen enttäuscht. »Schade! Papa hat uns auf dem Campingkocher so eine tolle Weizengras-Zucchini-Suppe gekocht.«

»Auf dem Campingkocher?«, wiederhole ich. »Ist unser Herd kaputt?«

»Nein, wir üben schon mal«, erklärt Mama kichernd. Mich schaudert. Der Wald rückt näher! Dabei hatte ich diese Schnapsidee schon fast erfolgreich verdrängt. Meine Eltern offenbar nicht. »Wir wollen wissen, ob wir auf dem Campingkocher auch lecker kochen können.«

»Und es hat nicht geklappt«, stelle ich fest.

»Cosi! Papas Suppe ist sehr lecker. Er hat sie mit viel Liebe gekocht. Und du weißt doch: Was mit Liebe gekocht wird, ist gut für die Seele!«

»Ja, ich weiß!«, antworte ich und stöhne leise auf. Ich bin froh, dass ich bei Klara essen kann. Weizengrassuppe? Igitt! Da genieße ich das Schnitzel und die selbst gemachten Pommes gleich noch mal mehr.

»Richtig lecker!«, schwärme ich begeistert und schiebe mir glücklich eine Gabel voll dünner, knuspriger Pommes in den Mund. Klaras Mutter strahlt und tupft sich mit einer weißen Stoffserviette verlegen die Mundwinkel ab. Ich mag Klaras Mama und es tut mir leid, dass sie gerade so belogen wird. Außerdem habe ich ein schlechtes Gewissen, weil eigentlich jeder Bescheid weiß, während sie es vermutlich nicht einmal ahnt. Also wird sie eigentlich von uns allen belogen.

Plötzlich springt Klaras Mutter auf, woraufhin ich ertappt zusammenzucke. »Bevor ich es vergesse, Klärchen: Ich hab ja noch was für dich!«, ruft Frau Bentheim im Hinauslaufen. Meine Freundin macht erst große Augen, dann lächelt sie breit. Ich weiß genau, warum – in vier Worten: knallpinke Doc-Martens-Stiefel. Ihre Eltern haben sie damit geködert, dass Klara die kriegt, sobald ihre Noten besser werden, und deswegen hat sie sich in den vergangenen Wochen richtig angestrengt. Gerade hat sie sogar eine Drei in Mathe und eine Drei in Physik geschrieben. Damit hat sie sich ihre Martens ja wohl mehr als verdient!

Klara schlüpft schon mal voller Vorfreude aus ihren Hausschuhen. Als ihre Mama zurückkommt, dreht sich Klara erwartungsvoll zu ihr um und starrt enttäuscht auf die winzige Schachtel, die in der Hand ihrer Mutter liegt. Da passen definitiv keine Martens rein. Klaras Mutter scheint jedoch so erfreut über ihre kleine Überraschung, dass sie glatt übersieht, wie Klara enttäuscht eine Schnute zieht.

»Das musst du dir unbedingt in deine Schultasche stecken.« Mit diesen Worten schiebt sie Klara verschwörerisch die kleine blau-weiße Schachtel zu. Die schlüpft mit einem Seufzer zurück in ihre Hausschuhe und guckt kurz irritiert. Dann reißt Klara entsetzt die Augen auf. Nicht ein bisschen entsetzt. Sondern *mega* entsetzt. Neugierig recke ich meinen Hals, um auf die Schachtel zu schielen, aber Klara hält sofort ihre Hand drüber.

»Für Notfälle«, erklärt Klaras Mutter nun mit so einem Mit-mir-kannst-du-über-alles-reden-ich-bin-eine-supercoole-Mutter-Blick.

Klara fällt jetzt die Gabel aus der Hand. »Für *Notfälle?«* Sie bekommt feuerrote Wangen. »Und was für ein Notfall soll das bitte sein?«

Ich verbiege meinen Kopf, um unter Klaras Hand zu schmulen.

»Na, du weißt schon.« Verschwörerisch zwinkert ihre Mama meiner Freundin zu.

Klara ruft vollkommen entsetzt: »Nein! Das weiß ich überhaupt nicht!«

»Sag mal, Klara, das muss ich dir doch nicht erklären. Das wirst du bald brauchen.« Ihre Mutter schaut irritiert Klara an, die inzwischen guckt wie ein aufgeblasener Kugelfisch. Dann schluckt sie und ruft heiser: »Die werde ich bald brauchen?« Klara hält ihrer Mutter anklagend die Schachtel unter die Nase. *»Kondome?«*

Ich pruste los und verschlucke mich dabei fast an den Pommes in meinem Mund.

Klaras Mutter wechselt schlagartig ihre Gesichtsfarbe – von Zartrosa zu Knallrot. Ungläubig reißt sie ihrer Tochter die hübsche blau-weiße Pappschachtel aus der Hand und stottert: »Oh nein! Ich wollte dir Tampons aus dem Automaten ziehen. Weißt du, der stand heute früh im Restaurantklo, wo ich mit Tante Vero frühstücken war. Und weil die Packungen so klein waren, dachte ich, das wäre doch praktisch für deine Schultasche.« Nun starren beide auf die kleine Schachtel, die da so harmlos in Frau Bentheims Hand liegt, dann prusten sie los. Ich liege schon fast unterm Tisch vor Lachen und Klara gackert, bis ihr die Tränen übers Gesicht kullern.

Sie ist bestimmt supererleichtert, dass ihre Mutter ihr nicht ernsthaft Kondome in die Schultasche stecken wollte. Sobald Klara wieder einigermaßen Luft bekommt, schwört sie allerdings, dass sie *weder* Kondome *noch* Tampons in ihrer Tasche herumtragen wird. »Wenn das die Jungs sehen!«, raunt sie mir zu.

Aber ich winke nur ab. Auf die Idee, mir Binden in die Schultasche zu stecken, ist meine Mutter nämlich schon vor Monaten gekommen – und bislang hat sie noch keiner entdeckt. Nicht mal Klara. Zum Glück! Die Binden heißen nämlich – jetzt kommt's! – »Cosmea«. Die heißen original wie ich. Wer möchte bitte schön wie eine Damenbinde heißen? (Und die wattierten Namenszwillinge auch noch für rosarote Notfälle benutzen müssen?!) Meine Eltern schwören, dass sie mich nicht wegen der Binden, sondern natürlich wegen der schönen Blumen in Griechenland so genannt haben. Die leuchteten nämlich so strahlend in Rosa, Weiß und Pink auf der Wiese neben dem Hotel (das übrigens ebenfalls Cosmea hieß), in dem sich die beiden kennengelernt haben. Klara findet meinen Namen deshalb irre romantisch. Aber die weiß ja auch noch nichts von den Binden! Andererseits sind sogar Cosmea-Binden in der Tasche natürlich noch besser als Kondome ... Klaras Mama greift nach der Kondomschachtel. »Na, die kann ich dann wegschmeißen, die braucht hier ja keiner.«

Schlagartig verstummt unser Lachen. Klara und ich sehen uns betroffen an. Wenn die wüsste! Wir müssen das unbedingt klären mit Flauschi, ehe Frau Bentheim dahinterkommt. Wir müssen Flauschi loswerden!

Nach dem Essen verziehen Klara und ich uns deshalb

ganz agentinnenhaft in ihr Zimmer zurück. Dank der Nachrichten ihres Vaters, die wir auf Klaras Handy mitlesen können, wissen wir, dass er Flauschi morgen nach einem Gerichtstermin besuchen will. Gegen 15 Uhr will er bei ihr sein – was für uns bedeutet: Nach Schulschluss um halb drei werden wir direkt mit unseren Rädern in den Nachbarort pesen und Herrn Bentheim neben dem Tennisclub auflauern. Dann beobachten wir heimlich, in welches Haus Klaras Papa geht – schwupps! –, wissen wir, wo sie wohnt und wie sie heißt. Dann können wir endlich ganz praktisch überlegen, was wir tun müssen, um Flauschi loszuwerden. Ich fühle mich total sherlocked! Gerissen, genial und geheimnisvoll. Damit bin ich in der perfekten Stimmung für Laubirds neuen Auftrag …

4

Dienstag bis Mittwoch

Mein persönlicher Countdown:
Trennung von Lenni: III Tage
Ankunft Austauschschüler: IIIII IIIII III Tage
Laubirds In-einer-Woche-den-Ex-zurück-Plan erfüllt: II

Hallihallöchen, meine Lieben! Schön, dass ihr mich wieder aufgerufen habt! Aber dafür habt ihr ja auch einen guten Grund: Ihr wollt eure große Liebe zurückerobern. (Schmacht!) Nun habt ihr ihm zwei Tage lang gezeigt, dass ihr nichts mehr mit ihm zu tun haben wollt. Er wird sich wundern und darüber nachdenken, warum ihr plötzlich nicht mehr an ihm interessiert seid. Das ist gut! Das weckt seinen Jagdinstinkt.

Und nun verwirrt ihr ihn noch mehr. Er glaubt, euch zu kennen? Von wegen! Zeigt ihm, dass er sich irrt! Seid geheimnisvoll. Undurchschaubar. Männer stehen auf geheimnisvolle Frauen. Ich wünsche euch unheimlich (zwinkern!) viel Erfolg dabei! Buhuhuhuhu! Und vergesst nicht, mich zu abonnieren, damit ihr nie wieder ein Video verpasst, ihr mysterious girls!

»Wie ist man denn geheimnisvoll?«, frage ich Klara.

Sie sitzt neben mir auf ihrem Schreibtisch und guckt

genauso ratlos wie ich. Gedehnt antwortet sie: »Keine Ahnung.« Dabei starrt Klara weiterhin auf den Monitor, als würde sie wie ich hoffen, dass Laubirds freundliches Gesicht wieder auftaucht, um zu erklären, was genau zu tun ist, um geheimnisvoll zu wirken. Dann zuckt Klara ergeben mit den Schultern. »Vielleicht können wir das mal googeln.« Gute Idee! Und schon deshalb ist es unmöglich, im Wald zu leben: Ohne Internet wären wir doch völlig aufgeschmissen! Klara zieht die Tastatur heran und tippt: »Wie wirkt Frau geheimnisvoll?«

Prompt präsentiert uns Google eine endlos lange Trefferliste. »Wow!«, haucht Klara und auch ich bin baff. Das scheint tatsächlich ein *Riesen*thema für Frauen zu sein! Klara klickt als Erstes einen Artikel von einer Partnersuchseite an: »Fünf Tipps, wie Sie einen mysteriösen Eindruck auf ihn machen«.

Kichernd liest meine Freundin vor: »Wir haben für Sie die besten Tipps zusammengestellt, wie Sie sich gegenüber Ihrem Traummann geheimnisvoll geben und ihn so für immer in Ihren Bann ziehen.«

»Ich hätte ja nie gedacht, dass ich mich geheimnisvoll geben muss, um Lenni *in meinen Bann* zu ziehen«, wundere ich mich und schüttele ungläubig ich den Kopf. »Das klingt ja wie aus einem Ratgeber für Hexen. Vielleicht bist du auf einer falschen Seite gelandet?«

»Tipp eins: Quatschen Sie nicht zu viel.« Kurzes Kopfschütteln. »Das hilft dir nicht weiter. Seit Samstag quatscht Lenni ja eh kein Wort mehr mit dir.« Ich muss schlucken, weil Klara das so krass formuliert. Aber sie vertieft sich weiter in den mysteriösen Internet-Ratgeber. »Tipp Nummer zwei ist auch Käse. Da steht: Machen

Sie sich selten. Das hatten wir ja schon.« Sie scrollt weiter. »Nummer drei: Auf Fragen nicht zu auskunftsfreudig antworten. Die Antwort ›Darüber möchte ich nicht sprechen‹, wirkt durchaus geheimnisvoll.« Sie prustet los. »Ist das deren Ernst? Dann fragt Lenni, wie es dir geht, und du sagst ›Darüber möchte ich nicht sprechen‹? Schräg! Aber zumindest kriegst du das hin.«

Leicht beleidigt sehe ich meine Freundin an. Was soll das denn bitte heißen? Ich habe die anderen Sachen schließlich auch hinbekommen. Ich will gerade protestieren, da zitiert Klara schon den nächsten Tipp: »Viertens: Kommen Sie immer später als er – egal, wohin. Und begrüßen Sie erst alle anderen, bevor Sie ihn beachten.« Klara schüttelt den Kopf. »Das macht man bei der Hundeerziehung auch so. Weiß ich von meiner Tante Vero.«

Ich lege die Stirn in Falten. »Das ist allerdings sehr geheimnisvoll: Lenni würde sich wundern, warum ich ihn wie einen Hund behandele.«

Klara lacht und liest weiter: »Und fünftens: Beenden stets Sie das Gespräch.«

Das waren alle Erfolg versprechenden Tipps, die die Seite zu bieten hat. Klara und ich sehen uns stirnrunzelnd an. Und so soll Lenni sich wieder in mich verlieben? Die weitere Recherche auf anderen Websites bringt uns auch nicht wirklich weiter. Ganz im Gegenteil. Da stehen so Sachen wie: »Alles, was Sie sagen, sollte auf den anderen verwirrend wirken.« Oder: »Seien Sie durchaus widersprüchlich, aber Vorsicht! Wenn Sie *zu* widersprüchlich auftreten, wirkt das nicht verführerisch, sondern wie eine gespaltene Persönlichkeit. Und das erzeugt Angst.«

»Toll. Jetzt habe *ich* Angst.«

Klara nickt mir verständnisvoll zu. »Hoffentlich hält er dich morgen nicht für eine Irre mit vielen widersprüchlichen Persönlichkeiten.«

Prompt fällt mir wieder meine Kloflucht ein. Ich knirsche mit den Zähnen. »Dafür hält er mich bestimmt jetzt schon.«

Nach den vielen verwirrenden Tipps kann ich später am Abend gar nicht einschlafen – obwohl ich extralange Entspannungs-Yoga gemacht und mir so viel von Mamas Lavendelöl auf mein Kopfkissen geträufelt habe, dass ich Lennis Pulli gar nicht mehr riechen kann. Es bleibt mir ein Mysterium, wie ich mich geheimnisvoll geben könnte, ohne irre zu wirken. Vorsichtshalber ändere ich schon mal meinen WhatsApp-Status in »Ich bin nicht schizophren! Mir geht es allen gut!«. Aber ob das im Notfall etwas rettet?

Da höre ich, wie leise die Türklinke heruntergedrückt wird. Mamas Schatten huscht durch mein mondhelles Zimmer. Sie legt Wäsche auf den Schreibtisch.

»Mama?«, flüstere ich. Sie kommt an mein Bett und streichelt mir über die Stirn wie früher.

»Warum schläfst du denn noch nicht?« Sie klingt fast ein wenig besorgt. Als ich nicht antworte, setzt sie sich auf die Bettkante und nimmt meine Hand. Ich bin ganz froh, dass es dunkel ist – manche Gespräche führe ich mit meiner Mutter lieber im Dunklen. »Sag mal, wie wirkt eine Frau geheimnisvoll?« Eine Zeit lang sagt Mama nichts, ich höre sie nur atmen, weil sie anscheinend über die Antwort erst nachdenken muss. »Weißt du, Cosi. Ich glaube, diesen Gedanken brauchst du dir gar nicht machen. Wichtig ist, dass du authentisch bist. Sei du selbst!« Das hätte ich mir denken können: Jetzt kommt sie wieder mit ihren Eso-Weisheiten aus dem Mondkalender. »Wenn du das machst, was dir wichtig ist, das sagst, was du denkst, dich traust, eigene Ideen und Vorstellungen zu leben, wirkst du für viele schon geheimnisvoll genug.« Darauf antworte ich nicht. Das hilft mir nämlich überhaupt nicht weiter!

»Ich muss jetzt schlafen«, behaupte ich und schiebe ein demonstratives Gähnen hinterher. Mama beugt sich vor und gibt mir einen Kuss auf die Stirn. »Du bist genau richtig, so wie du bist.« Damit schwebt sie aus meinem Zimmer und schließt leise die Tür.

Am nächsten Morgen werde ich durch Klopfen geweckt. »Cosi, aufstehen!«

Verschlafen krieche ich unter der Bettdecke hervor, schlüpfe in die Filzpantoffeln und schlurfe ins Bad, um mir mit unserer selbst gemachten Salz-Zahnpasta die Zähne zu putzen. Klara musste neulich fast brechen, als sie bei mir geschlafen hat und ihre eigene Zahnpasta nicht dabeihatte. Aber ich habe mich an den Salzgeschmack allmählich gewöhnt. Nach dem Duschen creme ich mich ausgiebig mit meiner neuen Duft-Bodylotion ein und sprühe noch mein Körperspray drüber, das ich mir vom Taschengeld gekauft habe, weil Mama diese »Chemieverbrecher« nicht unterstützen wollte. Zur Duftkontrolle halte ich mir den Arm vors Gesicht – alles gut. Nach dem Klogeruch gestern habe ich heute ein noch größeres Duft-Bedürfnis als sonst.

Dann betrachte ich mich im Spiegel. Geheimnisvoll.

Ich muss geheimnisvoll wirken! Ich versuche, geheimnisvoll zu lächeln – und sehe aus, als hätte ich irgendwas Ekliges im Mund. Schnecken. Oder Papas Wirsing in Senfrahm. Ich sehe total bescheuert aus! Aber vielleicht ist das ja genau richtig so? Dann könnte Lenni sich fragen: Was möchte Cosi wohl gerne ausspucken?

Supergeheimnisvoll!

Es ist zum Verzweifeln. Ich überlege, wie wohl ein geheimnisvolles Lächeln aussehen könnte. Dabei kommt mir das so bekannt vor – geheimnisvolles Lächeln. Darüber haben wir doch neulich in der Schule gesprochen. Und dann fällt es mir ein: Mona Lisa! Die ist sogar weltberühmt geworden wegen ihres geheimnisvollen Lächelns. Unser Kunstlehrer hat sie neulich im Pariser Louvre besucht und war ganz aus dem Häuschen, wie geheimnisvoll sie lächelt. Wir mussten die Mona Lisa dann sogar im Unterricht abmalen. Meine sah irre geheimnisvoll aus. Jeder hat sich gefragt: Wer soll das bitte schön auf dem Bild sein? Und was ist dieser armen Frau zugestoßen?

Schnell verdränge ich mein missglücktes Porträt und rufe stattdessen auf dem Handy ein Bild der Original-Mona-Lisa auf. Also, ich finde ja eher, sie guckt ein bisschen belämmert. So als wäre ihr die linke Po-Backe eingeschlafen und sie würde Leonardo da Vinci gerade zurufen: »Jetzt mal mal 'nen bisschen schneller!« Aber ich bin in so was ja auch kein Experte – vielleicht ist genau das ihr Geheimnis: Jeder meint, in ihrem Gesicht etwas anderes zu erkennen. Deshalb halte ich mir ihr Bild vor die Nase und versuche, so zu lächeln wie sie, also nur mit den Mundwinkeln. Gleichzeitig presse ich die Vorderlippen fest aufeinander. Ich sehe ein bisschen aus wie eine verkniffene Krähe. Das soll geheimnisvoll wirken?

Ich seufze. Die Französinnen haben so ein geheimnisvolles Lächeln bestimmt viel besser drauf. Die Mona Lisa hängt schließlich im Pariser Louvre ...

»Cosi, wo bleibst du denn? Du musst noch frühstücken!«

Mist! Und ich bin noch nicht mal geschminkt. Heute nehme ich ausnahmsweise Mamas schwarzen Bio-Kajal. Der heißt nämlich »Mystic Black«. Perfekt! Auf dem Weg nach unten versuche ich mir das Mona-Lisa-Lächel-Gefühl einzuprägen: Lippen zusammen, Mundwinkel leicht angezogen. Müsste klappen. Dann öffne ich die Tür zur Küche. Hier blubbert und brodelt es. Mama springt hektisch hin und her. Normalerweise sitzt sie gemütlich mit mir am Tisch und trinkt Tee.

»Was ist denn hier los?«, will ich wissen.

»Heute steht der abnehmende Mond im Löwen. Das ist perfekt zum Einkochen. Dann hält es länger.«

Ich verdrehe die Augen. »Was hat denn der Mond mit unserer Erdbeermarmelade zu tun?«

Aber Mama geht gar nicht darauf ein. »Und um neun Uhr habe ich einen Termin beim Friseur«, schnattert sie weiter. Sie wirkt regelrecht gestresst.

»Hat das auch was mit dem Mond im Löwen zu tun?«, frage ich skeptisch.

Mama nickt ernst. »Ja, und Fenster putzen muss ich heute auch noch.« Dabei wischt sie sich mit dem Handrücken über die Stirn. Sie macht dieses ganze Theater nur, weil der abnehmende Mond jetzt im Löwen steht? Das ist doch verrückt! Findet zumindest der denkende Teil von mir. Der andere – vermutlich der, der Bauchgefühl genannt wird – vergewissert sich vorsichtshalber: »Und was macht der abnehmende Mond sonst noch so? Mit den Gefühlen.« (Schließlich sind meine Hoch- und Tiefgefühle ja nicht gerade berechenbar – vielleicht hat der Mond ja was Beruhigendes dazu beizutragen wie bei Ebbe und Flut?)

»Ausatmen und freisetzen«, antwortet Mama und lässt ihre Augen gen Himmel schweifen. Das ist wieder so eine Mama-Aussage, die kein Mensch versteht.

»Soll heißen ...?«

»Man kann Ideen gut umsetzen. Körperlich und geistig läuft man heute zu Bestform auf.« Das macht mich direkt ganz zuversichtlich für diesen Tag mit der geheimnisvollen Herausforderung.

Beschwingt mache ich mich auf den Weg und radele in Bestform zur Schule. Klara und ich treffen uns heute ausnahmsweise gleich bei den Fahrradständern, weil Klara ebenfalls mit dem Rad kommt, damit wir sofort nach Schulschluss zu Flauschi sausen können.

»Oh, du hast dich heute anders geschminkt«, staunt meine Freundin, die neben den Fahrradständern schon auf mich wartet. Ich lächele stolz. »Sieht sehr geheimnisvoll aus«, lobt Klara und knufft mir kichernd in die Seite.

Dann setzen wir die mysteriösen Tipps bis ins kleinste Detail um: Ganz wie auf dieser Internetseite beschrieben, warten wir, bis alle im Klassenzimmer sind, und betreten dann als Letzte den Raum. Ich presse sofort die Lippen aufeinander und ziehe Mona-Lisa-mäßig die Mundwinkel hoch. Direkt hinter mir stürmt unser Geschichtslehrer in den Raum. Dr. Gerwarth ist ein witziger Typ. Wahrscheinlich unser lustigster Lehrer überhaupt. Er ist ein bisschen rundlich und kann beinahe pausenlos reden.

Ich setze mich auf meinen Platz und Klara mustert mich von der Seite. Irgendwann flüstert sie: »Hast du Zahnschmerzen?«

Ich gucke sie verwundert an. »Nein. Wieso?«

»Warum guckst du denn so komisch?«

»Äh ... Ich lächele geheimnisvoll«, kläre ich Klara auf, presse die Lippen aufeinander und ziehe die Mundwinkel dezent nach oben. Leider erntet meine mysteriöse Miene nur einen alarmierten Blick meiner Freundin.

»Lass das lieber.«

Um mich zu überzeugen, versucht sie, meinen spitzmäuligen Gesichtsausdruck nachzuahmen. Das finde ich so lustig, dass ich laut auflache. Sofort starren mich alle verwundert an. Nur Klara reckt ihren Daumen in die Höhe: »Sehr geheimnisvoll!«

Lilly stöhnt laut auf und kreist mit ihrem Zeigefinger neben ihrer Stirn, so als wenn ich nicht ganz dicht wäre. Ein paar Schüler kichern. Dr. Gerwarth bekommt von der Unruhe im Raum nichts mit und fragt in die Klasse: »Wer kann mir denn sagen, was mit Volkssouveränität gemeint ist?«

Schlagartig ist es still in der Klasse. Nur ich weiß es! Damit ist gemeint, dass die Staatsgewalt vom Volk ausgeht. Geschichte ist halt mein Fach. Da bin ich eindeutig die Klassenbeste. Sofort schießt meine Hand in die Höhe. Doch im selben Moment ärgere ich mich. Schließlich bin ich heute geheimnisvoll – da kann ich doch nicht einfach so Volkssouveränität erklären! Heute muss ich alles anders machen.

Aber leider schaut unser Lehrer bereits erfreut in meine Richtung. »Cosmea?«, ruft er mich auf. Mein Herz klopft so hektisch, als wollte es die Antwort an Herrn Gerwarth morsen. Ich nehme all meinen Mut zusammen und verkünde: »Darüber möchte ich nicht sprechen.«

Dr. Gerwarth schaut mich einen kurzen Moment verblüfft an. Dann brüllt er los: »Wuhawuhawuha!« Er kriegt sich vor Lachen gar nicht mehr ein. Sogar ein paar Schüler kichern mit. Und ich möchte schon wieder im Boden versinken.

Klara zieht beide Augenbrauen hoch und kann ein Kichern aber ebenfalls nicht unterdrücken. »Cosi, ich glaube, so war das von dieser Partnerseite nicht gemeint«, flüstert sie.

Das weiß ich ja selbst. Keine Ahnung, wie der Satz so plötzlich aus meinem Mund kam.

Dr. Gerwarth wischt sich eine Träne aus dem Auge. »Gut. Aber gibt es jemanden, der darüber sprechen möchte?«

Während unser Unterricht lebhaft weitergeht, raunt Klara mir zu: »Ich glaube, Lenni wundert sich gerade sehr über dich.«

Wirklich?! Das wäre ja ein voller Erfolg! Unauffällig schiele ich in seine Richtung. Tatsächlich: Mit einem grüblerischen Gesichtsausdruck schaut er zu mir rüber. Doch sobald sich unsere Blicke kreuzen, wendet er sich ab. Das versetzt mir einen Stich: kein Lächeln, kein Zwinkern. Er guckt einfach wieder nach vorne zur Tafel. Genauso plötzlich, wie eben dieser Satz aus meinem Mund kam, knallt plötzlich eine Riesenangst in mein Herz. Was, wenn Laubirds Plan nicht funktioniert? Was, wenn ich damit alles nur noch schlimmer mache? Lenni und ich sind nun schon seit fast vier Tagen getrennt. Und der Liebeskummer wird kein bisschen besser. Okay, ich heule nicht mehr so viel – aber vermutlich nur, weil ich so viel zu tun habe und abgelenkt bin. Aber trotzdem dreht sich jeder Gedanke nur um ihn und wie ich ihn zurückbekommen kann. Es ist, als hätte sich Lenni in jeder einzelnen meiner Körperzellen eingenistet. (Und da jeder Mensch mindestens hundert Billionen Zellen besitzt, kann ich davon ausgehen, dass meine Lenni-Liebe in hundert Billionen Zellen hockt. Die werde ich ja nie los, selbst wenn ich wollte!)

Noch einmal reiße ich meinen Arm in die Höhe.

»Ja?«

»Darf ich bitte zur Toilette?«

Herr Gerwarth lächelt. »Das beantworten wir demokratisch: Wer ist dagegen?«

Sofort schießt Lillys Arm in die Luft. Zögernd melden sich auch ein paar andere. »Okay«, meint unser Lehrer, »und wer ist dafür?«

Diesmal meldet sich nur Klara.

»Tut mir leid!«, erklärt unser Geschichtslehrer mit einem verschmitzten Lächeln in meine Richtung. »Das Volk hat sich dagegen entschieden.«

Ich habe jetzt keine Lust auf seine Spielchen. »Dann mache ich eben einen Aufstand«, rufe ich, springe auf und renne aus dem Klassenraum. Ohne zu zögern, stürzt Klara hinterher. Ich höre noch, wie Lenni feststellt: »Das ist dann wohl ein Volksaufstand.«

Herr Gerwarth lacht, dann fällt die Tür ins Schloss. An meinem neuen Stamm-Ort, dem Stinkeklo, nimmt Klara mich in den Arm. »Das wird schon!«, redet sie mir gut zu. Ich fühle mich jedoch gerade völlig mutlos und würde mich am liebsten für alle Zeiten im Klo verkriechen. Leider schickt Herr Gerwarth ausgerechnet Lilly hinterher, um nachzufragen, ob alles in Ordnung ist.

Mit einem Blick, der eindeutig eher schadenfroh als mitleidig ist, reißt sie die Tür auf. »Der Gerwarth lässt fragen, ob ihr noch zum Unterricht kommt oder ob ihr auf dem Klo eingeschlafen seid.« Dann grinst sie mich gehässig an. »So, wie du aussiehst, kommst du wahrscheinlich nicht mehr, oder?« Ich schüttele den Kopf. Reden möchte ich nicht.

»Vielleicht solltest du demnächst einfach mal wieder einen Baum umarmen mit deiner crazy Mami. Aber, ach nein. Nicht mal das kriegst du hin. Selbst dabei stürzt du ja ab.«

Nun wachsen Klara plötzlich lila Hörnchen aus dem Kopf. Sie erinnert mich an dieses giftige Teufels-Emoji, als sie faucht: »Sag dem Gerwarth, dass wir in der Fünf-Minuten-Pause zu ihm kommen und ihm alles erklären. Und wenn du ein falsches Wort sagst, erzähle ich allen, dass du Hakan aus der Jungsmannschaft neulich ein BH-Bild von dir geschickt hast!«

Lilly reißt ihre Augen auf. Schlagartig erlischt ihr Grinsen und sie wird käseweiß.

Ich sehe überrascht zu Klara. So kenne ich sie gar nicht – und die Geschichte mit dem BH-Bild höre ich gerade auch zum ersten Mal. Lilly dreht sich ruckartig um und lässt die Tür ins Schloss krachen.

Klara lächelt mich an und schnauft tief durch. »Das hat sie mal verdient, die blöde Ziege.«

»Lilly hat ein BH-Bild von sich verschickt?!«, frage ich atemlos. Sofort habe ich meinen eigenen Kummer vergessen. So eine dämliche Aktion hätte ich nicht mal Lilly zugetraut.

Klara nickt. »Das hat mir Paula aus meiner Mannschaft gestern Abend noch gesteckt. Das Foto macht im Verein gerade die Runde.« Klara grinst.

Ich presse die Lippen zusammen. »Aber juristisch korrekt war das nicht, ihr das jetzt auch noch vorzuhalten«, bemerke ich. »Ich glaube, das nennt sich Erpressung.«

Klara winkt ab. »Nein, wir haben bloß einen Vergleich geschlossen.« Nun muss ich lachen. Klara ist schon jetzt eine kleine Rechtsverdreherin. Sie wird sicher mal eine tolle Anwältin, mein Seelenzwilling. Ich hätte mich nie getraut, Lilli so anzugreifen.

Zurück in den Unterricht will ich trotzdem nicht. Am liebsten würde ich gerade gar nicht mehr in unsere Klasse gehen, weil ich mich so schäme. Aber Klara meint, mein Auftritt würde perfekt zum heutigen Tag passen, weil das Lenni total verwirren wird. Ich finde den ganzen Tag bisher einfach nur peinlich und bin heilfroh, als er rum ist und wir uns auf unsere Räder schwingen. Laubirds In-einer-Woche-den-Ex-zurück-Plan raubt mir noch den letzten Nerv.

»Auf zu Flauschi!«, ruft Klara und rollt vor mir durch das Schultor. Sie ist offenbar schon wieder fünf Gedanken weiter. Wenn die ganze Sache nicht so schlimm wäre, könnte ich Klaras Papa fast dankbar sein für die Ablenkung, die er mir bietet. Diese Flauschi-Nummer fordert mich dermaßen, dass ich meinen Lenni-Kummer zumindest für kurze Zeit vergesse. Ganz zu schweigen von der Ankunft der Franzosen. Und dass meine Eltern in den Wald ziehen wollen. Mein armes Problembewältigungszentrum im Kopf ist eindeutig überfordert. Deshalb beackert es die vielen drohenden Katastrophen lieber einzeln – eine nach der anderen ...

Neben Klara strampele ich über den schmalen Fahrradweg neben der Landstraße. Klara hat so ein modernes Rennbike, das viel schneller ist als mein quietschendes Uralt-Fahrrad. Deshalb muss ich mich echt anstrengen, an ihr dranzubleiben.

Wir haben unsere Jacken hochgeschlossen und die Kapuzen aufgesetzt – zum einen, weil das Wetter so garstig ist, und zum anderen, weil wir Angst haben, dass Klaras Vater plötzlich neben uns auftauchen könnte. Doch wir haben Glück: schnaufend, aber unentdeckt erreichen wir den Nachbarort.

Der Anblick von Lennis Tennisclub gibt mir einen Stich ins Herz. Hier habe ich ihm immer beim Training zugeguckt. Lenni kann richtig gut Tennis spielen. Er tritt sogar in der Landesliga an. Allerdings war ich nicht nur deshalb froh, wenn er mich mit zum Training genommen hat, sondern auch, weil ich immer ein wenig eifersüchtig auf seine Tennistrainerin war. Die sieht nämlich richtig gut aus. Groß, blond, tolle Figur. Noch dazu ist sie eine ehemalige Profispielerin, die wegen irgendwelcher Querelen mit dem Tennisbund ihre Karriere beendet hat. Lenni hat immer total von ihr geschwärmt.

Ohne es zu merken, bin ich vor dem Tennisclub stehen geblieben. »Cosi! Nun komm!«, ruft Klara ungeduldig und verdreht die Augen. »Du kannst doch nicht einfach mitten auf dem Weg stehen bleiben! Wenn mein Vater dich sieht!« Dann schiebt sie ihr Rad im Laufschritt auf die andere Straßenseite, wo ein riesiger, rostig blauer Baucontainer steht. Ich folge ihr eilig.

»Perfekt!«, stellt Klara fest. Neugierig spähen wir über den Containerrand auf die andere Straßenseite. »Aber was ist, wenn Flauschi auf dieser Seite der Straße wohnt?«, gebe ich zu bedenken. »Wer weiß, wie genau dieses Ortungsding ist?«

»Ich glaube, das ist ziemlich genau«, entgegnet Klara. Trotzdem sieht sie sich um. In unmittelbarer Nähe unseres Ortungspunkts stehen eigentlich nur vier Häuser, die infrage kämen. Zwei davon sehen völlig heruntergekommen aus. Direkt hinter uns wird sogar gerade ein altes Haus abgerissen. Da kann Flauschi auf keinen Fall wohnen. Daneben steht ein modernes Einfamilienhaus mit einem Baumhaus im Garten, bei dem ich jetzt noch neidisch werde, obwohl ich längst aus dem Alter für Baumhäuser raus bin. (Und mein Verhältnis zu Bäumen neuerdings ein wenig gestört ist ...) Die kleinen Kinder, die dort im Garten spielen, backen in der Buddelkiste darunter Sand-Cupcakes. Die Idylle sieht nicht nach Flauschis geheimer Liebeshöhle aus. Direkt daneben steht ein weiteres Uralt-Haus. Da sind die Bauarbeiter zwar noch nicht dran, aber ich bin mir ziemlich sicher, dass es bald so weit sein wird. Das Haus wirkt vollkommen morsch.

»Ich tippe eher, dass sie da wohnt«, meint Klara und deutet mit ihrer Hand auf ein modernes weißes Mehrfamilienhaus, das direkt neben dem Tennisplatz auf der gegenüberliegenden Straßenseite steht. Es hat eine breite Tiefgarageneinfahrt, graue Tore, Türen und Fensterrahmen und große kahle Terrassen mit grauen Geländern.

Vermutlich ist das ganze Gebäude erst vor Kurzem fertig geworden. Die Blumenbeete vorm Haus sind eindeutig frisch bepflanzt und ein großer grauer Müllcontainer parkt noch ganz unfein neben dem Eingang, als hätte man bislang keinen geeigneten Platz für ihn gefunden. Alles wirkt neu und ein bisschen tot. Trotzdem sieht man, dass es mal sehr schick werden wird.

»Ja, das kann ich mir auch gut vorstellen«, gebe ich zu.

Klara grinst. »Dann haben wir ja den perfekten Platz für unseren Beobachtungsposten. Hinter dem Container hier!«

Ich nicke und halte im nächsten Moment die Luft an. Denn gerade rollt Lenni mit seinem Rad auf das Gelände des Tennisvereins. Was macht der denn hier? An einem Mittwoch? Da hat er doch sonst immer Schlagzeugunterricht!

Panisch ducke ich mich. Lenni darf mich auf gar keinen Fall hier sehen! Dann denkt er garantiert, dass ich wegen ihm hier lauere.

Auch Klara bekommt einen Schreck. »Ach du liebe Güte! Nicht, dass er rüberkommt. Dann vermasselt er noch alles!«, zischt sie. Aber diese Sorge ist ziemlich unbegründet, denn Lenni verschwindet, ohne sich umzusehen, im Vereinshaus. Wie schön wäre es, wenn ich da jetzt einfach mit ihm reinspazieren und gemeinsam mit ihm eine Cola trinken könnte – wie früher.

»Da!«, quietscht Klara plötzlich und deutet auf einen grauen Wagen, der die Straße rasend schnell entlangfährt. Klaras Vater! Tatsächlich!

Mit pochenden Herzen beobachten wir, wie er mit seinem silbernen BMW direkt auf die Tiefgarage zurollt und wie selbstverständlich einen Schlüssel in den Blechkasten neben sich steckt.

»Er hat sogar einen Schlüssel!«, raunt Klara. Ganz langsam öffnet sich das Tor und der Wagen verschwindet in dem dunklen Garagenloch unter dem Wohnhaus. Ganz schön clever, so kann niemand sein Auto auf der Straße stehen sehen! Mit einem ruhigen Surren schließt sich das Tor hinter ihm.

Ratlos sehen Klara und ich uns an. »Und nun?«, frage ich. Erst jetzt merken wir, dass wir die ganze Aktion wieder nicht gut genug durchdacht haben. Nun wissen wir zwar, wo Flauschi wohnt. Aber so richtig bringt uns das nicht weiter, weil sie in einem Mehrfamilienhaus wohnt. Ich starre auf das Gebäude. Dann blicke ich wieder zu Klara. Eine Träne rollt über ihr Gesicht. »Was ist denn?«, frage ich erschrocken.

»Ich habe irgendwie gehofft, dass es nicht so ist«, schluchzt sie.

»Ach, Klärchen!« Ich fühle mich ganz hilflos. Für mich bestand nach den eindeutigen Kurznachrichten überhaupt kein Zweifel daran. Aber ich verstehe, dass es für Klara ein Schock sein muss. Deshalb streiche zur Abwechslung mal ich ihr über den Arm, während wir weiter hinter dem Container kauern.

»Kann ich euch helfen?«, kräht da plötzlich eine durchdringende Stimme hinter uns. Wir zucken zusammen. Auf dem Gehsteig steht eine kleine, faltige Frau mit einem unfreundlichen Gesichtsausdruck und einem ebenso unfreundlich keifenden Hund an der Leine, Modell Asphaltpiranha. Er schmeißt sich mit seinem ganzen Gewicht gegen die Leine, als würde er uns auf der Stelle auffressen wollen, wenn er nur die Gelegenheit dazu bekäme.

»Nein danke, alles in Ordnung«, flöte ich höflich und trete vorsichtshalber einen Schritt zurück. Die Frau presst ihre Lippen aufeinander – aber nicht Mona-Lisa-mäßig, sondern eher wie Dracula, der seine Eckzähne verstecken will. Unwillkürlich weichen wir noch einen Schritt nach hinten – bis wir an den Container stoßen.

Glücklicherweise hat Klara einen Geistesblitz. »Ich habe meine Kontaktlinse verloren«, schnieft sie und sieht sich suchend um.

Die Frau wirft uns noch einen letzten prüfenden Blick zu, geht dann aber, über die heutige herumlungernde Jugend vor sich hin schimpfend, weiter. Wahrscheinlich hätte sie uns am liebsten gleich der Polizei übergeben. Wir beobachten, wie sie in dem abbruchreifen Haus verschwindet. Gruselig! So eine böse Alte in dieser Ruine. Gut, dass Klara sie so schnell abgewimmelt hat.

Dann konzentrieren wir uns wieder auf das Haus gegenüber. Gerade öffnet sich dort die Tür. Ich halte die Luft an und Klara nimmt meine Hand und drückt sie so fest, dass ich Angst habe, dass ich vor Schmerz laut aufschreien muss. Arm in Arm erscheinen Klaras Vater und – ich glaub, ich seh nicht richtig – Lennis Tennistrainerin.

»Die kenne ich«, stoße ich fassungslos hervor.

Klara sieht mich überrascht an: »Du kennst *Flauschi?*«

»Ja, das ist die Tennistrainerin von Lenni.«

Klara schlägt sich wieder die Hand vor den Mund. »Das ist ja …!« Mehr fällt ihr nicht ein. Geduckt verfolgen wir, wie Flauschi ein paar Werbeprospekte und Briefe in der grauen Mülltonne versenkt. Währenddessen tippt Klaras Vater etwas in sein Handy. Pling!, kommt die Nachricht bei Klara an, die eindeutig für die Mutter bestimmt ist: »Sorry. Muss heute wieder länger bleiben. Aber morgen komme ich dafür früher nach Hause. Versprochen!«

Verstört schüttelt Klara den Kopf. »Und mir sagt er immer: ›Ehrlich währt am längsten.‹« Dann beobachten wir, wie Klaras Vater mit Flauschi in Richtung Ortsmitte verschwindet. Obwohl wir uns keinen Zentimeter bewegt haben, schnaufen wir, als hätten wir mindestens einen Halbmarathon hinter uns.

»Weißt du irgendetwas über sie?«, löchert Klara mich, sobald die beiden nicht mehr zu sehen sind. »Außer dass sie gut aussieht und angeblich mal Profispielerin war?«

»Nein, nicht wirklich.«

»Du musst doch wissen, wie sie heißt?«

»Lenni hat immer nur von seiner Trainerin gesprochen.«

»Dann müssen wir das jetzt selbst rauskriegen!«, verkündet Klara und rennt in geduckter Haltung über die Straße, ich laufe natürlich sofort hinterher.

Neben dem Eingang zu dem Haus sind acht Briefkästen mit acht Klingeln und acht Namen. Klara liest laut vor: »Pusch, Weber, Klein, Wegemann, Klenke, Briesnitz, Ramaker, Lindner. Kommt dir irgendwas davon bekannt vor?«

Ich schüttele den Kopf. »Ich sag doch, dass ich nicht weiß, wie sie heißt!«, wiederhole ich.

Klara schnauft und wirkt regelrecht verzweifelt. »Mist! Und kommt dir irgendein Name aus der Sportschau bekannt vor? Wenn sie doch mal Profispielerin war.«

Ich schüttele bedauernd den Kopf. »Meine Eltern gucken keine Sportschau. Wir haben ja nicht mal einen Fernseher.«

»Mir sagt das auch alles nichts«, erwidert Klara zerknirscht. Aber sie sieht nicht so aus, als würde sie sich davon entmutigen lassen. Nachdenklich sieht sie sich um. Dann erhellt sich ihr Gesicht und sie sieht mich mit einem Blick an, der nichts Gutes verheißt. »Wir müssen in den Müllcontainer gucken!«

»Was? Warum??«

Da streckt Klara schon ihren Kopf in den grauen Schlund. Ich schüttele den Kopf. Ihr Agentenfieber geht ein bisschen zu weit, finde ich. »Möchtest du wissen, ob sie ihren Müll auch ordentlich trennt?«

»Quatsch! Wegen der Briefe! Sie hat doch gerade Post weggeworfen«, hallt es aus der Tonne.

»Ach ja!« Klara hat aber auch ein echtes Detektiv-Gen!

»Aber was ist mit dem Briefgeheimnis?«, ermahne ich sie, schließlich hatten wir das Thema doch gerade erst.

»Mensch, Cosi! Du bist noch gar nicht strafmündig. Außerdem wollen wir doch nicht ihre Post *lesen,* sondern einfach nur sehen, wie sie heißt.« Klara beugt sich, so weit es geht, über den Mülltonnenrand. Als ich mich neben sie stelle, zischt sie mich an: »Du musst Schmiere stehen.«

»Stimmt. Damit Lenni uns nicht sieht!«

Klara zieht ihren Kopf aus der Tonne und schaut mich mit hochgezogenen Augenbrauen an. »Damit mein Papa uns nicht sieht.« Dann greift sie mit den Händen in die Tonne. Sie ächzt: »Gleich habe ich sie!«

Ich verziehe angeekelt das Gesicht, aber meine Freundin ist echt hemmungslos. Dann quietscht sie. »Mist! Sie sind mir weggerutscht.«

»Konntest du wenigstens den Namen lesen?« Klara schüttelt den Kopf. »Leider nicht. Es ist zu dunkel dadrin.« Sie versucht, mit dem Fuß auf den Tonnenrand zu steigen, rutscht aber immer wieder ab. »Wir müssen da doch irgendwie rankommen. Das ist unsere einzige Chance!«

Klara klingt ganz verzweifelt. Dann schaut sie mich plötzlich mit diesem Blick an, den ich seit Neuestem von ihr kenne: Der, mit dem sie Ben um Hacker-Hilfe bittet oder ihre Eltern um pinke Martens. »Kannst du da nicht reinklettern?«

»Ich? Wieso denn ich?«, frage ich empört zurück.

»Na, du bist doch viel besser im Klettern als ich. Und du bist kleiner und wendiger.«

Die Faultier-Nummer am Baum fällt mir ein. »Wohl eher nicht!«, sage ich schnaubend.

Aber Klara lässt nicht locker. »Ich komme auf keinen Barren, stelle mich beim Reck saublöd an. Wenn wir an Seilen oder Stangen klettern sollen, heben meine Füße nicht mal vom Boden ab ... Aber du ...«

»Okay, okay!«, gebe ich mich geschlagen. »Ich probier mal, ob ich reinkomme. Aber du passt auf, ob jemand kommt.«

Mein Klärchen strahlt mich an. »Danke, meine liebste, tollste Cosi! Ich meine, ich würde ja auch reinklettern, aber ich bin leider nicht so gelenkig wie du und ...«

»Jaja, schon gut!« Klara war ja auch nicht dabei, als ich neulich so erfolglos diesen knorrigen Baum erklommen habe ... aber was tue ich nicht alles für meine beste

Freundin! Ich denke daran, was Klara immer für mich macht. Sie bringt mir zum Beispiel seit anderthalb Jahren jeden Tag extra Pausenbrote mit Salami oder Schinken mit in die Schule, weil mir meine Eltern nur geschmacklose vegane Pasten aufs Brot schmieren. Außerdem hat sie sofort ihr Basketballspiel ausfallen lassen, als es mir nach Lennis Schlussmachen schlecht ging. Und sie hat Lilly heute eine reingewürgt. Schon allein deshalb steige ich gerne mal für sie in die Tonne!

Klara sieht sich unauffällig um. Dann spricht sie mit gedämpfter Stimme: »Keiner zu sehen! Die Luft ist rein!«

Mit einem Seufzer schwinge ich mich die Tonne hoch. Die ist so voll und schwer, dass sie sich, obwohl sie auf Rollen steht, keinen einzigen Zentimeter bewegt. Vorsichtig steige ich mit den Beinen in die Öffnung. Ich will ja schließlich nicht komplett im Müll versinken.

»Und, siehst du sie? Sie liegen vorne rechts. Also von außen gesehen«, dirigiert mich Klara durch den Müll und trippelt dabei nervös vor der Tonne auf und ab.

»Ich bin doch noch nicht mal richtig drinnen!«, rufe ich, bin aber einen Wimpernschlag später schon ganz in der Tonne verschwunden. Puh! Hier drin stinkt's noch viel schlimmer als im Schulklo. Ein schneller Griff an ein paar Windeln vorbei (bäh!), dann spüre ich etwas Feuchtes an meiner rechten Hand. Leider ist es so dunkel, dass ich keine Ahnung habe, was das gewesen sein könnte. »Igitt! Ich breche gleich in die Tonne!« Und nicht nur das: Ich erkenne plötzlich den Wert der Mülltrennung, für die meine Eltern, seit ich denken kann, werben. Wäre das hier eine Altpapiertonne, wäre das hier ein Spaziergang!

Endlich entdecke ich hinten rechts die Briefe. »Ich hab sie! Ich hab sie!«, jubele ich und meine Stimme klingt seltsam hohl von den Tonnenwänden wieder.

Klara quietscht auf – aber ganz dumpf, weil ich so tief hinten in der Tonne bin. »Mensch, Cosi, super! Hol sie dir und komm schnell wieder raus!« Froh, wieder frische Luft schnappen zu können, ziehe ich mich am Rand der Tonne nach oben – um mich sofort wieder fallen zu lassen.

Lenni!

Kommt!

Um die Ecke. Direkt auf uns zu!

»Hey, Klara! Was machst du denn hier?« Er klingt überrascht.

Klara allerdings auch. »Ach, hi. Äh. Ich ... Ich? ... ähm ... besuche hier meine Oma! Die wohnt da drüben!«, stottert Klara.

»Diese alte ... Ich meine: *Das* ist deine Oma? Die beschwert sich immer über den Tennislärm.«

»Ja!«, lacht Klara künstlich auf. »Alte Leute ...«

Dann entsteht eine kurze Pause. Ich lausche angespannt, ob Lenni weitergeht. Ich möchte unbedingt hier raus, weit weg von diesem Müll. Allmählich versinken meine Füße im weichen Schmodder. Ich will gar nicht genau wissen oder darüber nachdenken, was sich da um meine Füße zusammenbraut.

Lenni räuspert sich. »Sag mal, ist mit Cosi eigentlich alles in Ordnung?«

»Mit Cosi?« Klaras Stimme klingt schrill. Dann lacht sie albern. »Ja, mit Cosi ist alles super. Sie hat nur *irre* viel zu tun.«

»Ach, *irre* viel?!«, erwidert Lenni, dabei betont er eindeutig das »irre«. Dann höre ich ihn sagen: »Ich habe mich schon ein bisschen gewundert, weil sie im Moment so komisch ist.«

Mein Herz macht einen Sprung. Er sorgt sich um mich! Am liebsten würde ich jetzt wie ein Kaninchen aus dem Hut springen, ihm um den Hals fallen und rufen: »Mir geht es gut, liebster Lenni! Aber wie schön, dass du dir Sorgen um mich machst!« Bei der Vorstellung lache ich in der Tonne beinahe laut auf. Allerdings, so fürchte ich, würde ich dann ganz eindeutig nicht mehr mysteriös, sondern ziemlich verrückt wirken.

Ich beiße mir auf die Unterlippe und kauere mich lieber noch ein bisschen tiefer in den Dreck und halte die Luft an.

»Na, dann noch einen schönen Nachmittag bei Omi«, sagt Lenni gerade lässig und da höre ich Schritte näher kommen.

Klara beginnt panisch zu husten. Was hat sie denn auf einmal? Ihr Husten wird lauter. Ach du liebe Güte, hat sie sich verschluckt? Das Husten wird immer heftiger, das klingt jetzt schon richtig lebensgefährlich!

»Alles okay?«, fragt Lenni.

Dann schreit Klara: »AAACHTUNG!«

Und in diesem Moment sehe ich, wie sich ein großer grüner Eimer über mich stülpt. Einen kurzen Augenblick ist alles schwarz. Als es wieder heller wird, schreit eine Frau hysterisch auf. Dann springe ich spuckend, mit Eierschalen, Brotkrümeln und Essensresten paniert und mit einem einzigen, enormen Satz, um den mich jeder Olympia-Hochspringer beneiden würde, aus der Tonne.

Lenni zuckt erschrocken zurück. »Cosi?«

Eine krächzende Stimme keift: »Ihr schon wieder!« Es ist unverkennbar die fiese alte Frau von vorhin.

»Hallo, Oma!«, flötet Klara und strahlt die Alte an. Dann schlägt sie sich die Hand vor den Mund. Aus der Ferne tauchen nun auch noch Flauschi und Klaras Vater auf.

»Nichts wie weg hier!«, ruft Klara und flieht wie von einer wilden Hummel gestochen über die Straße, wo sie hinter dem rostigen Baucontainer verschwindet.

Ich gebe mein geheimnisvolles Mona-Lisa-Lächeln zum Besten, aber Lenni sieht mich bloß weiterhin entgeistert an. Einen kurzen Augenblick überlege ich, schnell wieder in der (halbwegs) sicheren Mülltonne zu verschwinden, entscheide mich dann aber dagegen. Inzwischen sind Flauschi und Herr Bentheim schon ziemlich nah gekommen. Bevor sie mich erkennen, entscheide ich mich ebenfalls zur Flucht über die Straße. Ich drücke Lenni noch schnell eine Bananenschale in die Hand, die schlapp über meiner Schulter hängt, und flitze mit den zusammengeklaubten Briefen in der Hand Klara hinterher. Dabei ziehe ich eine lange Fahne Klopapier wie eine Schleppe hinter mir her, aber ich achte nicht darauf. Sobald ich den Baucontainer erreicht habe, springen Klara und ich auf unsere Räder und treten so kräftig in die Pedale, wie wir nur können.

Der eisige Wind klatscht mir ins heiße Gesicht, sodass mir die Tränen in die Augen steigen. Ich sauge die frische Luft tief durch die Nase ein. Na, wenn das mal nicht wieder perfekt peinlich war! Wahrscheinlich denkt Lenni jetzt wirklich, ich hätte einen an der Klatsche. Eine total gespaltene Persönlichkeit: die verrückte Cosi in Personalunion mit Oskar aus der Mülltonne. Stinken tue ich auch schon wieder.

Klara sieht verstohlen zu mir rüber. Als wir ungefähr auf halber Strecke zwischen Flauschis und unserem Zuhause sind, hält sie plötzlich an. »Soll ich dir wenigstens mal die Zwiebelschalen aus dem Haar sammeln?«

Ich keuche: »Und wenn dein Vater uns sieht?«

»Egal!«, meint Klara. Zerknirscht sieht sie mich an. »Tut mir leid, Cosi! Das ist ja total danebengegangen.«

Ich nicke betrübt. »Allerdings!«

Dann nimmt Klara mich trotz all der Krümel und diverser Abfallarten, die besser nicht genannt werden sollten, in den Arm. Das machen wirklich nur beste Freundinnen. Und vielleicht noch Mamas. »Ich hab dich lieb. Danke, dass du das für mich getan hast!«

Ich lächele tapfer und kämpfe mit Mühe gegen das Bild in meinem Kopf an, wie Lenni mich mit der Bananenschale in der Hand fassungslos anstarrt. Dann reiche ich Klara die Briefumschläge.

Sie traut sich kaum, sie zu nehmen. »Es tut mir wirklich so leid, Cosi!«

»Schon gut! Zumindest haben wir jetzt ihren Namen.«

Klara liest: »Natalie Briesnitz. Das müssen wir zu Hause gleich mal googeln.«

»Ja, aber bitte zu Hause. Ich möchte jetzt schnell unter die Dusche.« Erst dann entlässt Klara mich aus ihrer Umarmung.

Als ich zu Hause die Tür aufschließe, ist meine Mutter gerade am Fensterschrubben. »Na, mein Schatz!«, keucht sie. »Wie war dein Tag?«

Ich stöhne nur zur Antwort. Schlagartig lässt Mama Papas altes T-Shirt ins Zitronenwasser fallen und dreht sich zu mir um: »Ist alles okay?«

Ich schüttele heftig den Kopf. Je länger ich über die heutige Aktion und Lennis Gesicht nachdenke, desto hoffnungsloser fühle ich mich. Gar nichts ist gut! Sofort steigt Mama von ihrem Tritt herunter und drückt mich fest an sich. Ich fühle mich schrecklich. Weil Lenni mich nicht mehr liebt. Weil er mich nun auch noch in der Mülltonne gefunden hat. Weil ich ihm die Bananenschale in die Hand gedrückt habe. Weil Klaras Papa ihre Mama belügt. Weil die Französinnen kommen. Weil ich in den Wald ziehen soll. Und weil einfach nichts gut läuft. Gar nichts. Mama hält mich ganz fest. Sie erzählt mir auch nichts vom Mond oder so. Sie hält mich einfach nur fest. Das tröstet mich ein wenig.

Doch dann schiebt sie mich plötzlich ein Stück von sich weg und mustert mich merkwürdig. »Warum hast du denn Eierschale im Haar? Und Zwiebeln?« Sofort rutschen meine Mundwinkel noch weiter nach unten. »Schsch, schsch, schsch ...«, macht Mama. »Man nimmt das Eigelb. Nicht die Schale.«

Verstört sehe ich sie an.

»Für eine Haarkur.«

»Mann, Mama! Ich wollte doch keine Haarkur machen!«

»Aber heute ist der perfekte Tag dafür«, gibt sie zurück.

Ich stöhne auf. Aber in einem muss ich ihr recht geben: Körperpflege ist jetzt eine tolle Idee! Erschöpft schleppe ich mich die knarzende Treppe nach oben, öffne die Tür und zucke erschreckt zusammen. Mein Spiegelbild sieht noch schlimmer aus als erwartet! Die Mascara ist mir über das ganze Gesicht gelaufen. In den Haaren hängen neben den Eierschalen und Zwiebelringen auch ein paar kleine Salatblätter. Ich sehe schrecklich aus! Als wäre ich gerade aus einem Komposthaufen gekrochen. Was ja auch irgendwie stimmt.

Ich bleibe auch extralange unter der Dusche und lasse das Wasser so lange an mir runterfließen, als könnte ich damit all den Mist, der in den vergangenen Tagen passiert ist, gleich mit abspülen. Als ich eine halbe Stunde später in mein Zimmer komme, wartet schon eine Tasse duftender Lavendeltee auf mich. Nun muss ich lächeln. Mama ist zwar manchmal sonderbar, aber echt lieb.

Da fällt mein Blick aufs Handy. Achtzehn Anrufe! Alle von Klara! Du liebe Güte! Ich will gerade auf Rückruf tippen, da ertönt schon wieder ihre Klingelmelodie

»Weißt du«, legt Klara gleich los, als ich abnehme, »vielleicht war das heute gar nicht so schlimm, wie du denkst.«

Ungläubig verziehe ich den Mund. »So spontan würde mir gar nichts Schlimmeres einfallen, als dass man mit Eierschalen und Zwiebeln im Haar vor seiner großen Liebe steht, die sich aufs Neue unsterblich in einen verlieben soll.«

»Ja, aber er wird dich jetzt *mega*geheimnisvoll finden.«

»Oder *mega*verrückt.«

»Quatsch! Er weiß ja, dass du nicht verrückt bist.«

»Zumindest hat er es mal gewusst«, gebe ich wenig überzeugt zurück.

»Ich bin mir ganz sicher, dass du jetzt seinen Jagdinstinkt geweckt hast!«, macht Klara mir Mut.

»Du meinst, weil auch die Jäger zuerst die kranken, ramponiert aussehenden Tiere schießen?«

Nun muss meine Freundin lachen. »Sei nicht so negativ, Cosi! Hast du dir schon Laubirds neues Video angeschaut?«

Sofort bin ich mit meinen Gedanken wieder bei meiner nächsten Aufgabe, denn es stimmt, das heutige Video müsste längst online sein. Auch wenn mir allmählich ein wenig vor Laubirds Tipps graut. Ich habe keine Lust, mich schon wieder zu blamieren. »Hoffentlich ist das diesmal leichter!«, schnaufe ich. »Hast du's schon gesehen?«

»Nein, noch nicht«, erwidert Klara. »Ich habe bis eben Natalie Briesnitz gegoogelt.«

»Und?«, frage ich neugierig.

»Flauschi ist nach der Trennung von ihrem Trainer und Ehemann, also ihr Ehemann war gleichzeitig ihr Trainer, in unser Nachbardorf gezogen, um dort die Jugendmannschaften zu trainieren. Aber das wussten wir ja schon. Sie hatte irgendwelchen Ärger wegen irgendwelcher Dopingvorwürfe und ist deshalb aus der Profikarriere ausgestiegen. Da war im vergangenen Jahr ihre Verhandlung. Und dabei hat sie dann wohl meinen Vater kennengelernt.«

»Und nun?«, frage ich ratlos.

»Nun müssen wir uns überlegen, wie wir sie loswerden.«

»Okay«, stimme ich zu. »Aber zuerst schaue ich mir Laubirds Video an.«

5

Donnerstag

Mein persönlicher Countdown:
Trennung von Lenni: IIII Tage
Ankunft Austauschschüler: IIIII IIIII II Tage
Laubirds In-einer-Woche-den-Ex-zurück-Plan erfüllt: III

Hallihallo, meine Lieben! Na, wart ihr auch schön geheimnisvoll? (Zwinker, zwinker!) Damit habt ihr euch jetzt so richtig interessant gemacht. Deshalb wird ER ab sofort ganz besonders auf euch achten. Die Gelegenheit müsst ihr nutzen! Indem ihr ihn nun eifersüchtig macht.

Flirtet mit einem anderen! Lacht, spitzt eure Lippen, werft eure Haare verführerisch über die Schulter, seid unwiderstehlich – für einen anderen! Euren Ex wird es wahnsinnig machen, wenn er das Gefühl hat, dass ihr über ihn hinweg seid und euch nun ein anderer Typ gefällt. Ihr werdet sehen: Nach dem heutigen Tag hängt er wieder an eurer Angel. Nun dauert es nicht mehr lange und euer Schatz wird reumütig zurückkehren.

Also, genießt die letzten Tage als Single. Viel Erfolg beim Flirten und denkt dran: Daumen hoch, wenn euch mein Video gefallen hat. Tschüssiii, bis morgen! Nicht vergessen: Ihr seid die Besten!

Ich betrachte mich kritisch im Spiegel. Meine dunklen Haare schlängeln sich wild um meine Schultern und auf meiner Stirn prangt ein Pickel, der aussieht, als würde ich mich demnächst in das letzte Einhorn verwandeln. Ich versuche, meine Brille etwas weiter nach oben zu rücken, sodass ihr dunkler Rand den blöden Pickel ein wenig verdeckt. Ohne Erfolg.

Also unwiderstehlich fühle ich mich an diesem Morgen überhaupt nicht. Und wie die Beste schon gar nicht. Aber das ist ja auch kein Wunder nach gestern. Ganz ehrlich: Seit der Trennung von Lenni (also seit exakt 107 Stunden und 20 Minuten) ist mein Leben eine absolute Vollkatastrophe!

Deshalb bin ich mir gar nicht sicher, ob Laubirds Tipp mit dem Flirten jetzt so eine schlaue Idee ist. Ich möchte auf gar keinen Fall alles noch schlimmer machen, als es ohnehin schon ist! Irgendwie haben Laubirds Ratschläge ja auch eher alles nur noch peinlicher gemacht ... Okay, meine Eltern sind merkwürdig und blamieren mich ständig, aber da kann ich dann wenigstens nichts dafür. Dank Laubird blamiere ich mich neuerdings auch ohne die Hilfe meiner Eltern.

Ich sehe mir Laubirds Video noch einmal an. »Nach dem heutigen Tag hängt er wieder an eurer Angel ...«, verspricht sie. Das wäre natürlich schon schön. Und bei Laubird scheint es ja auch funktioniert zu haben: Sie hat ihren Nickelback zurück. Ich schnaufe. Warum muss das Leben eigentlich so kompliziert sein?

Unschlüssig lasse ich mich auf den Klodeckel sinken und rechne nach: In zwölf Tagen kommen unsere Austauschschüler. Bis dahin muss ich Lenni zurückhaben!

Bislang gibt es allerdings nicht das kleinste Anzeichen dafür, dass Lenni wieder mit mir zusammenkommen möchte. Deshalb bleibt mir eigentlich gerade gar nichts anderes übrig, als Laubird zu vertrauen. Immerhin hat sie garantiert, dass es klappt – und bis jetzt konnten Klara und ich uns immer auf sie verlassen.

Ich hole tief Luft. Das bedeutet, dass ich heute Laubirds Rat folgen und mit anderen Jungs flirten werde. Dazu ändere ich zuallererst meinen WhatsApp-Status von »Ich bin nicht schizophren« zu »Ich bin verfügbar!!!«. Wobei ich mich frage, für wen?

Im Geiste gehe ich die Jungs aus unserer Klasse durch. Keiner von denen gefällt mir auch nur ein klitzekleines bisschen – und es sollte schon ein cooler Typ sein, mit dem ich flirte, sonst hält Lenni mich doch eher für völlig verzweifelt. Genauso schwierig ist die Frage nach dem »Wie«. *Wie* flirte ich denn?

Seufzend stehe ich auf und stelle mich vor unseren großen Spiegelschrank. Gestern noch Mona Lisa, heute schon sexy Flirt-Vamp! Mit einer schwungvollen Handbewegung werfe ich meine Haare zurück und setze ein verführerisches Lächeln auf. Die Grinsekatze aus Alice im Wunderland lässt grüßen. Total daneben. Vielleicht reicht es, wenn ich mir ein bisschen Lipgloss auf die Lippen tupfe – der heißt immerhin »Strawberry Kiss« ... Im Hinausgehen werfe ich meinem Spiegelbild noch einen höchst verführerischen Erdbeer-Kussmund zu, dann stürme ich die Treppe hinunter.

In der Küche haut es mich fast um. Und zwar wirklich. Vor mir breiten sich drei große schwarze Säcke aus. Und einer bewegt sich!

»Aaaargh!!!« Entsetzt springe ich einen Schritt zurück und starre auf den schwarzen Riesenwurm am Boden. Langsam, ganz langsam taucht der zerzauste Kopf meiner Mutter aus einem Ende auf. Sie sieht mich verschlafen an.

»Hallo, Schätzchen! Ist es schon so spät?« Wie eine Raupe windet sie sich aus dem unförmigen Sack. Ich sehe sie entgeistert an. Mama streckt sich genüsslich, macht einen Katzenbuckel, dann reckt sie ihre Arme in die Höhe – ihr morgendliches Aufstehritual. »Wir haben heute im Schlafsack übernachtet. Zum Test. Nachher wollen wir im Wald gemeinsam eine schöne Stelle aussuchen, wo wir dann unser Zelt aufschlagen.« Sie strahlt mich an.

»Im Wald?« Entgeistert schüttele ich den Kopf: »Ohne mich!«

»Cosi! Der Wald soll doch auch dich glücklich machen. Da musst du doch mitkommen und schauen, wo es dir gefällt.«

»Es gefällt mir ... *zu Hause*«, bringe ich zwischen zusammengebissenen Zähnen hervor. Mein Blick fällt auf die Schlafsäcke. »Zumindest meistens.«

Entschlossen bahne ich mir den Weg durch die Probeliegewiese und wäre beinahe auf meinen Vater getreten, der sich in seinem Sack mit einem lauten Schnarcher zusammenrollt wie ein Murmeltier. Kopfschüttelnd nehme ich mir eine Müsli-Schale aus dem Schrank.

Inzwischen hat Mama es geschafft, sich komplett aus dem Schlafsack zu befreien, und sie wischt sich gähnend eine Haarsträhne aus dem Gesicht: »Geht es dir besser, Mäuschen? Hast du gut geschlafen?«

Ich brumme nur und will gerade nach den Haferflocken greifen, da ruft Mama so laut, dass Papas Schlafsack zuckt: »Warte mal! Ich habe dir gestern Abend doch noch dein Frühstück vorbereitet! Nachdem du gestern so angeschlagen warst, brauchst du doch heute etwas zur Stärkung.«

»Och nöö! Jetzt bloß kein supermerkwürdiger Chia-Pudding oder so!«

Mama lächelt mich liebevoll an und holt eine weiße Schale aus dem Kühlschrank. Darin wabbelt eine graubraune Masse, die wie aufgeweichtes Recyclingpapier aussieht.

»Was ist das?«, frage ich angeekelt.

»Hanf!«, strahlt Mama. »Hanf ist sehr gesund. Er steckt voller besonderer Vitalstoffe: Calcium, Kalium, Magnesium, Eisen. Das ist gut für deine Nerven und für deine Haut.« Automatisch fasse ich an meinen schmerzenden Pickel. Mama doziert weiter: »Hanf verhindert Krankheiten. In Bama Yao werden die Menschen über hundert Jahre alt, weil sie so viel Hanf essen.«

»Bama was?«, frage ich irritiert.

»Bama Yao. Das ist ein Dorf in China, in dem die Menschen besonders alt werden.« Wo Mama immer diese absurden Infos herhat? Seufzend kippe ich ganz viel Ahornsirup über die unansehnliche Pampe und beginne, sie auszulöffeln – heute fehlt mir einfach die Kraft, mich gegen Mamas Aufbau-Frühstück zu wehren. Und die Zeit. Der Brei schmeckt zwar nicht richtig gut, aber eben auch nicht richtig schlimm. Mama beobachtet mich mit einem seligen Lächeln im Gesicht. »Das wird dich stärken«, verspricht sie.

Ich lächele schwach zurück, denn immerhin kann ich eine Stärkung gut brauchen – für meine Flirtoffensive.

Klara steht schon an der Bushaltestelle und späht mit langem Hals in meine Richtung. »Du bist ganz schön spät dran!«, begrüßt sie mich, als ich neben ihr vom Rad springe.

»Tut mir leid!«, schnaufe ich. »Ich musste noch Mamas supergesunden Hanfbrei essen.«

»Hanf?!« Meine Freundin bekommt melonengroße Augen. Dann sieht sie sich vorsichtig um und flüstert: »Sagtest du gerade Hanf?«

»Ja. Das soll unglaublich gesund sein. In Bayo Yama oder so.«

Alarmiert mustert mich Klara von oben bis unten. Allmählich wird mir ein bisschen mulmig. »Was ist denn?«

»Weißt du etwa nicht, was du da gegessen hast?«

»Mann, Klara, jetzt mach es doch nicht so spannend. Brei habe ich gegessen. Hanfbrei. Was ist denn daran so aufregend?«

»Hanf ist eine Droge!«, raunt Klara hinter vorgehaltener Hand.

Mir schnürt es schlagartig die Kehle zu. »Eine Droge?«, krächze ich. Mein Hals ist plötzlich so trocken wie Löschpapier. Klara nickt bedeutungsschwer. Mit so was kennt sich die Anwaltstochter natürlich aus!

Während wir durch das Waldstück in Richtung Schule laufen, zieht sie ihr Handy aus der Jackentasche, um Hanf zu googeln. Laut liest sie vor: »Hier: Aus Hanf werden die Rauschmittel Haschisch und Marihuana gewonnen. Allein in Deutschland gibt es zwischen 200 000 und 300 000 Abhängige.«

»Oh Gott, ich fasse es nicht, meine Mutter hat mir Drogen gegeben.« Wankend bleibe ich stehen.

»Merkst du schon was?«, fragt Klara besorgt.

Ich spüre in mich hinein. »Nein, alles normal.«

Klara geht weiter und tippt dabei hektisch auf ihrem Handy herum. »Also: Typisch für einen Rausch sind euphorische Gefühle. Der Hasch-Konsument hat tausend neue Ideen. Gleichzeitig wird er sehr entspannt und vergisst alle seine Sorgen. Dabei hat er supergute Laune, in Klammern Lachflashs. Und quatscht die ganze Zeit, in Klammern Laberflashs. Merkst du was? Musst du lachen? Oder hast du deine Sorgen vergessen?«

Darüber brauche ich keine einzige Sekunde nachzudenken. »Nein«, gebe ich seufzend zurück. »Mir ist überhaupt nicht zum Lachen zumute und alle Sorgen sind noch da.« Zum Beweis beginne ich sofort damit, sie aufzuzählen: »Lenni, deine Eltern, mein Umzug in den Wald, Flauschi, die Französinnen ...«

»Schon gut!« Klara winkt ab. »Vielleicht hast du dich ja verhört und es war gar kein Hanfbrei, sondern Haferbrei.«

»Vielleicht«, räume ich ein. Wobei ich Haferbrei kenne. Der sieht anders aus.

Für Klara hat sich die Sache damit erst mal erledigt. Sie grinst mich zwinkernd an und knufft mich in die Seite. »Weißt du schon, mit wem du heute flirten willst?«

Ich schüttele den Kopf. Schon bei dem Gedanken an meinen Flirtauftrag bekomme ich warme rote Ohren! »Keine Ahnung.«

Inzwischen haben wir den Schulhof erreicht. Ratlos sehe ich mich um. Wie soll ich denn jetzt flirten? Und vor allem: mit wem?

Da kommt Ben auf uns zu. »Hi!«, ruft Klara und strahlt.

Ben strubbelt verlegen durch seine schwarzen Haare. »Na, mal wieder irgendwelche Computerfragen?«

»Nein, heute nicht«, entgegnet meine Freundin.

»Schade«, grinst Ben. Wenn er grinst, sieht er gleich gar nicht mehr so düster aus, finde ich – trotz seiner schwarzen Klamotten.

»Ja. Das finde ich auch schade«, entgegnet Klara. Dann schweigen sie. Ben schaut verlegen auf die abgewetzten Spitzen seiner schwarzen Doc Martens.

»Aber das mit dem Orten hat prima funktioniert«, nimmt Klara das Gespräch wieder auf.

»Das freut mich.« Ben lächelt sie an. Und Klara lächelt zurück.

Ich halte weiterhin nach jemandem Ausschau, mit dem ich gleich mal losflirten könnte. Johannes rennt vorbei. Aber der fragt mich wahrscheinlich, ob ich noch alle Tassen im Schrank habe, wenn ich ihn jetzt verführerisch anlächele.

Als Nächstes fällt mein Blick auf unseren Geschichtslehrer Herrn Gerwarth. Der fällt auch aus. Sonst kriege ich noch eine Anzeige wegen Verführung Volljähriger oder so.

Ich lasse meinen Blick weiter schweifen, da entdecke ich Lenni und mein Herz macht einen Sprung. Er hat gerade ebenfalls sein Rad angeschlossen und läuft nun direkt an uns vorbei. Er tut zwar so, als hätte er uns nicht gesehen, aber ich habe genau gemerkt, wie er zu uns rübergeschmult hat. Flirten!, denke ich. Auf der Stelle flirten!

Verzweifelt sehe ich mich um. Lenni ist schon fast an uns vorbei, da lache ich plötzlich laut auf. »Ha-ha!« Damit Lenni es auch hört. »Ha, ha, ha!«

Klara zuckt zusammen und sieht mich entsetzt an. »Der Hanf!«, presst sie hervor. Ich gucke kurz irritiert und lache dann noch einmal – damit Lenni es auch wirklich mitkriegt: »Ha, ha!«

Und da Lenni sich in diesem Moment tatsächlich umdreht, stupse ich Ben mit der Hand gegen seine Brust und quietsche: »Mensch, Ben! Du bist so lustig!«

Nun guckt Ben allerdings höchst verwundert und ich lache nur noch lauter und greife mir eine Haarsträhne, um sie mir verführerisch um meinen Zeigefinger zu wickeln – das habe ich mal in einer Werbung für Eiscreme oder so gesehen. Dann versuche ich sie spielerisch von meinem Finger zu pusten.

Ben lupft eine Augenbraue, hebt seine Hand und verdrückt sich dann eilig. Von Lenni ist schon nichts mehr zu sehen.

Ich wende mich Klara zu, die mich besorgt anschaut. »Jetzt merkst du doch was!«

»Was?«

»Na, von deinem Frühstück!«

»Ach, vom Hanf? Nö!«

Daraufhin guckt Klara mich mit zusammengekniffenen Augen an. »Und was sollte das denn?«

»Was denn?«, frage ich unschuldig. »Ich habe doch nur geflirtet!«

»Mit Ben?«

»Mit wem hätte ich denn sonst flirten sollen? Es war ja sonst keiner da.« Ich zucke mit den Schultern.

Klara schüttelt den Kopf und stapft dann wortlos in Richtung Klassenraum. Ich laufe hinterher und schaffe es kaum, mit ihr Schritt zu halten.

An unserem Platz schmeißt sie ihren Ordner auf den Tisch und pfeffert ihre Federtasche daneben. »Alles in Ordnung?«, will ich wissen.

Aber Klara antwortet nicht, sondern ignoriert mich vollkommen. Was ist denn? Sie dreht sich zu Leonie, die auf der anderen Seite neben ihr sitzt und fragt: »Ist Sophie nicht da?«

Leonie schüttelt den Kopf: »Die ist krank.«

In diesem Moment betritt unser Erdkundelehrer den Raum. »Wir machen heute eine Gruppenarbeit. Immer in Zweiergruppen.« Ich will mich gerade wie selbstverständlich Klara zuwenden, da sehe ich, dass sie bereits mit Leonie ein Team bildet. Nanu?

Leonie guckt auch ganz überrascht, aber gleichzeitig auch erleichtert.

Ich schaue mich um. Inzwischen haben sich bereits sämtliche Paare gefunden. Sogar Ben ist schon besetzt. Nadine – eine aus Lillys Gang – sitzt neben ihm. Lenni bildet natürlich mit Johannes eine Gruppe, nur Gregor hockt noch alleine an seinem Platz. Und ich.

Da höre ich auch schon unseren Erdkundelehrer: »Cosmea, du gehst dann zu Gregor.« Leises Gekicher. Unverkennbar höre ich Lillys Stimme: »Was für ein Traumpaar!«

Mit rotem Kopf laufe ich zu Gregors Tisch und halte die Luft an, als ich mich neben ihn setze. Er riecht wieder wie hundert Jahre ungewaschene Socken. Abrupt drehe ich mich von ihm weg.

»Ihr sollt eine Präsentation über Indien erarbeiten«, erklärt unser Lehrer. »Sucht euch irgendein Thema aus, das mit dem Land zu tun hat. Zehn Minuten soll die Präsentation pro Team dauern. Ihr dürft jetzt ausnahmsweise mit euren Handys ins Internet. Aber Vorsicht! Ich gehe rum! Wenn ich jemanden auf einer Seite erwische, die nichts mit unserem Thema zu tun hat, kassiere ich das Ding ein. Verstanden?« Artiges Nicken. »Wer kein internetfähiges Handy hat, darf hier bei mir in einen Schullaptop schauen. Ich habe drei dabei. Nächste Woche werdet ihr eure Arbeiten dann präsentieren. So, dann überlegt euch mal, was ihr machen wollt und wie ihr euch arbeitstechnisch aufteilt.«

Als ich mich nun doch Gregor zuwende, erklärt der sofort: »Ich hab leider kein Handy. Und kein Internet.«

Hoffnungsvoll sieht er mich an. Ich seufze, stehe auf und hole meins aus der Tasche. Dabei versuche ich verzweifelt, Blickkontakt zu Klara aufzunehmen, aber die ignoriert mich immer noch. Was ist bloß los mit ihr?

Mit meinem Handy in der Hand kehre ich zu Gregor zurück. »Ich würde gerne etwas über Kinderarbeit in Indien machen«, schlägt er spontan vor, woraufhin ich ihn überrascht ansehe. Ich habe gar nicht damit gerechnet, dass er sofort ein Thema parat hat. »Darüber habe ich neulich eine Dokumentation im Fernsehen gesehen. Das ist echt schlimm.«

Einen kurzen Augenblick denke ich nach. Dann nicke ich. »Ich finde das Thema gut.«

Gregor lächelt stolz. Ich lächele zurück und beginne,

Kinderarbeit in Indien zu googeln, wobei ich meine Nase angestrengt in die Gregor entgegengesetzte Richtung halte. Warum der wohl so riecht? Nun rutscht er auch noch ganz nah an mich heran. Ich ersticke gleich.

»Und?«, fragt er. Ich halte ihm einen Text hin, in dem steht, dass mehr als zehn Prozent aller Kinder ab fünf Jahren arbeiten müssen.

»Das ist heftig!«, gebe ich zu.

Gregor nickt. »Dabei ist Kinderarbeit in Indien verboten. Aber wenn die Fabriken auffliegen und die Kinder entlassen werden, landen sie auf der Straße. Viele müssen dann als Kinderprostituierte arbeiten. Deshalb ist es sehr schwierig, diese Gesetze durchzusetzen.« Ich bin entsetzt. Gregor fährt fort: »Das liegt daran, dass viele Familien verschuldet sind. Sie haben gar keine andere Chance, als dass die Kinder helfen, diese Schulden abzubauen. Viele werden dann irgendwann zwangsverheiratet.« Ich schlucke. Das ist schrecklich! Und ich glaube immer, ich hätte Probleme!

Im Laufe der Schulstunde kommen wir darauf, dass Gregor sich in der Nachbarstadt in einem Projekt für sozial schwache Kinder engagiert. Überrascht sehe ich ihn an. Das hätte ich Gregor nie zugetraut. Allerdings habe ich mich auch nie länger mit ihm unterhalten. Er lächelt: »Ich male mit den Kindern.«

Mir fallen Gregors Gruselmonster ein, mit denen er immer seine Hefte und Tische verziert, deshalb ziehe ich meine Nase kraus und frage: »Monster?«

Gregor grinst. »Nein. Ich kann ja auch andere Sachen malen, aber die mögen sie am liebsten.«

Und während er blitzschnell einen Comic auf unser

Schmierblatt zeichnet, in dem ein Seemonster mit eindeutiger Lilly-Ähnlichkeit die Hauptrolle spielt, muss ich laut lachen.

»Das ist ja cool!« Aus den Augenwinkeln merke ich, dass Lenni uns beobachtet. Und da fällt mir auch meine Tagesaufgabe wieder ein: Ich muss ja heute flirten! Aber ausgerechnet mit unserem Klassenfreak?

Ich seufze und schaue Gregor an, der mich begeistert anlächelt. Ich lächele zaghaft zurück ... Nein! Das wäre gemein. Außerdem mache ich Lenni mit Gregor bestimmt nicht eifersüchtig. Wenn er nur nicht so riechen würde! Er ist ja wirklich total nett. Das kriegt nur keiner mit, weil man sich normalerweise nicht näher an ihn herantraut.

Gregor taut bei unserer Gruppenarbeit richtig auf und hat tolle Ideen. Er schlägt vor, bei Unicef Prospekte anzufordern, die wir dann vor unserer Präsentation verteilen könnten.

Als Herr Schiller bei uns vorbeischaut, fange ich Klaras erstaunten Blick auf. Doch sobald sich unsere Blicke kreuzen, sieht sie schnell wieder weg. Merkwürdig. Ich finde Klaras Verhalten sogar dermaßen merkwürdig, dass ich Gregors Vorschlag, in der Pause noch weiter an unserer Präsentation zu arbeiten, gerne annehme. Wir suchen uns eine ruhige Ecke auf dem Pausenhof und haben ruckzuck alle Fakten zusammen, die wir für unseren Minivortrag in der kommenden Woche brauchen. Während ich – möglichst heimlich – auf meinem Handy herumtippe (das ist auf dem Schulhof nämlich verboten!), verdrückt Gregor ruckzuck mein Vollkornbrot mit ekliger Buchweizenbutter, weil er selbst kein Essen dabeihat. »Das ist lecker!«, schmatzt er. Nun tut mir Gregor noch mehr leid. Wenn ihm sogar Mamas Buchweizenbutter schmeckt, muss das Essen bei ihm zu Hause der Ober-Ober-Albtraum sein!

Als das Pausenklingeln ertönt, bedankt sich Gregor bei mir. »Das hat echt Spaß gemacht«, sagt er.

»Mir auch«, gebe ich zu. Dann steht er auf und schlurft wie üblich mit gesenktem Kopf und hängenden Schultern – so als müsste er halb Indien hinter sich herschleifen – zu seinem Informatikkurs. Dabei schlackert seine übergroße Cordhose um seine Beine und seine braunen Lederschuhe sind schon ganz runtergelatscht. Ich würde wirklich gerne mal wissen, was bei Gregor zu Hause los ist.

Doch dann springe auch ich auf – schließlich muss ich selbst zum Unterricht. Wir haben Wahlpflicht. Das heißt: Ich muss in die Aula zum Theaterkurs, wo Klara bereits sichtlich ungeduldig auf mich wartet. Ich freue mich, dass sie wieder mit mir spricht, denn sie plappert gleich drauflos: »Jetzt glaube ich doch, dass du heute Morgen Hanf bekommen hast.«

Ich sehe sie nur skeptisch an und will gerade erklären, dass ich keinerlei »für den Rausch typische euphorische Gefühle« gespürt habe. Aber sie redet schon weiter: »Na, erst flirtest du mit Ben und dann auch noch mit Gregor!«

»Ich habe nicht mit Gregor geflirtet!«, rechtfertige ich mich.

»Dafür habt ihr euch aber ziemlich gut verstanden«, bohrt Klara weiter.

»Ja, Gregor ist wirklich nett. Aber du hast mich ja auch einfach sitzen lassen«, beschwere ich mich nun, woraufhin Klara betreten ihren Blick senkt.

»Entschuldige.« Jetzt röten sich Klaras Wangen. »Da habe ich ein bisschen ... na ja ... überreagiert. Weißt du, das war nur wegen Ben ... und ... na ja ... Ich glaube, er gefällt mir ein bisschen.«

»Ben?« Da bin ich aber baff.

»Nicht so laut!« Klara schaut sich um und zuckt verlegen mit den Schultern. »Glaub schon!«

Klara findet Ben gut! Ich bin echt von den Socken. Ausgerechnet »Mr Cooligalinski«, der nie etwas mit irgendjemandem zu tun haben wollte.

»Ich finde, man kann so gut mit ihm reden. Er ist total vernünftig. Außerdem weiß er total viel und gibt überhaupt nicht damit an. Und er hat immer eine Idee. Und er ist nett und gar nicht so abweisend und cool, wie er immer tut.«

Nun muss ich grinsen. Jetzt wird mir alles klar! Deswegen war sie vorhin so komisch – weil ich ihren Ben angeflirtet habe! »Wie lange findest du ihn denn schon ... gut?«

»Seit er Papas Handy gehackt hat ... Aber erst war ich mir selbst nicht sicher. Außerdem war doch so viel los. Gestern wollte ich dir das eigentlich erzählen, aber dann ist die Nummer mit Flauschi so schiefgelaufen, da war ich so durch den Wind, dass ich vergessen habe, es dir zu erzählen.«

Ich stöhne auf. An gestern will ich gar nicht erinnert werden! Deshalb versuche ich schnell, das Thema zu wechseln: »Apropos. Was machen wir denn nun mit Flauschi?«

Klara zuckt ratlos mit den Schultern. »Heute Nachmittag muss ich auf jeden Fall mal wieder zum Training.

Sonst schmeißen die mich noch aus der Mannschaft, hat Paula gesagt. Da wartet Lilly wahrscheinlich nur drauf! Also müssen wir Flauschi auf nach dem Training verschieben. Auch wenn ich noch nicht weiß, was wir da machen sollen ...«

Ich hole tief Luft. »Und wenn du deinen Vater einfach auf Flauschi ansprichst?«

Klara schüttelt heftig ihren Kopf. Sofort sieht sie wieder ganz traurig aus. »Das traue ich mich nicht. Dabei finde ich es ganz schrecklich zu wissen, dass mein Vater sich mit Flauschi trifft, während meine Mama überhaupt keine Ahnung hat!«

Ich nicke. Das kann ich gut nachvollziehen. Ich fühle mich ja schon schlecht, wenn ich Klaras Mutter sehe. Ich nehme Klara in den Arm. Ich bin so froh, dass zwischen uns wieder alles gut ist. Außerdem freue ich mich, dass Klara Ben gut findet. Das lenkt sie bestimmt ein bisschen von dem Flauschi-Dilemma ab.

Als Klara mich loslässt, sieht sie zumindest wieder halbwegs vergnügt aus.

Nach unserem Wahlpflicht-Theater muss Klara schnell zum Training verschwinden – schließlich will sie sich Lillys BH-Geschichte noch einmal ausführlich von Paula erzählen lassen. Und so schlendere ich ausnahmsweise alleine zu den Fahrradständern, wo Lenni ungewohnt umständlich an seinem Schloss herumhantiert.

Wie ich mich heute gegenüber Lenni verhalten soll, hat Laubird zwar nicht gesagt, aber ich beschließe einfach, auf coole Exfreundin zu machen, und ignoriere ihn. Aus den Augenwinkeln sehe ich, dass Lenni mich unauffällig beobachtet, und mir wird ganz warm im Bauch. In diesem Augenblick kommt Gregor auf mich zugestürmt. »Gut, dass ich dich noch erwische! Oder hast du keine Zeit?«

»Doch! Klar!«

Gregor hat in Informatik offenbar bereits mit dem Entwurf für unser Plakat begonnen und zeigt mir stolz das Ergebnis. Er hat ihn auf ein DIN-A4-Blatt gekritzelt und hält ihn mir jetzt vor die Nase. »Wie findest du das?« Aufmerksam beobachtet er mich, während ich sein Werk studiere.

»Sehr cool!«, sage ich und pfeife anerkennend. Gregor hat ein blaues Schild gemalt, das auf den ersten Blick so aussieht wie die Dinger, die bei uns immer an den Spielstraßen stehen. Nur, dass die Kinder darauf nicht spielen, sondern arbeiten. Ich bin total begeistert. »Das ist richtig klasse!«

Stolz rollt Gregor seinen Entwurf zusammen und steckt ihn in seinen Lederranzen. »Gut, dann mache ich das so fertig, okay?« Damit hebt er zum Gruß die Hand und wendet sich zum Gehen. »Danke schön!«, rufe ich ihm hinterher. »Bis morgen!«

Gregor klemmt seinen Ranzen auf den quietschenden Gepäckträger eines rostigen alten Damenrads und öffnet sein Fahrradschloss – obwohl sein Rad eh keiner klauen würde, der einigermaßen bei Trost ist.

Nachdenklich steige ich auf mein Blümchenrad und rolle langsam zu unserem Schultor. Im Augenwinkel nehme ich Lenni wahr, der plötzlich direkt hinter mir ist. Mein Herz schlägt sofort drei Takte schneller. Ich bin so abgelenkt von Lenni in meinem Rücken, dass ich beinahe Ben übersehe, der mir in den Weg springt. Vor Schreck kreische ich schrill auf: »Ben! Bist du verrückt?«

»Ist Klara schon weg?«, keucht er anstatt einer Antwort.

Ich stammele perplex: »Ja, sie musste heute einen Bus früher erwischen.«

»Schade!« Ben nestelt an einem Briefumschlag herum, den er in der Hand hält, und sieht mich an. »Könntest du ihr das dann bitte von mir geben? Ihr seht euch doch bestimmt noch.« Damit zwinkert er mir zu und streckt mir einen Brief entgegen. Hinten hat der ein richtiges rotes Wachssiegel wie im Mittelalter.

Überrascht sehe ich Ben an. Gerade will ich etwas erwidern, da höre ich ein lautes Scheppern. Ben und ich sehen uns um. Keine vier Meter weiter klemmt Lenni mit dem Vorderrad seines nigelnagelneuen Bikes in unserem Schultor. Ich höre ihn laut schimpfen, aber noch ehe er den Schaden am Rad begutachtet, schaut er mit funkelnden Augen zu Ben und mir rüber.

Lenni tut mir ja ein bisschen leid, aber ich muss mir auch ein Grinsen verkneifen, während ich den Brief in meiner Tasche verstaue. Dann säusele ich (laut!): »Vielen Dank, Ben!«, und radele fröhlich an Lenni vorbei, der verzweifelt damit beschäftigt ist, seinen Vorderreifen aus dem Gittertor zu befreien.

Das muss ich unbedingt gleich Klara schreiben. Und natürlich das mit dem Brief. Na, die wird sich freuen! Am besten fahre ich nach ihrem Training gleich zu ihr ... Also, sobald ich aus dem Wald raus bin. Gut gelaunt trete ich in die Pedale. Jetzt kann mich nicht einmal mehr der Waldbesuch mit meinen Eltern schrecken!

Meine Eltern kriegen sich kaum ein vor Begeisterung, als sie auf dem Waldparkplatz aus ihrer Ente krabbeln. Mama holt tief Luft: »Riecht ihr das? Der feuchte Boden. Die satte Luft. Das ist doch ganz anders als zu Hause.«

Ich finde zwar nicht, dass es anders riecht als in unserem Garten, aber meine Laune ist viel zu gut, als dass ich jetzt herumstänkern wollte.

Lenni ist gegen unser Schultor gerast, denke ich stattdessen munter, während wir gemütlich den Waldwanderweg entlangspazieren. Weil er gesehen hat, dass Ben mir einen Brief zugesteckt hat. Ich muss grinsen.

Dass der Brief für Klara ist, hat er garantiert nicht mitbekommen. Und das ist ja auch egal. Lenni im Schultor beweist: Laubirds Ex-zurück-in-einer-Woche-Plan funktioniert einwandfrei! Jetzt muss ich nur cool bleiben und mich weiter an ihre Anweisungen halten, dann sind Lenni und ich bald wieder zusammen.

Inzwischen haben wir den breiten Weg in den Wald erreicht. Mama rennt schnurstracks auf einen besonders dicken Baum zu, der nur ein paar Meter entfernt steht. »Das ist der Wächter des Waldes. Wir müssen ihn begrüßen!« Auffordernd sieht sie Papa und mich an und beginnt, liebevoll den glatten Stamm zu streicheln. Ich sehe mich erst einmal um. Nicht, dass Lilly hier wieder irgendwo lauert. Oder sonst wer, von dem es womöglich keine BH-Bilder als Druckmittel gibt. Da aber niemand in der Nähe zu sein scheint, tue ich Mama den Gefallen und lege meine Hand auf den mächtigen Stamm dieses alten Baums. »Über den Wächterbaum erhalten wir Zugang zu allen Pflanzen und Tieren, die in diesem Wald leben! Ihr müsst wissen, hier im Wald ist alles Leben miteinander vernetzt«, erklärt Mama und ich frage mich schon wieder, woher sie ihre merkwürdigen Weisheiten nimmt. In Bio lernen wir so was nicht. Wahrscheinlich hat das mit Bio und Wissenschaft auch nicht allzu viel zu tun. »Jetzt, wo auch wir uns mit dem Wächterbaum verbunden haben, werden die Tiere des Waldes uns nicht mehr als Fremdkörper wahrnehmen.« Zufrieden marschiert sie los. Ich verdrehe die Augen.

Mama läuft schnüffelnd von einer Seite des Weges zur anderen, um den perfekten Platz für unser Zeltlager zu »erspüren«. Zwischendurch pflückt sie irgendwelche Blüten und Kräuter für ihre Cremes und lässt uns dabei an ihrem kosmischen beziehungsweise komischen Wissen teilhaben: »Wusstet ihr: Ab jetzt steht der Mond in der Jungfrau. Das Element ist die Erde. Das ist der perfekte Zeitpunkt, um Heilkräuter zu sammeln.« Und dann lässt sie sich schon wieder mit einem kleinen Jubelschrei auf die Knie fallen: »Oh, schaut mal: Dost! Wie schön! Daraus mache ich dir eine Creme gegen deinen Pickel auf der Stirn.« Ein vorbeilaufender Jogger starrt mir neugierig ins Gesicht – er sucht garantiert nach meinem Pickel. Vielen Dank, Mama! Aber die ist schon längst fünf Bäume weiter und kriecht zwischen ein paar grünen Pflänzchen herum. Nun mustert mich auch Papa. Er fragt sich bestimmt, was für einen schlimmen Pickel ich haben muss, dass Mama dafür den kompletten Wald leer pflückt.

Demonstrativ drehe ich mich weg. Für mich sieht hier alles gleich aus. Farn, Bäume, Farn, Bäume, Farn ... Ich blicke auf mein Handy. 16.30 Uhr. Klara ist noch eine Stunde lang beim Training. Bens Brief knistert in meiner Jacke. Ich bin so gespannt, was sie nachher zu Bens Brief sagt! Und zu Lennis Zaununfall natürlich.

Neben mir holt Mama gerade zum gefühlt dreißigsten Mal tief Luft, dann greift sie nach unseren Händen. Ausnahmsweise lasse ich sie. »Atmet, ihr Lieben, atmet. An Tagen wie diesen sind die Nerven stark. Quasi unverwüstlich. An solchen Tagen kann dich einfach nichts erschüttern! Da sind die Nerven wie Drahtseile.«

Papa raunt mir schwärmerisch zu: »Deine Mutter ist so klug.«

Ich schüttele den Kopf. Klug? Das klingt doch eher wie aus einem drittklassigen historischen Fantasy-Roman.

Eine Weile schlendern wir zu dritt Hand in Hand über die Waldwege und ich hoffe, dass uns wirklich kein Mensch begegnet. Da bleibt Mama plötzlich abrupt stehen: »Hier ist es.«

Ich sehe mich um. Farn, Bäume, Farn, Bäume ... »Was ist hier?«, frage ich deshalb vorsichtshalber nach.

Mama sieht mich ergriffen an. »Hier ist unser neues Zuhause.« Ungläubig sehe ich mich um. Das kann doch nicht ihr Ernst sein! Hier ist nur Wald. Und ein kleiner Mini-Bach, auf den Mama nun jubelnd zusteuert. »Hier werde ich mich jeden Morgen waschen.« Sie ist ganz aus dem Häuschen. Angeekelt starre ich auf die braune Brühe, die sich durch faulende Äste und vermodernde Blätter kämpft. »Das ist allenfalls eine fließende Pfütze. Darin kann man sich doch nicht waschen!«

Mama sieht mich mit leuchtenden Augen an: »Wenn's geregnet hat, führt der Bach sicher mehr Wasser.« Soll mich das beruhigen? Also wasche ich mich künftig nur noch an den Regentagen? Fassungslos starre ich meine Eltern an. Irgendwie hoffe ich immer noch, dass sie gleich laut loslachen und »Reingelegt!« rufen.

Stattdessen schreitet Papa gerade einen Platz inmitten einer Baumgruppe ab. »Hier passt unser Zelt hin!«, ruft er begeistert. »Oh nein!«, ertönt da die ergriffene Stimme meiner Mutter und sofort stürzt Papa auf sie zu. Betroffen steht meine Mutter vor einem Baum auf dem Boden. »Hier können wir nicht wohnen! Dies ist ein Grab.«

Neugierig komme ich näher, um mir anzusehen, wer hier wohl mitten im Wald begraben sein könnte. Aber außer dem gefällten Baum kann ich nichts entdecken. »Wo ist ein Grab?«

Mama schnieft. »Menschen sind so grausam. Bäume sind Lebewesen. Hier liegt eine Leiche.«

Mitleidig schaut sie vom liegenden zu den umstehenden Bäumen. »Wenn die Leichen nicht entfernt werden, werden die anderen Bäume depressiv.«

Aufmerksam sehe ich mich um. Depressiv sehen die Bäume neben der »Leiche« nicht aus. Eher groß und stark mit üppigen grünen Kronen. Aber meinetwegen. Ich will hier eh nicht wohnen. Ich werfe einen Blick auf mein Handy. Kein Empfang. Dabei ist es inzwischen 17.20 Uhr – Klara hat gleich Trainingsschluss. Von mir aus können wir unsere Waldbesichtigung also gerne beenden.

»Können wir jetzt nach Hause?«, frage ich.

»Jetzt halte doch mal kurz inne, Cosi«, ermahnt Papa mich.

Ich verdrehe die Augen. Für meinen Geschmack habe ich genug guten Willen gezeigt. Ich möchte jetzt gehen! Da höre ich im Gebüsch hinter uns ein merkwürdiges Geräusch. So etwas zwischen Schnüffeln und Grunzen.

Vorsichtig drehe ich mich um – und mein Herz explodiert. Zumindest fühlt es sich so an, denn: Aus dem Gebüsch spazieren Wildschweine! Sogar gleich drei. Entsetzt weiche ich zurück und stolpere dabei vor lauter Aufregung über meine eigenen Füße. Patsch! Sitze ich auf dem Hintern. Schon wieder! Und schon wieder wegen Wildschweinen.

Papa hat sie nun auch entdeckt und brüllt: »Auf die Bäume!«

Aber das ist lächerlich. Um uns herum entdecke ich nur lange kahle Stämme – der einzige Baum, auf den wir ohne Probleme raufkämen, ist die Baumleiche. Deshalb stürmen wir einfach los. Mama hat mit einer Hand ihren bunten Rock gerafft, mit der anderen umklammert sie den Jutebeutel mit den frisch gepflückten Kräutern. Papa hat sie am Handgelenk gepackt, um sie panisch hinter sich herzuzerren, und ich renne voraus. Papa mag die Viecher so wenig, dass er, selbst als er schon längst Vegetarier war, noch Wildschweinbraten gegessen hat. Von klein auf hat er mir eingebläut, mich vor den Viechern in Acht zu nehmen. Deshalb habe ich eine tief in meinem Innersten verankerte Wildschwein-Phobie.

In Todesangst hetzen wir durch den Wald. Bis wir irgendwann einen riesigen Stapel Baum»leichen« erreichen. Ich springe mit zwei Sätzen bis auf die Spitze. Mama stemmt ihre Fersen in den Boden: »Auf keinen Fall gehe ich da rauf!«

Papa kraxelt ebenfalls nach oben und ich drehe mich schnaufend um. Kein Wildschwein ist mehr in Sicht. »Sie sind uns anscheinend nicht gefolgt«, keucht Papa erleichtert und klettert schleunigst wieder runter.

Jetzt, da die Gefahr gebannt ist, erklärt Mama: »Ich weiß gar nicht, warum wir Hals über Kopf vor ihnen davongelaufen sind. Sie hätten uns wahrscheinlich eh nichts getan. Schließlich sind wir willkommene Gäste des Waldes.« *Jetzt* kann sie das ja auch locker behaupten – wo die Viecher weg sind. Papa möchte trotzdem lieber einen anderen Weg zurück zum Auto einschlagen. Bei ihm scheint das mit Mamas Mond in der Jungfrau und den »Nerven wie Drahtseile« offenbar nicht zu wirken, bei jedem Geräusch zuckt er zusammen, während wir uns auf müden Beinen durch den Wald schleppen.

Immerhin hält auch Mama nicht mehr nach einem geeigneten Zeltplatz oder Heilkräutern Ausschau, sondern nur noch nach dem Heimweg. Wir irren noch ein bis zwei weitere Stunden durch das Unterholz, bis mein Handy plötzlich »Pling!« macht.

»Ja! Wir haben Empfang«, rufe ich erfreut.

Meine Eltern schauen mich nur ausdruckslos an.

»Das heißt, ich kann uns per GPS hier wieder rausbringen«, erkläre ich und sofort hellen sich ihre Mienen auf. Aber ehe ich mein Navi starte, um meine naturverbundenen Eltern aus dem Wald zu führen, muss ich erst einmal dringend meine vierzehn neuen Nachrichten lesen:

17:31 Uhr, erste Nachricht von Klara: »Ben hat dir einen Brief für mich gegeben? Ich werde wahnsinnig!«

17:33 Uhr, zweite Nachricht: »Cosi?«

17:38 Uhr, dritte Nachricht: »Bist du etwa noch im Wald?«

17:56 Uhr, vierte Nachricht: »Mensch, Cosi, ich sterbe vor Neugier!«

18:02 Uhr, fünfte Nachricht: »☹«

18:42 Uhr, sechste Nachricht: »Flauschi schreibt Papa lauter schwülstiges Zeug! Igitt!«

18:44 Uhr, siebte Nachricht: »Weißt du, ob ich ihr antworten kann? Oder sieht sie dann meinen Namen?«

19:00 Uhr, achte Nachricht: »Coooooosi?!«

19:01 Uhr, neunte Nachricht: »Bist du immer noch im Wald? Ich komme dich gleich suchen!«

19:23 Uhr, zehnte Nachricht: »Mit Ben. ;-)«

19:55 Uhr, elfte Nachricht: »Jetzt reicht mir das mit Flauschi! Was die schreibt, ist echt nicht jugendfrei! Meinst du, ich sollte sie blockieren?«

19:59 Uhr, zwölfte Nachricht: »Das ist echt blöd, wenn du nicht erreichbar bist!«

20:12 Uhr, dreizehnte Nachricht: »Ich habe sie jetzt erst mal blockiert. Die Supersexyflauschimaus.«

20:23 Uhr, vierzehnte Nachricht: »Hast du schon Laubirds neues Video gesehen? Was ist das denn wieder für ein Tipp???«

Ich knirsche frustriert mit den Zähnen, denn leider reicht mein Empfang für ein Video mal wieder nicht aus. Das ist der Beweis, den ich eh nicht brauchte: Ich kann definitiv nicht im Wald leben! Jetzt war ich nur ein paar Stunden in der Natur und habe das Gefühl, alles echte Leben verpasst zu haben.

Immerhin finden wir dank meinem Navi nach einer halben Stunde unsere Ente wieder. Auf der Rückbank mache ich es mir bequem (soweit das mit meinem Matschfleck am Hosenboden geht) und schreibe zuallererst meinem Klärchen – und dann schaue ich mir endlich Laubirds Video an.

6

Donnerstag bis Freitag

Mein persönlicher Countdown:
Trennung von Lenni: IIIII Tage
Ankunft Austauschschüler: IIIII IIIII I Tage
Laubirds In-einer-Woche-den-Ex-zurück-Plan erfüllt: IIII

Hallihallöchen, meine Lieben! Nun habt ihr es fast geschafft! Nach eurem Flirty Thursday (zwinker!) rast euer Liebster bestimmt vor Eifersucht. Spätestens jetzt wird er euch keine einzige Sekunde mehr aus den Augen lassen – wenn er euch nicht eh schon mit Nachrichten bombardiert ... (Kicher!) Gut so! (Beide Daumen hoch!)

Aber lasst euch jetzt bloß nicht gleich wieder um den Finger wickeln! Auch wenn ihr euch das sooo sehr wünscht ... (Klimper mit den Augen!) Sonst verliert er ganz schnell wieder das Interesse an euch. Er muss das Gefühl haben, dass ihr prima ohne ihn klarkommt, dass er richtig um euch kämpfen muss. Denkt dran: Je schwieriger etwas zu haben ist, desto wertvoller erscheint es!

Deshalb müsst ihr ihm nun beweisen, wie gut es euch ohne ihn geht. Seid glücklich! Wahnsinnig glücklich! So glücklich wie noch nie zuvor in eurem Leben! Versprüht positive Energie! Legt euch einen neuen auffälligen Style zu! Schminkt euch, wie ihr euch noch nie zuvor ge-

schminkt habt! Gebt euch gebildet und teilt euer vielseitiges Wissen mit allen anderen! Überrascht ihn! Kennt euch aus in einem Bereich, von dem ihr bislang überhaupt keine Ahnung hattet. Benutzt Wörter aus einer anderen Sprache. Französisch zum Beispiel wirkt seeeehr sexy. Das wird ihn komplett wahnsinnig machen. Spätestens heute wird er anfangen, um euch zu kämpfen. Weil er euch zurückhaben will, bevor ihr ihm komplett entgleitet ... Also, bonne chance! Und bis mooorgen! Tschüüüü!

Ich versuche, die vielen schrecklichen Neuigkeiten mal in eine Reihenfolge zu bringen. In meine ganz persönliche Horrornachrichten-Rangliste sozusagen.

Platz 5: Was genau heißt denn bitte »Versprühe positive Energie«? Ich bin doch keine Wunderkerze!

Horrornachricht Nummer 4: Was meint Laubird mit einem »auffälligem Style«? Doch nicht etwa die Schlaghosen, Plateaustiefel und Perlenketten meiner Mutter?

Platz 3 der Horrornachrichten (liefert sich allerdings ein dramatisches Kopf-an-Kopf-Rennen mit Platz 2): Unser Liebster *sollte* uns jetzt schon mit Nachrichten bombardieren? Und wenn er es nicht tut?!?

Auf Platz 2 meiner Horror-Charts: Jetzt soll ich auch noch gebildet rüberkommen? In einem Bereich, von dem ich bislang keine Ahnung hatte ... also, Mathe? Oder Physik? Letzteres haben wir morgen in der ersten Stunde, aber wie soll ich da bis morgen irgendetwas Schlaues zustande bringen? Klara geht immerhin seit drei Monaten zum Nachhilfeunterricht und überrascht uns nie – ich wiederhole: *nie* – mit schlauen Antworten.

Und die unangefochtene Platz 1 meiner aktuellen Horrornachrichten-Rangliste: Ein französischer Akzent soll sexy wirken?! Herzlichen Glückwunsch! Den werden unsere französischen Austauschschülerinnen definitiv perfekt beherrschen. Ich kann also eigentlich gleich aufgeben, weil mir nämlich einfällt, dass die Französinnen-Übernachtungsfrage noch immer nicht geklärt ist.

Mein Herz rast und mein Kopf ist der reinste Fragezeichen-Eintopf. Gleichzeitig wollen sich meine Oberlider partout auf die Unterlider legen. Ich bin nämlich so müde, dass mir die Augen einfach zufallen wollen.

Doch aus meinem Schlaf wird leider erst einmal nichts. Weil ich nämlich Physik büffeln muss. Damit ich morgen gebildet und klug wirke. Und das wird schwierig: Lenni ist nämlich super in Physik. Deshalb setze ich mich an meinen Schreibtisch, knipse die Schreibtischlampe an und lasse meinen Kopf auf die Unterarme sinken, während der Computer ratternd hochfährt.

Es ist jetzt offiziell: Dieser Laubird-Plan schafft mich. Ich bin fix und fertig, raffe mich aber auf und beginne »Optik« zu googeln. Das nehmen wir jetzt nämlich gerade durch. Bei diesem Thema falle ich schon im Unterricht ins spontane Wachkoma, und das, ohne besonders müde zu sein. Mit einem Seufzer fange ich an zu lesen: »Wenn ein Lichtstrahl auf die Grenzfläche zwischen zwei verschiedenen Medien trifft, so wird ein Teil des Strahls – wie beim Schall – reflektiert. Der Einfallswinkel ist genauso groß wie der Ausfallswinkel.« Ich kapiere gar nichts. Nur, dass es eine sehr lange Nacht werden wird. Weil ich nämlich das snelliussche Brechungsgesetz, sphärische Aberrationen und axialen Astigmatismus verstehen muss. Wörter, über denen ich schon beim Versuch, sie nur zu denken, normalerweise einschlafe.

»Cosi, liebe Güte! Ist alles in Ordnung?«, reißt mich da plötzlich eine Stimme aus den Träumen. Lagebeschreibung: Es ist morgens, Mama kommt in mein Zimmer, ich liege mit dem Kopf auf meinem Schreibtisch und sabbere meine Schreibunterlage voll.

Durch mein Fenster dringen bereits die warme Morgensonne und lautes Vogelgezwitscher herein. Ich stöhne nur zur Antwort und vergrabe meinen Kopf lieber schnell noch tiefer in meinen Armbeugen. Denken kann ich noch nicht. Durch meinen Kopf schwirren nur lauter physikalische Gesetze.

»Mein Schatz, geht es dir nicht gut? Möchtest du lieber zu Hause bleiben?« Besorgt streichelt mir Mama über den Rücken.

Einen kurzen Moment sehe ich gequält auf, doch dann fällt mir alles wieder ein: Lenni, anders stylen, schlau sein, positive Energie versprühen! Schlagartig kommt wieder Leben in meinen Körper. »Alles gut! Mir geht es super!« Damit springe ich auf und sprinte ins Bad.

Es ist allerdings nur ein kurzes Hoch. (Mit kurzen Hochs und folgenden tiefen Tiefs kenne ich mich ja aus ...) Als ich vorm Spiegel stehe, bekomme ich nämlich erst mal einen Schreck: Ich sehe grauenvoll aus! Wie Frankensteins Monster. Spuckespuren zieren meinen Mund, ein fieser roter Abdruck von der Tastatur meines Computers zieht sich quer über meine Wange, meine ohnehin meist zerzausten Haare stehen auf der rechten Seite beinahe senkrecht ab und mein Stirnpickel möchte nun offenbar Wolkenkratzer werden. Na, großartig!

Das ist zwar ein ganz neuer Style, aber vermutlich nicht so, wie Laubird es gemeint hat. Positive Energie? Ganz sicher nicht in diesem Häufchen Elend! Ich seufze und schmiere mir vier Lagen Concealer unter die Augen, ohne dass meine Augenringe weniger werden. Gegen meinen Pickel hilft auch nur meine graue Beanie, die bis kurz über die Augen reicht. Allerdings finde ich Mützen bei über zwanzig Grad und Sonnenschein ziemlich bescheuert.

Ich habe ja nicht mal etwas Tolles zum Anziehen. Also nichts, was meinen Style jetzt wesentlich verändern würde. »Mama?!«, rufe ich verzweifelt. Ich bin so verzweifelt, dass ich wirklich jede Hilfe annehme.

»Ja, mein Engelchen?«

»Ich sehe total hässlich aus!«, jammere ich.

»Aber nein, mein Schatz! Deine Seele strahlt doch von innen. Darauf kommt es an!« Meine Mutter sieht dann aber ein, dass Worte heute keine Wunder bewirken werden, und greift zu der Wildschweinborsten-Bürste, um sich damit durch meine verknoteten Haare zu kämpfen. Mein Blick fällt zurück in den Spiegel – ich kann meine strahlende Seele nirgends entdecken. Dafür sieht zumindest meine Frisur allmählich besser aus.

»Das ist doch hübsch!«, freut sich Mama, während sie zwei seitliche Haarsträhnen am Hinterkopf so flechtet und um meinen Kopf legt, dass eine Strähne meinen Pickel wie ein Stirnband (zumindest halb) verdeckt. Mama kann zaubern! »Und für den Pickel mache ich dir nachher eine Creme. Du wirst sehen: Morgen ist der weg.«

Dankbar lächele ich sie an. Bleibt nur noch die Frage, was ich anziehen soll. Aber da hat Mama auch schon eine Idee. Aufgeregt rauscht sie davon und kommt mit einem bunten Kleiderhaufen wieder. Verwundert ziehe ich einzelne Teile heraus, die aus der hintersten Ecke von Mamas Kleiderschrank stammen müssen – ich habe sie nämlich noch nie gesehen: ein blaues, mit Perlen besticktes Kleid, ein Batik-Top, eine Bluse mit Muschelmuster, hauchdünne Hosen in allen Farben ... Das ist definitiv ein ganz anderer Style.

Mama lächelt verlegen. »Das sind alles Sachen, die ich immer mal für dich gekauft habe, weil ich sie so hübsch fand. Und dann ... na ja ... dann hast du dich so ganz anders gekleidet als ich und wolltest nicht, dass ich dir Sachen kaufe. Du wolltest dir alles selbst aussuchen. Aber mir hat es doch so viel Freude gemacht, dir schöne Sachen zu kaufen ...«

Überrascht sehe ich meine Mutter an. »Das ist alles meins?«

»Jaja! Diese Bluse habe ich dir zum Beispiel von meinem Yoga-Workshop in Indien mitgebracht. Und die Hose ist von einem kleinen Bauernmarkt auf Kreta. Und das Tuch von unserem Schamanen-Kurs in der Eifel ...«

Neugierig betrachte ich die bunten Stoffe und beschließe, dass dies der neue Style der neuen, überraschenden Cosi sein wird. Da ruft Mama plötzlich laut auf: »Oh nein! Es ist ja schon zwanzig vor acht!« Sie saust aus dem Badezimmer. Kurz darauf höre ich sie unten klappern. Ich atme noch einmal tief durch, ehe ich mir mit Mamas mystischem Kajal einen Lidstrich ziehe. Cool!

Nun noch Mascara. Dann schmeiße ich mir eilig eine Tunika mit Blumenmuster über und schlüpfe in eine türkise Flatterhose. So flitze ich die Treppe nach unten.

Mama steht in ihrer Küche inmitten der Kräuter, die sie gestern gepflückt hat, und sieht mich stolz an: »Bist du hübsch, meine Cosi! So habe ich mir dich immer vorgestellt.« Mit einem seligen Lächeln im Gesicht drückt sie mir ein Glas mit einer grasgrünen Flüssigkeit in die Hand. »Das ist ein grüner Smoothie. Der gibt dir Energie für den Tag!« Neugierig schnuppere ich an dem Zeug. Es riecht nach Wiese. Kleiner Schluck. Igitt! Es schmeckt sogar nach Wiese! Deshalb halte ich mir die Nase zu und kippe den Rest in einem Zug runter.

Als ich das Glas absetze, schüttelt es mich. »Hast du das gestern im Wald gepflückt? Das schmeckt ja widerlich.«

Mama runzelt ihre Stirn. »Quatsch! Das ist Weizengras. Ein Suuuuperfood aus dem Reformhaus. Damit wirst du dich gleich viel frischer fühlen!« Allerdings fühle ich mich sowieso schon ziemlich frisch, denn so viel Farbe hatte ich nicht mehr an mir, seit ich nach dem Kindergarten angefangen habe, mir die Sachen selbst rauszusuchen.

Hoffentlich hält Lenni mich heute nicht für eine Blumenwiese auf zwei Beinen! Nun schiebt mir Mama wieder ihren merkwürdigen Brei rüber, aber diesmal weiß ich Bescheid. »Ich nehme keine Drogen!«

Irritiert sieht Mama mich an. »Das ist sehr vernünftig!«, lobt sie mich und kippt einen Schluck Ahornsirup über meinen Brei.

Misstrauisch beobachte ich sie. »Äh, Mama. Das ist

doch Hanf, oder?« Sie nickt. »Hanf ist eine Droge!«, rufe ich aufgebracht.

Mama sieht mich an, dann fängt sie an zu lachen. »Unsinn, Cosi. Dies ist Speise-Hanf. Ein uraltes, sehr gesundes Nahrungsmittel. Das hat mit Drogen nichts zu tun.« Mama prustet noch einmal los. »Drogen!«, sagt sie kopfschüttelnd und haut sich auf die Schenkel vor lauter Lachen.

Ich zucke mit den Schultern, verdrücke erleichtert drei, vier Löffel von dem klebrigen Brei, dann springe ich aus dem Haus und auf mein klappriges Rad.

Im Kopf gehe ich noch ein letztes Mal die sphärische Aberration und ihre Verringerung durch eine Blende durch. Damit werde ich gleich in Physik glänzen. Lenni wird staunen! Und Klara erst. Mit – in Anbetracht meines Schlafmangels – erstaunlich guter Laune trete ich in die Pedale. Die warme Morgenluft pustet mir sanft ins Gesicht, meine Flatterhose flattert im Wind und die vielen Tücher, die Mama mir noch umgewickelt hat, schwirren mir fröhlich um die Ohren, als wären sie ein bunter Papageienschwarm. Ich stecke so dermaßen voller Energie, dass ich beinahe an Klaras Bushaltestelle vorbeiradele, allerdings nur fast. Kaum bin ich vom Rad gestiegen, fährt schon der Bus vor und Klara springt heraus. Sie schaut aufgeregt in die Richtung, aus der ich gerade gekommen bin.

»Klara?«, rufe ich.

Irritiert sieht sich meine Freundin um und haut sich ihre Hand vor den Mund, als sie mich entdeckt: »Ach du liebe Güte! So bunt! Ich habe dich gar nicht erkannt.«

»Mein neuer Style.« Ich lächele verlegen.

Klara grinst und betrachtet mich von allen Seiten. »Wow, echt jetzt: Das steht dir. Wenn man nicht wüsste, was du sonst trägst, könnte man glatt glauben, dass du so 'n Hippie-Mädchen bist.«

Ist das jetzt ein Kompliment oder nicht? Aber ehe ich Klara danach fragen kann, sprudelt sie schon los: »Hast du den Brief von Ben dabei? Was steht denn drin? Ich kann es gar nicht glauben! Gib her! Gib her! Gib her!«

An Bens Brief habe ich nicht mehr gedacht, seitdem ich mir über geistreiche Dinge wie die Brechung des Lichts Gedanken machen musste.

»Keine Ahnung, was drinsteht, ich habe ihn natürlich nicht aufgemacht!«, antworte ich entrüstet und hole den Brief aus meiner selbst genähten Kartoffelsacktasche, die hinten in meinem Fahrradkorb liegt. Damit der Brief nicht zerknittert, habe ich ihn extra in meinen Physikhefter gesteckt.

»Ist der schön!«, schwärmt Klara, als sie den antik aussehenden Umschlag in den Händen hält.

»Und? Willst du ihn gar nicht öffnen?«, drängele ich. Schließlich bin ich selbst ziemlich gespannt. Ben weiß, wie man geheimnisvoll ist. Nichts mit WhatsApp-Nachrichten oder Sprach-Memos, die man (fast) überall und (fast) jederzeit lesen kann! Nee, sein Brief kommt ganz ritterlich per versiegeltem Brief.

Wir stellen uns neben mein klappriges Fahrrad und Klara sieht sich vorsichtig nach allen Seiten um, ehe sie mit vor Aufregung roten Wangen vorsichtig die Wachsversiegelung löst. »Er ist handgeschrieben! Wow!«, haucht Klara. »Ich habe noch nie von einem Jungen einen Brief bekommen.«

Ich dränge mich dicht neben sie und Klara liest: »Liebe Klara, da du ja nun leider keine Computernachhilfe mehr brauchst ... Hast du Lust, am Wochenende mit mir ein Eis essen zu gehen? Würd mich freuen. Liebe Grüße, Ben.«

»Oh!«, verzückt presst Klara den Brief an sich. »Den werde ich für alle Zeiten aufheben.«

»Und, was schreibst du zurück?«

»Was wohl? Natürlich gehe ich mit ihm ein Eis essen.« Dabei strahlt Klara über das ganze Gesicht und ich nehme sie einmal fest in den Arm, weil ich mich so mit ihr freue. Sobald ich sie loslasse, mustert mich meine Freundin noch einmal von oben bis unten. »Du siehst echt cool aus!« Dann hören wir aus der Ferne die Schulklingel.

Erschrocken zucken wir zusammen. Mist! Schon acht Uhr? Jetzt kommen wir auch noch zu spät. Dabei wollte ich doch heute so glänzen im Unterricht ...

Obwohl die Zeit ja nun wirklich mehr als drängt, schiebt Klara Bens Brief bedächtig in ihre dunkelblaue Umhängetasche und streichelt noch einmal drüber, ehe sie sich endlich in Bewegung setzt.

Während ich langsam auf meinem Rad durch unser kleines Waldstück rolle, joggt Klara schnaufend neben mir her. »Ich habe jetzt übrigens eine Idee für Flauschi«, keucht sie.

»Echt?« Gespannt spitze ich die Ohren.

»Ja! Wir melden sie auf so einer Partnersuchseite an.«

»Eine Partnersuchseite?«, wiederhole ich. Ob das so eine gute Idee ist? Das kennt man doch schon aus Büchern und Filmen: Da haben die Kinder auf solchen Seiten neue Partner für ihre alleinerziehenden Mamas oder Papas gesucht. Und zwar nie besonders erfolgreich. Da haben sich immer nur irgendwelche Spinner gemeldet.

»Und du meinst, das funktioniert?«, hake ich nach.

Klara nickt. »Klar. Im Radio haben sie heute Morgen gesagt, dass sich fast zwanzig Prozent der Paare heutzutage so kennenlernen. Da haben wir doch gute Chancen, dass wir Flauschi so vermittelt kriegen! Außerdem kostet es doch nichts und wir haben aus dem Internet Bilder von Flauschi und damit alles, was wir brauchen.«

Ich halte das zwar für keine gute Idee, aber Klara ist total optimistisch: »Wir dürfen natürlich nicht so einen Quark schreiben: Mittelalte Frau sucht mittelalten Mann oder so. Wir müssen eine richtig coole Annonce schalten.«

»Und wie sieht eine coole Annonce aus?«

Endlich haben wir die Fahrradständer erreicht. Klara stemmt entschlossen ihre Hände in die Seiten. »Das kriegen wir schon hin! Auf diesen Seiten musst du ja eigentlich nur irgendwelche Fragen beantworten. Größe, Hobbys und so weiter. Da kann gar nichts schiefgehen.«

»Da muss sich dann nur der richtige Mann melden.«

Klara seufzt. »Genau das ist der Haken an der Sache.« Nachdenklich schließe ich mein Rad an, und als ich immer noch nichts sage, fragt Klara: »Und? Was meinst du? Zu Flauschi.«

»Einen Versuch ist es wert«, gebe ich zu. Wenn die Supersexyflauschimaus einen anderen Mann hätte, würde sie vielleicht Klaras Vater in Ruhe lassen. Und wenn nicht, suchen wir auf der Seite eben einen neuen Mann für Klaras Mutter. Aber das sage ich jetzt lieber nicht.

Als wir im Eilschritt auf den Gang zu unserem Physikraum einbiegen, stelle ich erfreut fest, dass die Tür noch offen steht. »Vielleicht haben wir ja Glück und der Stolle kommt heute auch zu spät.« Ich sprühe nur so von positiver Energie. Und gleich werde ich mit meinem physikalischen Wissen glänzen. Ich bin perfekt vorbereitet und im Kopf gehe ich schnell noch einmal alles durch: »Die Abhängigkeit der Ausbreitungsgeschwindigkeit einer Welle von deren Wellenlänge wird als Dispersion bezeichnet ...« Für den Notfall habe ich mir das alles noch auf Spickzettel geschrieben, die ich vorsichtshalber schon mal aus der Tasche ziehe. Es kann eigentlich gar nichts schiefgehen.

Da kommt uns Johannes entgegen. »Physik fällt aus! Ist das geil!«, jubelt er und springt so hoch in die Luft, dass er mit den Fingerspitzen die Decke berührt. Puff! Das war's mit meiner positiven Energie. Sie zerplatzt wie eine Seifenblase. Frustriert zerknülle ich die vorbereiteten Spickzettel in meiner Hand.

Klara guckt mich besorgt an: »Cosi, was ist denn?«

»Ich. Habe. Die. Ganze. Nacht ...« Ich hole tief Luft und spreche immer schneller weiter: »... Physik gepaukt wie eine Irre, um Lenni zu beeindrucken und besonders intelligent und gebildet zu wirken. Undjetztwarallesumsonst!« Geknickt rutsche ich mit dem Rücken die Wand runter und lande unsanft auf dem Hintern.

Klara lässt sich neben mich fallen. »Aber das kannst du dann doch nächste Woche noch alles loswerden«, versucht sie mich zu trösten und streichelt mir über den Arm.

»Ja, aber dann bringe ich Laubirds Plan ja ganz durcheinander. Ich muss doch *heute* schlau sein. Außerdem sollte ich beim nächsten Physikunterricht ja schon längst wieder mit Lenni zusammen sein. Aber so wird das natürlich nichts ...« Ich vergrabe mein Gesicht in den Händen (und in den vielen, vielen Stoffen) und fühle mich wie ein depressiver Baum. »Und dann kommen in der nächsten Woche auch noch die mit dem französischen Akzent, der so sexy wirkt!« Ich äffe den Akzent nach: »Allo, isch bin Cosi. Isch bin très charmante. Und wie eißt du?« Genau in diesem Moment schießt Lenni um die Ecke. Zuerst sieht er mich perplex an. Dann schaut er von meiner türkisen Flatterhose bis hoch zu meinen geflochtenen Zöpfen. Grinst – wobei sich seine Lenni-typischen Grübchen bilden – und rennt weiter. Sprachlos starre ich ihm hinterher. Er hat mich angelächelt. Oder war das ein Auslachen?

»Hat er gelächelt oder gelacht?«, frage ich Klara.

Sie kichert: »Ich würde sagen, das war ein Lächeln.«

Nun muss ich ebenfalls kichern. Wie verzaubert schaue ich Lenni hinterher, der Johannes gerade sein Käppi vom Kopf reißt und dann versucht, es aus dem nächsten Fenster zu schleudern. Johannes stürmt hinterher, um es ihm wieder abzuluchsen. Dann sind die beiden um die nächste Ecke verschwunden und mir strömt ein unangenehmer Geruch in die Nase. Ganz plötzlich riecht es fürchterlich nach Jungs-Umkleidekabine, nur ohne diesen penetranten Deo-Geruch. Ich halte die Luft an.

Da sagt jemand: »Du siehst aber hübsch aus, Cosi! Wie eine Blume.«

Ungläubig drehe ich meinen Kopf und mein Blick fällt auf Gregor, der vor mir steht und mich freundlich anlacht.

»Wieso seid ihr nicht im Unterricht?«, fragt er und späht mit langem Hals durch die Tür in den unruhigen Klassenraum.

»Wir haben Ausfall!«, erklärt Klara.

Gregor, der heute sonst ebenfalls zu spät gekommen wäre, nimmt seinen altmodischen Ranzen vom Rücken und setzt sich zu uns auf den Fußboden. Ganz selbstverständlich. Klara guckt irritiert.

In diesem Moment kommt Lilly aus dem Klassenzimmer: »Boah, hier stinkt's!« Blick zu uns. »Na, da haben sich ja die Richtigen gefunden!« Blick zu ihren Freundinnen, die hinter ihr laufen und sofort artig kichern, aber schlagartig verstummen, als Ben hinter ihnen in der Tür auftaucht.

»Hey, Gregor!«, begrüßt er erst meinen muffelnden Sitznachbarn, dann nickt er Klara und mir zu. »Die Damen!« Ganz ritterlich. Klaras Augen leuchten. »Wollen wir rausgehen?«, schlägt Ben vor. »Es scheint ja eh kein Lehrer mehr zu kommen.« Lilly und ihre Gang ignoriert er währenddessen komplett.

Obwohl wir wissen, dass wir eigentlich nicht rausgehen dürfen, stehen Klara und ich ganz selbstverständlich auf und laufen in Richtung Pausenhof. Gregor tappt uns hinterher. Auf der Treppe begegnen wir Lenni und Johannes, die sich gerade Cola aus dem Automaten gezogen haben. Lenni will gerade einen Schluck trinken, da hält er inne und schaut Ben mit zusammengekniffenen Augen an.

Ich sehe zu Klara, die mir unauffällig zuzwinkert und ihren Daumen reckt. Sie hat es offenbar auch gesehen. Lachend setzen wir uns draußen auf die Tischtennisplatte. Meine Laune könnte kaum besser sein, da steckt Frau Steinbrück ihren Kopf zum Fenster raus.

»Was macht ihr denn da? Habt ihr keinen Unterricht?«, keift sie quer über den Schulhof.

Klara und ich zucken ertappt zusammen, Gregor duckt sich sogar richtig weg. Nur Ben verdreht leise stöhnend die Augen.

»Das habe ich gesehen, Ben Eggert!«, keift die Steinbrück, dann verschwindet sie wieder. Ich reiche Gregor gerade mein Brot mit Kartoffelkäse und Klara mir ihres mit Salami, da steht die Steinbrück vor uns. »Wenn bei Ihnen eine Stunde ausfällt, bedeutet das noch lange nicht, dass Sie hier tun und lassen können, was Sie wollen.«

Ben beißt unbeeindruckt in sein Schoko-Croissant und kaut gleichgültig darauf herum, während Gregor aus Nervosität beginnt, in seiner Tasche zu graben, dass man meinen könnte, er wolle sich darin verbuddeln.

»So, ab zurück in den Klassenraum. Ich werde Ihnen für die restliche Zeit eine Aufgabe erteilen.« Damit scheucht sie uns zurück zu unserem Physikraum. Mit gesenkten Köpfen trotten Gregor, Klara und ich hinter ihr her. Gregor verdrückt auf dem Weg zur Klasse noch heimlich mein Brot: »Echt lecker, Cosi!«, flüstert er. »Vielen Dank!« Aber sobald die Steinbrück sich mit funkelndem Blick zu ihm umdreht, verstummt er.

Ben hingegen tut so, als würden ihn die Steinbrück und ihre Strafaufgabe nichts angehen. Er nimmt locker Anlauf, um dann mit einem übertriebenen Sprung ganz basketballmäßig seine leere Croissanttüte in der Mülltonne zu versenken. Er trifft – und vor Freude blitzen seine Augen kurz auf.

»Das Hüpfen wird Ihnen gleich vergehen!«, knurrt die Steinbrück. Ich verziehe das Gesicht. Übrigens genau wie alle anderen aus der Klasse, als Frau Steinbrück mit uns im Schlepptau im Physikraum auftaucht. Vorwurfsvoll sehen unsere Mitschüler uns an. Ben scheint das egal zu sein. Er lässt sich einfach auf seinen Platz fallen. Gregor beachtet eh keiner. Nur Klara und ich haben ein superschlechtes Gewissen – auch wenn sich Lilly scheinbar als Einzige darüber aufregt, dass wir erwischt wurden.

»Hättet ihr nicht wie alle anderen im Raum bleiben können? Toll, Cosi! Wegen euch haben wir jetzt die Steinbrück am Hals«, zischt sie mir zu, als ich mit gesenktem Kopf an ihr vorbeischleiche (und garantiert kein bisschen positive Energie versprühe). »Wie sieht die heute überhaupt aus? Voll peinlich!«, raunt Lilly ihren Freundinnen zu und wirft mir einen abfälligen Blick zu. Ich ärgere mich über mich selbst, wenn ich mich vor Lilly immer wegducke, aber ich traue mich einfach nicht, mich auf einen Streit mir ihr einzulassen, weil ich genau weiß, dass ich den Kürzeren ziehe. Ich sehe zu Klara und wünschte, ich wäre ein bisschen mehr wie sie: selbstbewusst und schlagfertig.

Aber spätestens nach der nächsten Pause bin ich plötzlich wieder superfroh, ich zu sein. Denn ich sehe genau, dass Lenni mich unauffällig aus den Augenwinkeln beobachtet. Cool! Ich tue natürlich so, als ob ich das nicht mitbekommen würde, und mische mich sofort in ein Gespräch zwischen Leonie und Sophie, die gerade darüber spekulieren, ob wir heute wohl unsere Deutscharbeit zurückbekommen oder nicht. Mir ist das eigentlich wurscht. Aber ich muss Lenni ja noch zeigen, wie glücklich ich bin. Deshalb lache ich ein paar Mal laut auf und ernte verdutzte Blicke von Leonie und Sophie. Egal, auch wenn ich zugegebermaßen an Stellen lache, an denen es eigentlich gar nichts zu lachen gibt. Hauptsache, ich zeige Lenni, dass ich den größten Spaß meines Lebens habe.

Leider unterbricht plötzlich Lillys lautes Gejammer unsere »lustige« Unterhaltung.

»Hoffentlich krieg ich keine Drei zurück!«, tönt sie quer durch die Klasse und schlägt sich dabei theatralisch ihre Hände vors Gesicht. Leonie und Sophie verdrehen stöhnend die Augen und auch Klara schüttelt genervt den Kopf: »Lilly muss aber auch immer im Mittelpunkt stehen.«

Leonie nickt. »Vor allem hat Lilly, glaube ich, noch nie eine Drei geschrieben.«

Gerade lässt Lilly ihre Hände wieder sinken, da posaunt sie: »Ich habe ein total schlechtes Gefühl wegen dem Grammatikteil ...«

Ich spitze meine Ohren. Wegen *dem* Grammatikteil?! In Physik konnte ich mit meinem Wissen nicht glänzen, aber jetzt muss es raus! Schließlich muss ich gebildet sein und mein Wissen mit anderen teilen, um den Laubird-Plan für heute doch noch zu erfüllen.

Ich hole tief Luft. »Das heißt ›wegen *des* Grammatikteils‹, Lilly. Nach ›wegen‹ folgt der Genitiv!«, verbessere ich sie vor der versammelten Klasse.

Klara sieht mich überrascht an, dann fällt bei ihr offenbar der Groschen und sie muss grinsen. Leonie und Sophie prusten sofort los. Und Lilly? Der bleibt der

Mund offen stehen, schließlich bin ich sie bisher noch nie offen angegangen. Sie guckt so, als ob sie gerade auf eine Schnecke gebissen hätte, dann werden ihre Augen zu schmalen Schlitzen.

Und schon bereue ich, etwas gegen sie gesagt zu haben – denn natürlich wird sie zum Gegenschlag ausholen.

Ich mache mich schon mal vorsorglich ein bisschen kleiner, da bekomme ich auf einmal unerwartete Unterstützung. »Aber anscheinend ist deine Sorge wegen *dem* Grammatikteil auch wirklich begründet!«, springt ausgerechnet Gregor mir zur Seite.

Schlagartig ist es so leise im Raum wie in einer altägyptischen Grabkammer. Alle halten die Luft an, schließlich hat Gregor noch nie irgendetwas Lautes gesagt. Nicht mal im Unterricht.

Aber dann muss Klara laut loslachen. Und plötzlich lachen alle mit. Alle außer Lilly natürlich. Lenni klopft Gregor sogar von hinten auf die Schulter. Zum allerersten Mal sehe ich Gregor so richtig strahlen. Ben nickt Klara mit einem verschmitzten Lächeln zu und meine Freundin strahlt schlagartig genauso breit wie Gregor. Lenni grinst belustigt vor sich hin und schielt dabei ab und zu in meine Richtung.

Und obwohl zehn Minuten später klar ist, dass Lilly in Deutsch natürlich mal wieder eine Eins hat, sieht sie während der Deutschstunde ziemlich beleidigt aus. So könnte es immer sein! Ich versprühe wahrscheinlich so viel positive Energie, dass ich einen ganzen Kontinent damit versorgen könnte.

Davon beflügelt, überlege ich nach der letzten Schulstunde für heute, wie ich meinen Eindruck unermesslichen Wissens zusätzlich noch verstärken könnte. Vielleicht sollte ich meinen WhatsApp-Status ändern? Im Internet habe ich einen Spruch gefunden, der sehr schlau klingt: »Ein Mensch, der von der Quantentheorie nicht schockiert ist, hat sie nicht verstanden.« Den nehme ich! Wenn das mal nicht noch mehr hermacht ...! Äh ja, zumindest solange Lenni mich nicht nach der Quantentheorie fragt. Aber der spricht ja gerade eh nicht mit mir.

Ich stehe neben meinem Fahrrad auf dem Schulhof und habe gerade fertig getippt, da kommt Klara strahlend auf mich zugelaufen. »Ich hab jetzt seine Nummer. Uuund ... ich bin mit Ben morgen Nachmittag zum Eisessen verabredet.« Dabei schaut sie so verliebt auf ihr Handy, dass ich schon damit rechne, dass sie es gleich küssen wird. Mit leuchtenden Augen sieht sie mich an. »Was könnte ich ihm denn mal schreiben?«

»Gar nichts?«, schlage ich vor. Immerhin stammt von Klara der Tipp mit »Willst du was gelten, mach dich selten«. Und abgesehen davon haben sie sich doch eh für morgen Nachmittag verabredet. Plötzlich klingt Klara eher so wie ich noch vor ein paar Tagen, als sie mein Smartphone vor mir in Sicherheit bringen musste.

Das fällt Klara in diesem Moment wohl auch gerade wieder ein, denn nun muss sie kichern. Und ich kichere mit, weil irgendwie alles so rosarot erscheint: Lenni zeigt eindeutig wieder Interesse an mir, das Waldthema ist nach unserer Wildschweinbegegnung zu Hause sicher auch durch, Klara ist in Ben verliebt und er eindeutig auch in Klara und für Flauschi suchen wir einen neuen Mann. Jetzt könnte eigentlich alles gut werden!

Aber als Klara und ich bei mir zu Hause ankommen, wird diese Hoffnung gleich wieder zunichte gemacht. Papa schleift gerade im Garten an irgendeiner neuen Trommel herum, die er »auf die Welt bringt«, wie er das immer nennt, und Mama steht in der Küche und rührt frische Cremes an. Nachdem Klara voller Entsetzen Mamas neueste Kunstwerke im Flur bestaunt hat, in denen Mama ihre Wildschweinbegegnung und die vielen toten Bäume im Wald verarbeitet hat, reckt sie ihre Nase in die Luft. »Ich rieche das immer so gerne, wenn deine Mutter Cremes macht. Das riecht so sauber und samtig. Richtig schön.«

Ich nicke. Grundsätzlich rieche ich das auch gerne. Allerdings erinnert mich der Geruch daran, dass morgen Samstag ist. Das heißt: Markttag.

Bis jetzt hat Mama noch nicht gefragt, ob ich ihr beim Verkauf helfen kann. Ich hoffe sehr, dass das so bleibt. Ich meine, ich habe ja nichts gegen das Verkaufen. Aber wegen Mamas Regelblutungs- und Mond-Geschichten verursacht dieser Cremegeruch bei mir beinahe so ein Gefühl wie bei Papa der Anblick von Wildschweinen – eine leichte Panik.

Leise schlüpfe ich aus meinen Chucks und will gerade mit Klara die Treppe nach oben schleichen, da steht Mama plötzlich vor mir – wie üblich in ihrer Kosmetikköchinnen-Garnitur: weiter bunter Kittel und die roten Haare durch ein gelbes Tuch nach oben gehalten, sodass sie wirr nach oben abstehen. »Ich habe doch gespürt, dass ihr nach Hause gekommen seid.«

Klara lacht sie belustigt an. »So, so, gespürt? Hallo, Abatha!«

»Hallo, Klärchen!« Meine Mutter greift in ihr Gewand und zaubert einen kleinen Tiegel hervor, den sie mir stolz überreicht. »Habe ich gerade extra für dich angerührt.« Sie schaut fachmännisch auf meinen Stirnpickel und verspricht: »Morgen ist der weg.«

»Oh, kann ich so eine Creme dann auch gleich haben?«, hängt Klara sich sofort ran und tastet ihr Gesicht nach möglichen Stellen ab.

Mama lacht. »Klar, ich mache dir auch eine.«

Klara schwört auf Mamas Cremes, seit eine fiese Wunde vom Basketball mit Mamas Creme blitzschnell wieder verheilt ist.

»Komm!«, fordere ich Klara auf und mache eine drängende Kopfbewegung in Richtung Treppe. Noch hat Mama nichts vom Markttag gesagt. Wir sollten schnell verschwinden! Klara versteht sofort und läuft eilig hinter mir die knarzenden Stufen nach oben. Dort setzt sie sich sofort an meinen Schreibtisch und fährt meinen Uralt-Computer hoch. Ich lege mir derweil ein buntes Kissen auf den Boden. Ich muss jetzt erst einmal einen Kopfstand machen. Das brauche ich jetzt. Ein Kopfstand steigert die Konzentration. Weil mehr Blut ins Gehirn strömt. Mama macht das jeden Tag etwa 30 Minuten. Aber mir reichen schon fünf. Nur mal eben zum Wachwerden.

Klara verrenkt ihren Kopf, um mir direkt ins Gesicht gucken zu können. »Ich habe übrigens schon mal geschaut. Die meisten Dating-Seiten kosten was. Das ist blöd. Aber eine ist umsonst: lovable.de.« Demonstrativ schließe ich meine Augen. Eigentlich will ich jetzt mal kurz nichts hören. Aber leider will Klara ausgerechnet jetzt ganz viel loswerden: »Das soll die beste Singlebörse Deutschlands sein.«

Als sie das sagt, beginnt mein Bauch, unwohlig zu kribbeln. Das ist schon ganz schön frech von uns, eine fremde Frau einfach im Internet anzubieten. Mein lahmer Computer ist mittlerweile hochgefahren. Ich öffne die Augen und sehe, wie Klara sich aufrichtet und wie eine Klaviervirtuosin ihre Finger dehnt. »Na, dann bringen wir Flauschi jetzt mal an den Mann.«

Ich schwinge meine Beine nach unten. »Hoffentlich ist das so eine gute Idee ...«

»Wieso nicht? Einen Versuch ist es wert und es kann ja nichts Schlimmes passieren«, erklärt Klara entschlossen.

Ich mache noch ein paar Dehnübungen am Boden, während meine Freundin laut vorliest: »Lovable ist der ideale Ort für die moderne Partnersuche.«

Ich stehe auf, denn nun will ich doch wissen, was Klara sich für Flauschi ausdenken wird. Ich lehne mich neben Klara gegen die Schreibtischkante.

»Zuerst müssen wir ein Pseudonym eingeben«, erklärt Klara. »Flauschi!«, rufen wir sofort wie aus einem Mund und müssen lachen, weil das so seelenschwestermäßig war. Aber leider gibt es Flauschi schon. Darüber kann ich mich nur wundern: »Es gibt noch mehr Frauen mit so einem bescheuerten Namen?«

Klara schnaubt und sagt entschlossen: »Dann nennen wir sie eben Supersexyflauschimaus.«

Das gibt es offenbar noch nicht. Kein Wunder! Nun das Alter. Wie gut, dass Flauschi als ehemalige Tennisspielerin bei Wikipedia eingetragen ist! Ihr Wohnort ist auch kein Problem. Aber dann wird es schwierig. »Was genau sucht sie denn?«, überlegt Klara.

»Einen Mann!«, rufe ich. Das ist schon mal sicher. Aber da steht »für«.

»Ich suche einen Mann für …«, grübelt Klara.

»Für was sucht sie denn?«

»Für Sex?«, schlage ich mutig vor. Wer sich Supersexyflauschimaus nennt, sucht doch bestimmt Sex. Unter anderem.

Aber Klara schüttelt den Kopf. »Nein, sie soll ja sympathisch rüberkommen. Damit sich auch viele melden.«

»Aber vielleicht finden Männer es ja sympathisch, wenn Frauen Sex suchen?«

Klara verzieht den Mund und ich merke allmählich, wie ich müde werde, trotz Kopfstand. Deshalb drücke ich mich vom Schreibtisch weg, um eine Tüte Gummibärchen (mit Zucker und Farbstoffen und allem, was glücklich macht) aus meinem Bettkasten zu holen, meinem Geheimversteck für ungesundes Zuckerzeug.

Während ich mir ein rotes Bärchen in den Mund schiebe, bringe ich unser Problem auf den Punkt. »Wir wissen gar nicht, was Männer an Frauen gut finden.«

Klara nimmt sich ein grünes Bärchen und sieht mich nachdenklich an. »Und wenn wir deine Mutter fragen?«

Unwillkürlich muss ich lachen. »Auf gar keinen Fall! Dann sagt sie noch so was wie ›Für schamanisches Heiltrommeln, für Gruppenheilübungen mit Salzkristallen oder für Mantrasingen auf Wünschelrutenspaziergängen‹. Da meldet sich dann garantiert keiner.«

Plötzlich erhellt sich Klaras Gesicht. Sie wendet sich wieder der Tastatur zu und tippt so schnell darauf herum, dass ich ihre Finger kaum noch sehe. In der Suchzeile im Browser lese ich: »Was mögen Männer an Frauen?«

Nach einer Ewigkeit öffnet sich endlich die Ergebnisseite und Klara klickt auf eine Acht-Punkte-Liste, die nach einer Umfrage einer Männerzeitschrift entstanden ist. Klara liest laut vor: »1. Ein Mann will beschützen, 2. Ein Mann will bewundert werden, 3. Ein Mann will angeben, 4. Ein Mann will sich abends auch mal mit seiner Frau auf dem Sofa lümmeln, 5. Ein Mann will, dass die Frau die Geschenke für seine Mutter aussucht, 6. Ein Mann will, dass die Frau mit ihm Fußball schaut, 7. Ein Mann will eine Frau, die genießen kann, 8. Ein Mann will, dass eine Frau weiß, wer Darth Vader ist.«

Sie schüttelt resigniert den Kopf. »Wenn das stimmt, ist es kein Wunder, dass Papa sich in eine andere verliebt hat: Mama weiß garantiert nicht, wer Darth Vader ist. Sie guckt nie mit meinem Vater Fußball. Die Geschenke für Oma ...«

»Quatsch!«, unterbreche ich Klara sofort. »Ich glaube, mein Vater hat selbst keine Ahnung, wer Darth Vader ist. Und Fußball interessiert ihn nicht die Bohne! Diese Punkte können definitiv nicht der Grund gewesen sein, dass dein Papa sich Flauschi geangelt hat. Ich finde diese Liste höchst unseriös und viel zu allgemein.«

»Du hast recht!«, fängt sich Klara. »Diese Punkte sollen uns ja nur eine ungefähre Richtung vorgeben, was Männer ganz grundsätzlich gut finden. Das muss ja nicht für alle und jeden zutreffen.« Trotzdem halten wir uns einigermaßen an das, was diese Umfrage ergeben hat, in der Hoffnung, damit besonders viele Männer anzusprechen, und tippen: »Ich suche einen Mann für (Jetzt kommt's!)

gemeinsame Unternehmungen im kleinen Schwarzen (Das mit dem kleinen Schwarzen war meine Idee, habe ich mal bei GNTM gesehen – das scheinen Männer sexy zu finden …), für gemütliche Fußball- oder Star-Wars-Abende auf dem Sofa (Klaras Idee. Sie wollte ursprünglich noch dazuschreiben ›mit Bier‹. Aber dann hatten wir Angst, dass wir damit nur die Alkoholiker anlocken), für beschützte (!) Strandspaziergänge und für bewunderte (!!!) Autoreparaturen.«

Stolz betrachten wir Flauschis Profil. Das wird die Männer anlocken wie die Motten das Licht. Wir sollten professionelle Kontaktanzeigen-Schreiberinnen werden! Aber nach dem fünften Durchlesen bekomme ich doch Zweifel: »Also, mein Papa kann keine Autos reparieren«, überlege ich. »Der kann kochen … also … zumindest findet das meine Mutter. Er kann Trommeln bauen. Und vielleicht mal eine Tür ölen, wenn sie knarrt.«

»Meiner kann auch keine Autos reparieren. Aber er wechselt immer die Glühbirnen«, zweifelt nun auch Klara an unserer Liste. Unzufrieden starren wir auf den letzten Punkt und ändern ihn schließlich in »Wir suchen einen Mann – für das große Staunen, wenn er einen Nagel in die Wand geschlagen hat«. Das kann garantiert jeder! Und von unserer Supersexyflauschimaus wird der Mann dafür sogar noch bestaunt. Jetzt werden sich garantiert viele Männer melden. Das ist wichtig. Denn umso größer ist die Chance, dass einer dabei ist, der Flauschi gefällt.

Zum Schluss müssen wir noch ihre Mailadresse eingeben. »Oh nein!« Klara schlägt sich ihre Hand vor den Mund. »Wo sollen wir die denn bitte herbekommen? Ich hatte gehofft, es reicht die Handynummer!« Hektisch beginnt sie, sich ein Gummibärchen nach dem anderen in den Mund zu stopfen.

»Warte mal ...« Ich beuge mich über Klara und öffne eine neue Seite. »Flauschi hat doch bestimmt eine Adresse im Tennisclub.«

»Oh, Cosi! Das wäre die Rettung!« Klaras Augen blitzen auf. Und tatsächlich – da steht die Adresse und darunter: »Für Einzelstunden mit unserer Trainerin Natalie Briesnitz setzen Sie sich bitte direkt mit ihr in Verbindung.«

»Sehr gerne!«, knurrt Klärchen entschlossen und kopiert Flauschis Adresse. Wäre meine Freundin ein Emoji, wäre sie schon wieder das kleine lilafarbene mit den Teufelshörnern ... Nun geben wir noch Flauschis Telefonnummer ein und laden ein Foto aus dem Internet hoch, auf dem sie freundlich in die Kamera lacht. Fertig! Sehr zufrieden und mit einem feierlichen Gesichtsausdruck drückt Klara auf »Registrieren« und haucht bedächtig: »Nun ist Flauschi online! Ab jetzt heißt es: Daumen drücken!«

Reflexartig presse ich meine Daumen gegen meine geballten Fäuste. Und obwohl meine Wünscherei bislang nicht sehr erfolgreich war, sende ich meine Bitte noch einmal ans Universum: »Bitte lass Flauschi einen Mann finden, der nicht Klaras Vater ist! Und auch nicht mein Vater! Und auch nicht der Vater von jemandem, den ich kenne!«

»So, das wäre erledigt. Mehr können wir jetzt erst mal nicht machen.« Klara dreht sich auf meinem Schreibtischstuhl im Kreis.

»Doch!«, rufe ich und springe zu meiner Tatstatur, um Laubirds Kanal zu öffnen. »Schließlich muss ich meinen

Ex-zurück-Plan noch zu Ende bringen.« Dabei lächele ich glücklich vor mich hin. »Aber das wird ja nun ein Klacks, wo Lenni quasi schon an meiner Angel zappelt. Hast du gesehen, wie er Ben vorhin angegiftet hat?« Ich grinse zufrieden. »Das war so schön!«

Klara lacht. »Der arme Ben! Aber ich glaube, er kann damit umgehen.« Dann grinst auch sie zufrieden. »Ben kann ja mit allen Problemen gut umgehen. Ich glaube, ihn kann überhaupt nichts schrecken.«

Inzwischen haben wir Laubirds neues Video gefunden. Es wird bereits geladen ... Klara rollt neugierig näher, während ich auf den Play-Button klicke. Dabei spüre ich, wie ganz viel positive Energie meinen Körper durchströmt. Ich bin gespannt, was ich als Nächstes tun muss, um endlich wieder mit Lenni zusammenzukommen.

7

Freitag bis Samstag

Mein persönlicher Countdown:
Trennung von Lenni: IIIII I Tage
Ankunft Austauschschüler: IIIII IIIII Tage
Laubirds In-einer-Woche-den-Ex-zurück-Plan erfüllt: IIIII

Hallihallöchen, meine Lieben! Ich glaube, nun habt ihr euren Ex genug zappeln lassen – und ich bin mir sicher, ihr seht das genauso. (Zwinker, zwinker!) Gerade habt ihr ihm bewiesen, dass ihr prima ohne ihn klarkommt. Nun überrascht ihn damit, dass ihr euch mit seinem Lieblingshobby auskennt. Wenn er immer wollte, dass ihr mal mit ihm seinen ferngesteuerten Hubschrauber fliegen lasst, und ihr dazu nie Lust hattet, dann ist jetzt der Moment gekommen, das zu ändern. Seid ab sofort begeisterte Hubschrauber-Piloten! Kennt euch mit seinem Lieblingsfußballverein aus! Ab heute könnt ihr ihm sogar erklären, was er machen muss, um in seinem Lieblingsvideospiel ein Level weiterzukommen.

Und ganz nebenbei – aber UNAUFFÄLLIG! (strenger Blick!) – erinnert ihr ihn an alte Zeiten. Benutzt das Parfum, das er an euch immer am liebsten mochte. Sorgt dafür, dass er euer Lied hört. Tragt das Outfit von eurem ersten Date. Lasst euch was einfallen! Dann wird er staunen, weil ihr euch so gut mit seinem Hobby auskennt, und gleichzeitig wird er spüren, wie sehr ihr ihm fehlt. (Knutschmund!) Bald habt ihr ihn zurück, mes amours!!! Tschüüüsssi und Daumen hoch, wenn euch mein Video gefallen hat!

Auch nach dem fünften Tag: Laubirds Tipps sind jedes Mal ein Schock. Gerade war ich noch absolut zuversichtlich, was die Sache mit Lenni angeht – jetzt breitet sich schon wieder Panik in mir aus. Mit welchem seiner Hobbys soll ich mich denn plötzlich auskennen? Lenni spielt Tennis, fährt Skateboard und spielt Schlagzeug. Und ich? Mache Yoga, liebe (normalerweise) Laubirds YouTube-Videos, hänge mit Klärchen rum und schaue gerne Filme. Wie soll ich mit dem, was ich kann, plötzlich Lenni beeindrucken? Ich kann doch nicht von jetzt auf gleich Tennis spielen lernen. Oder skateboarden. Oder Drummerin werden. Wobei. Trommeln kann ich. Allerdings nur auf Papas Schamanentrommel. Die hat mit Lennis Schlagzeug allerdings ungefähr so viel gemeinsam wie ich mit Lilly. Da klopft man eigentlich nur monoton drauf – ohne Rhythmus. (Auf die Schamanentrommel – nicht auf Lilly.)

Ich sehe zu Klara rüber, die mich so breit angrinst, als hätte sie sich gerade meine Computertastatur zwischen die Mundwinkel geklemmt.

Da die Tastatur aber noch an ihrem Platz liegt, frage ich angespannt: »Was ist denn?«

Nun lächelt Klara tausendmal geheimnisvoller als die Mona Lisa. Dann erklärt sie: »Wir fragen Ben, ob er dir skateboarden beibringt.«

»Bis *morgen?* Wohl kaum!« Skeptisch sehe ich meine Freundin an. Ich glaube ja eher, Klara möchte Ben so gerne so bald wiedersehen, dass sie sogar bereit ist, dafür ihre beste Freundin zu opfern. »Bis morgen lerne ich das niemals!«, betone ich deshalb noch einmal.

»Doch!«, behauptet Klara zuversichtlich und tippt schon in ihr Handy, um Ben eine Nachricht zu schicken.

Endlich hat sie einen Anlass gefunden, ihm zu schreiben! Und welche Überraschung! Ben ist natürlich sofort bereit, uns zu helfen. Ich habe das Gefühl, dass mein Leib und Leben hier gerade ziemlich arglos in den Ring geworfen werden, nur damit die beiden sich noch vor morgen und ihrem Eis-Date wiedersehen können.

Ausgesprochen widerwillig folge ich Klara die Treppe nach unten. »Ben hat vorgeschlagen, dass wir uns im Parkhaus vom Supermarkt treffen. Da kann man als Anfänger prima Rampen üben.«

»Rampen?! Im Parkhaus vom Supermarkt?«, gebe ich weniger geistreich, sondern vor allem entsetzt zurück und sehe mich schon unter einem Auto liegen. Aber Klara zieht mich einfach hinter sich her. Ich schaffe es gerade noch, in meine Chucks zu schlüpfen und ein lautes »Tschüss!« in Richtung Küche zu brüllen. Aber das geht in dem monotonen Getrommel meines Vaters glatt unter ...

Ben steht schon am Eingang zum einzigen Parkhaus im Ort und schaut uns grinsend entgegen. Er hat zwei Skateboards dabei. Ein cooles weißes mit einem Panda-Bären drauf und ein abgeschrabbeltes altes, aus dem schon überall das Holz heraussplittert. Nun bekomme ich – zusätzlich zu meiner grundsätzlichen Angst vorm Skateboarden – auch noch Panik, dass das durchbrechen könnte, sobald ich mich draufstelle.

»Hier!«, sagt er und reicht mir das Panda-Brett. Verwundert ziehe ich meine Augenbrauen hoch, da schiebt Ben erklärend hinterher: »Das Teil hat mir meine Mutter gerade geschenkt. Aber ich hänge irgendwie an meinem alten.« Dann schaut er auf meine Schuhe. »Chucks«, stellt er zufrieden fest. »Das geht.« Seine Füße stecken in abgelatschten Vans, auf denen das schwarz-weiße Karomuster kaum noch erkennbar ist. »Na dann! Los geht's!«

Lässig springt er auf sein Board und verschwindet im Dunkel des Parkhauses. Klara sieht ihm verzückt hinterher – ungefähr so wie dieses Emoji mit den Herzaugen. Ich stehe etwas ratlos daneben – mit dem Brett in der Hand. (Vermutlich wie das Emoji mit den aufgerissenen Augen und den roten Wangen.)

»Und nun?«, frage ich Klara, schließlich ist mein Trainer gerade ohne ein Wort von dannen gerollt.

»Nun musst du ihm hinterherskaten.«

»Skaten?« Ungläubig sehe ich Klara an, die ratlos mit den Schultern zuckt. »Durch dein Yoga müsstest du doch ganz gut dein Gleichgewicht halten können.«

»Jaaa, schoon ... Auf festem Untergrund!«, erwidere ich. Trotzdem lege ich vorsichtig das Board auf den Boden, steige auf und klammere mich an Klara. »Vielleicht sollte ich es doch lieber mit Tennis probieren.«

Aber Klara lacht nur. »Tennis! Bis morgen?! Das wird nichts!«

Dabei bin ich mir ziemlich sicher, dass es mit dem Boarden bis morgen auch nichts wird. Vorsichtig stoße ich mich ab. Erst bewegen wir (das Board, Klara, die gemütlich neben mir herschlendert, und ich) uns nur sehr langsam vorwärts. Doch dann geht es plötzlich abwärts. (Hatte ich erwähnt, dass dieses Parkhaus eine Tiefgarage ist?)

Ich kann gerade noch »Klara?« rufen, da sause ich schon die Rampe runter. Hinter mir höre ich Klara jubeln: »Das klappt doch super, Cosi! Du musst nur das Gleichgewicht halten. Wie bei der Palme!« Palme? Welche Palme? Ach, sie meint wahrscheinlich den Baum vom Yoga. Tatsächlich halte ich mich ganz gut. Ich habe das untere Ende der Rampe gerade erreicht, da blenden mich plötzlich zwei helle Scheinwerfer.

Ich höre Klara kreischen: »Spring ab! Cosi! Spring ab!« Leider wird es eher ein »Abfallen« als ein »Abspringen«, aber immerhin schaffe ich es vom Skateboard runter, ehe ich mich mit Karacho unter dem Auto langmache. So rollt das Brett alleine weiter, während ich panisch rückwärts an den Rand krabbele.

Mein Herz rast. Ich bin mir sicher, dass es noch nie in meinem Leben so hektisch geschlagen hat (nicht mal als Lenni und ich uns zum ersten Mal geküsst haben). Doch dann öffnet sich die Autotür – und meine Herzfrequenz verdoppelt sich noch einmal: Es ist Frau Steinbrück! »Sind Sie verrückt geworden?«

Ich kann nur mit dem Kopf schütteln.

Die Steinbrück keift: »Ein Parkhaus ist kein Spielplatz!«

Genau in dem Moment kommt Klara dazu. »Mensch, Cosi, das war knapp! Geht es dir gut?«

Die Steinbrück schnaubt. »Na, das ist ja klar, dass Sie nicht weit sind, wenn das Fräulein Kümmel hier Blödsinn macht«, zetert sie. Am liebsten würde sie jetzt wahrscheinlich das Klassenbuch aufschlagen, um uns auf der Stelle einzutragen. Aber leider hat sie es nicht dabei. Resigniert schüttelt sie den Kopf. »Fehlt nur noch dieser Eggert.«

In dem Moment kommt Ben um die Ecke gesaust. »Alles klar bei euch?«

»Hab ich mir's doch gedacht!«, meckert unsere Französisch-Lehrerin weiter. Jetzt wäre vermutlich mindestens ein Schulverweis fällig. Oder wenigstens ein Tadel. Aber da dieses nette Treffen ja gerade außerhalb der Schule stattfindet, bleibt der Steinbrück nichts anderes übrig, als wutschnaubend zurück ins Auto zu steigen. Hinter ihr hupen nämlich ein paar andere Autofahrer, weil sie die Ausfahrt vom Parkhaus blockiert. »Darüber werde ich mit Ihren Eltern sprechen!«, droht die Steinbrück noch, bevor sie mit einem lauten Knall ihre Autotür zuschlägt und kopfschüttelnd an uns vorbeifährt.

»Puh!«, stöhne ich. Die Lust aufs Skateboarden ist mir jetzt so richtig vergangen. Außerdem habe ich sowieso kein Brett mehr. Das ist ja vorhin unter dem Auto von der Steinbrück durchgesaust. Klara, Ben und ich kriechen mindestens zwanzig Minuten auf allen vieren durchs Parkhaus, ehe wir es in der allerhintersten Ecke wiederfinden. »Ich glaube, das Brett hat auch keine Lust mehr«, murmele ich.

Ben schmunzelt, dann schlägt er vor, dass wir uns einen anderen Ort zum Trainieren suchen. »Wir gehen ganz nach unten. Da ist es leerer. Ich habe übrigens auch nicht erwartet, dass du gleich aufsteigst.«

Kleinlaut schleiche ich hinter ihm und Klara her, bis

wir direkt vor einer kleinen Rampe stehen. Hier sind zum Glück wirklich weniger Autos unterwegs und ich fühle mich ein wenig sicherer.

Ben legt los mit den Anweisungen: »Füße schräg stellen. Oberkörper leicht nach vorne beugen. Und dann einfach rollen lassen.« Einfach rollen lassen ... Das habe ich ja eben erlebt, wie gut das funktioniert, dabei bin ich beinahe überfahren worden!!

»Los, trau dich!«, versucht er mir Mut zu machen. Die kleine Rampe tut sich vor mir auf wie ein metertiefer Abgrund. Stocksteif stehe ich da und sehe nach unten. Aber es ist ja für Lenni. Für uns. Schließlich gehören wir zusammen. Deshalb mache ich es wie beim Meditieren. Ich denke mich einfach weg. Denke gar nicht darüber nach. Lausche nur meinem Atem – und drücke mich ab.

Zack – sind alle Gedanken wieder da! Zusammen mit den Ängsten feiern sie eine wilde Party in meinem Bauch und meinem Kopf. Und platsch – kippe ich nach hinten und klatsche auf den Boden.

»Auaaa!«

Ben steht sofort neben mir. »Nicht nach hinten lehnen. Gehe einfach mit dem Board!«, erklärt er ungerührt, während er mich wieder auf die Füße zieht. Dabei habe ich gar keine Lust mehr, mit dem Board zu gehen. Das hat nämlich echt wehgetan! Aber vor Ben will ich das nicht zugeben – und Klara wäre sicherlich auch traurig, wenn Bens Trainingsstunde für sie schon jetzt zu Ende wäre. Also beiße ich die Zähne zusammen und versuche noch einmal, die Rampe runterzufahren. Für Lenni. Wieder locker hinstellen, Beine beugen, an nichts denken und – es klappt! Ich komme tatsächlich heil unten an. Zugegeben, ich habe zwischendurch ziemlich wild mit den Armen gerudert. Aber Ben meint, das sei völlig okay.

»Wenn es nicht gefährlich aussieht, ist es nicht gut.«

Bilanz nach einer Stunde: Tatsächlich stelle ich mich gar nicht so blöd an beim Skateboarden. Bilanz nach zwei Stunden: Eigentlich macht es mir sogar ein bisschen Spaß. Ben zeigt mir sogar den Ollie – das ist so ein kleiner Mini-Sprung, bei dem mein rechter Fuß das Brett hochdrücken soll, während ich es mit dem linken – in der Luft! – wieder nach unten drücke. Das ist zwar echt beeindruckend, aber nichts für mich und nichts für bis morgen. Deshalb zeigt mir Ben nun, wie man supercool auf- und wieder absteigt.

Wir haben uns das nämlich so überlegt und Ben ist inzwischen eingeweiht in unseren Ex-zurück-Plan: Ich werde cool mit dem Skateboard zum Skaterpark fahren, wo Lenni immer mit seinen Kumpels übt. Der Skaterpark liegt unterhalb von dem großen Abenteuerspielplatz beim Stadtpark, zu dem man nur über eine Mini-Rampe hinkommt. Diese Rampe muss ich heil runterkommen. Dann frage ich Lenni ganz locker, ob er Klara gesehen hat. Ganz nebenbei verteile ich ein paar Flugblätter von den »Natural Born Skateboarders«. Die veranstalten in zwei Wochen nämlich die »City Street League«, so ein supercooles Skateboard-Event, das Ben mitorganisiert. Anschließend skate ich superlässig wieder davon, springe cool vom Brett und flitze die Treppen hoch. Dann sieht Lenni, dass ich supercool skate, und ehe ich mich blamieren kann, bin ich auch schon wieder verschwunden.

Und jetzt der Clou: Während dieser ganzen Skaternummer lauert Klara im Gebüsch. Sobald ich Lenni den Rücken zudrehe, startet Klara Lennis und mein Lied »Bye Bye« von Cro. So als käme es aus einem der umliegenden Häuser. (Lenni darf natürlich nicht wissen, dass Klara mit ihrem kleinen Lautsprecher im Gebüsch hockt.)

Er wird mir hinterherschauen, mein Haar wird im Wind wehen. Unser Lied wird spielen und in der Luft noch ein Hauch meines Kokoskörpersprays hängen ... Spätestens danach wird Lenni mir hinterherskaten, meine Hand nehmen – und wir werden gemeinsam dem Sonnenuntergang entgegenrollen ... Ich seufze. Das wird so schön!

Den romantischen Teil unseres Plans haben Klara und ich natürlich alleine ausgeheckt, nachdem Ben sich verabschiedet hat. So was ist halt Mädchensache. Genau wie die Klamottenfrage.

»Du trägst natürlich das, was du bei eurem ersten Date anhattest. Wie Laubird es gesagt hat«, meint Klara.

Ich verziehe mein Gesicht. »Denkst du wirklich, es müssen ausgerechnet die Klamotten vom *ersten* Date sein?« Mir fallen unsere vielen anderen Verabredungen ein: unser erster Kuss im Kino, der Jahrmarktbesuch, bei dem Lenni ein Messerset für mich geschossen hat (ja, okay, sehr romantisch, aber den riesigen rosa Teddy fand ich eben hässlich), Tretbootfahren auf unserem Badesee (Lenni hatte sogar ein Überraschungspicknick an Bord – er hat also damit angefangen!), Eisessen am Dorfteich (natürlich Erdbeer!). Ich denke daran, wie Lenni meine Hand gehalten hat, als die Feuerwehr eine kleine Katze vom Baum gerettet hat und ich vor lauter

Angst nicht hinschauen konnte. Als ich die Augen wieder aufmachte, hat Lenni mich angesehen und gesagt, wie hübsch er mich in meinem blauen Kleid findet. Vielleicht sollte ich also das anziehen?

»*Natürlich* müssen es die Klamotten vom ersten Date sein!«, unterbricht Klara meine Erinnerungen. »Was meinst du, wie aufgeregt er war, als er vor dem Eingang zum Wildpark auf dich gewartet hat. Daran wird er sich noch genau erinnern.«

Ich nicke bekümmert. Die Klamotten vom ersten Date. Ausgerechnet!

Eilig verabschiede ich mich von meiner Freundin. Schließlich muss ich noch was vorbereiten für morgen. Zu allererst durchwühle ich zu Hause Mamas Putzlumpensammlung. Dort ist nämlich meine Kleidung vom ersten Date gelandet. Der Pulli, weil ich mir im großen Stil Balsamico-Essig draufgekleckert habe. Und die Hose, weil ich, als Frau Wildschwein auf mich zugerast ist, rücklings in den Matsch gefallen bin – leider mit einer weißen Hose, die auch nach mehrmaligem Waschen nicht wieder weiß wurde und deshalb auch hier irgendwo zwischen den Putzlumpen liegt. Ich stöhne auf. Wie soll ich die Klamotten denn bis morgen wieder in einen vorzeigbaren Zustand bringen?

Obwohl ich die Flecken mehrmals intensiv mit Mamas Kernseife behandele, kriege ich sie nicht raus. Deshalb überlege ich (während ich Hose und Pulli mit dem Föhn trocken puste), dass ich doch einfach etwas drüberwickeln könnte. Ein Tuch um den Hals – schon ist der Pulli quasi sauber. Und um den Po wickele ich einfach eine Sweatshirtjacke.

Allerdings sieht man dann auch kaum noch, dass das die Klamotten vom ersten Date sind. Ich hoffe trotzdem, dass es Lenni irgendwie an unser Treffen im Wildpark erinnert.

Aufgeregt packe ich am nächsten Morgen, als Mama mit Papa (zum Glück ohne mich) schon längst auf dem Markt Cremes verkauft, Bens Flugblätter in meine Tasche. Dabei schaue ich mir die Dinger zum ersten Mal richtig an. Auf der Vorderseite ist ein Typ zu sehen (Ben?), der quasi auf dem Kopf steht, so als würde er am oberen Rand der Rampe einen einhändigen Handstand machen. Mit der anderen Hand hält er das Brett an seinen Füßen. Genial! Da können Lenni und seine Kumpels definitiv nicht mithalten. Ich allerdings auch nicht.

Der Packen Flugblätter ist so schwer, dass ich Angst habe, das Gewicht könnte mich vom Brett hauen. Sofort habe ich ein Bild im Kopf, wie ich cool auf Lenni zuskate und dann seitwärts vom Brett kippe. Aber es hilft nix: Die Flugblätter müssen mit. Das kommt nämlich bestimmt ziemlich cool, wenn ich die Einladung zu dem Event aus der Tasche zaubere. Dazu werde ich dann so was wie »Hier, falls jemand Lust hat« oder so sagen. Eben keine große Sache draus machen. Die werden staunen!

Bei dieser Vorstellung muss ich leise vor mich hin kichern. Ich werfe noch einen letzten zufriedenen Blick in den Flurspiegel und finde, dass ich heute ziemlich gut aussehe. Meine Haare lasse ich offen, damit sie schön im Wind wehen können. Mein Pickel ist dank Mamas Creme tatsächlich fast verschwunden. Mein Tuch verdeckt perfekt die Flecken auf dem Pulli, ich dufte nach

Kokos. Insgesamt habe ich ein gutes Gefühl, vor allem, weil wir mit den Rädern zum Skaterpark fahren werden und ich das Brett erst mal nur auf den Gepäckträger klemme.

Klara steht kurz darauf mit dem Rad vor meinem Haus und schmettert mir ein fröhliches »Los geht's!« entgegen.

»Hast du auch den kleinen Lautsprecher dabei?«, frage ich vorsichtshalber noch einmal nach.

»Klar!«, ruft sie und hält strahlend ihren Mini-Pilz in die Luft, aus dem erstaunlich laute Musik tönt. Mir wird ganz warm im Bauch vor lauter Vorfreude! Heute kommt das große Finale. Heute bekomme ich meinen Lenni zurück.

Es ist ein richtig schöner, fast schon sommerlicher Tag. Der Himmel ist strahlend blau und nur ein paar kleine, dicke Wolken schweben langsam über uns hinweg. Es geht ein leichter Wind – stark genug, um die Haare schön wehen zu lassen, aber nicht so stark, dass er einen wie eine Hexe aussehen lässt. »Ich habe ein gutes Gefühl!«, rufe ich Klara zu, die mich glücklich anlächelt. »Ich auch.«

Wobei ich – ihrem Gesichtsausdruck nach – eher darauf tippe, dass sie dabei an ihren heutigen Nachmittag mit Ben denkt, aber egal. Umso schöner, wenn es uns beiden gut geht.

»Weißt du eigentlich, wie unsere Flauschi-Verkupplungsaktion läuft?«

Sofort verschwindet das Glücksstrahlen aus dem Gesicht meiner Freundin und sie verzieht missmutig den Mund. »Also gestern vor dem Schlafengehen hat Flauschi Papa noch eine Liebesnachricht geschickt. Und heute Morgen hat sie ihm schon geschrieben, wie groß ihre Sehnsucht nach ihm ist, weil sie sich ja nun ein ganzes Wochenende nicht sehen können.«

Ich mache dicke Backen, so als müsste ich mich gleich übergeben, und lasse dann langsam die Luft entweichen. »Das ist echt ätzend! Aber weißt du: Am Wochenende haben alle Zeit. Da melden sich bestimmt ein paar Typen bei ihr, die sie gerne kennenlernen würden.«

»Hoffentlich!«, ruft Klara und seufzt. Wenn wir Flauschi los wären, meine Eltern ihre Waldidee aufgeben und die Franzosen ihren Besuch absagen würden, wäre unser Leben beinahe perfekt. Aber auch nur beinahe. Denn jetzt muss ich erst einmal skateboarden ...

Inzwischen haben wir den großen Spielplatz erreicht, hinter dem der Skaterpark liegt. Klara und ich schieben unsere Räder vorsichtshalber hinters Gebüsch, damit nicht noch einer von Lennis Freunden über sie stolpert. Mein Rad ist nämlich so auffällig, dass es garantiert jeder gleich erkennen würde – und schon wäre mein souveräner Skateboard-Auftritt nicht mehr ganz so souverän.

»Wollen wir erst einmal schauen, ob Lenni überhaupt da ist?«, flüstert Klara.

»Gute Idee!«, flüstere ich zurück. In gebückter Haltung rennen wir eine kleine Anhöhe hinauf, von der aus man prima bis zum Skaterpark blicken kann.

»Er ist da!«, quietscht Klara. Sie legt ihre Hand auf ihren Bauch. »Ich habe richtig Bauchgrummeln vor lauter Aufregung!«

Na, und ich erst! Klärchen muss schließlich nur im Gebüsch hocken. Ich dagegen werde da gleich ganz cool mit dem Skateboard vorfahren – hoffe ich zumindest. Plötzlich zwickt auch mein Bauch. Das bereitet mir ein bisschen Sorgen, denn wie sagt Mama immer? Man soll auf seinen Bauch hören! Aber gerade verstehe ich nicht, was er meint. Vielleicht will er mir ja nur sagen, dass er demnächst keinen Hanfbrei mehr zum Frühstück mag.

»Du schaffst das schon!«, zerstreut Klara meine Bedenken. Dann rutscht sie durch das Gebüsch den kleinen Abhang hinunter, um sich mit ihrem Pilz unauffällig in Richtung Skaterrampen durchzuschlagen, damit man unseren Song auch gut hört.

Ich drehe mich um und laufe mit dem Brett in der Hand zurück zum Gehweg. Dann steige ich entschlossen auf mein geliehenes Board. Erst fühle ich mich ein bisschen wackelig. Aber dann schalte ich jeden verunsichernden Gedanken aus und – schwupps! – rolle ich direkt auf die Skaterrampen zu. Jetzt entdecken mich die Jungs. Es sind sechs oder sieben. Neugierig schauen sie in meine Richtung, um zu checken, welches Mädchen da wohl kommt. Bei uns gibt's nämlich nicht so viele Skaterinnen in der Stadt. Eigentlich sogar nur mich.

Lenni erkennt mich als Erster. Er stutzt und reißt die Augen so weit auf, dass ich das sogar aus hundert Metern Entfernung gut erkenne. Mein Herz pocht wie verrückt. Gleichzeitig wird mein Bauch ganz warm. In Gedanken summe ich bereits unser Lied ... da wendet Lenni sich plötzlich ab, springt auf sein Board und saust die nächste Speed-Ramp runter. Einen kurzen Moment blicke ich ihm irritiert hinterher. Doch dann tröste ich mich damit, dass Lenni wahrscheinlich bloß cool tun und mich beeindrucken will. Zumindest wäre das meine

Lieblingsvariante. Eine weniger Cosi-freundliche Erklärung wäre, dass Lenni Angst hat, dass ich ihn wieder mit einem Picknick überraschen könnte und deshalb so schnell abhaut.

Je näher ich komme, desto wahrscheinlicher erscheint mir die zweite Möglichkeit. Ich meine, warum sollte er sonst so tun, als würde er mich nicht sehen? Bestimmt hat er meine schwere Tasche bemerkt und malt sich schon aus, wie viele Brote und Salate ich wieder mit mir herumschleppe. Aber wenn ich gleich den Stapel cooler Flugblätter zücke, wird Lenni sicher staunen. Hoffe ich.

Inzwischen hat auch Johannes geschnallt, wer da gerade auf ihn zurollt. Er sprintet zu Lenni, stupst ihn an und deutet unauffällig mit dem Kopf in meine Richtung. (Also: So unauffällig, wie Jungs eben sein können ...)

Ich lächele geheimnisvoll in ihre Richtung, doch Lenni springt gleich wieder auf sein Board, rennt eine Treppe hoch, um sich mit einem Affenzahn die steilste Rampe des gesamten Skaterparks hinabzustürzen. Ist der wahnsinnig? Inzwischen bin ich mir absolut sicher, dass er glaubt, ich hätte irgendeine Essens-Überraschung dabei, auf die er keine Lust hat.

Inzwischen stehe ich direkt an der Einfahrt zum Skaterpark. Die »kleine Rampe« ist doch noch um einiges steiler als gestern die Parkhausabfahrt. Ich könnte natürlich absteigen und auf der Treppe hinunterlaufen, aber das würde mir meinen ganzen Auftritt versauen. Ich muss da mit dem Board runter! Deshalb hole ich tief Luft, beuge meine Knie und stoße mich ab. Johannes steht wie schockgefroren da und verfolgt meine erste echte Rampenabfahrt.

Ich fühle mich gut. Ich fühle mich super!

Ganz locker presche ich die Rampe runter. Ben hat mir gezeigt, wie ich ganz easy mit meinem linken Fuß stoppe und dann das Brett mit dem rechten Fuß hochflitschen lasse, damit ich es cool auffangen kann. Beim Üben hat das prima geklappt. Aber jetzt brettere ich völlig unkontrolliert auf Johannes zu. Beim verzweifelten Versuch zu bremsen, verliere ich das Gleichgewicht, hebe ab und fliege im Zeitlupentempo an Johannes' Beinen vorbei. Geschätzte zwei Meter weiter schlage ich – Patsch! – zuerst mit den Knien und anschließend mit dem Kinn auf den Asphalt. Während mein Brett ungebremst direkt vor Lennis Füße rast.

Mir tut alles weh. Reglos liege ich auf dem Asphalt und starre in Lennis Richtung. Denn eigentlich wäre jetzt der perfekte Moment für ihn, mein Brett aufzuheben, zu mir zu laufen und mir voller Sorge beim Aufstehen zu helfen. Aber was macht Lenni? Einen großen Schritt. Und zwar direkt über mein Brett.

Ich schnappe nach Luft. Mein Lenni läuft schnurstracks zur nächsten Rampe. Fassungslos starre ich ihm hinterher. Dann schaue ich zu Johannes, der mindestens genauso verblüfft aussieht wie ich – aber ebenfalls keine Anstalten macht, mir aufzuhelfen. Lenni übt währenddessen völlig ungerührt ein paar Meter weiter völlig halsbrecherische Tricks. Es ist, als würde hier ein Taschentuch am Boden liegen und nicht seine Exfreundin.

Inzwischen haben sich ein paar andere Skater dazu aufgerafft, mal nach der dusseligen Boarderin zu schauen, die hier in ihrem Park herumliegt.

»Alles cool?«, fragt mich der eine.

Blöde Frage! Das sieht er doch, dass alles nicht cool ist. »Geht schon!«, wimmele ich ihn ab und rappele mich auf. Dabei merke ich, dass mein linkes Knie blutet. Durch einen gigantischen Riss in der ehemals weißen Hose ist die Wunde prima zu sehen. Nun kann Mama die Hose wahrscheinlich nicht einmal mehr zum Putzen nehmen.

Johannes steht noch immer unschlüssig in der Mitte des Skaterparks und guckt von mir zu Lenni und von Lenni zu mir. Ziemlich offensichtlich versteht er Lennis Verhalten genau so wenig wie ich. Da fallen mir die Flyer vom Skaterevent ein. Damit Lenni auf gar keinen Fall denkt, ich hätte tatsächlich ein Picknick für ihn dabei, zottele ich noch im Aufstehen die Flyer aus meiner Tasche. In die Hand drücken kann ich sie jetzt keinem, dazu sind inzwischen alle wieder zu weit weg. Und ihnen mit den Flyern hinterherzurennen, wäre zu blöd. Deshalb beschließe ich, den ganzen Stapel einfach mit Schwung in die Luft zu werfen, sodass die Flugblätter dann wie riesengroßes Konfetti vom Himmel hinabsegeln. Die heißen schließlich nicht ohne Grund *Flug*blätter. Ohne lange darüber nachzudenken, hole ich aus und schmeiße sie in die Luft. Wie eine Rakete schießen sie der Sonne entgegen. Nun wäre eigentlich der Moment, in dem die Flugblätter sich lösen und in eleganten Bögen über den ganzen Skaterplatz flattern sollten. Stattdessen pappen sie fest aneinander. Der dicke Batzen fliegt also hoch in die Luft und fällt dann wie ein Stein vom Himmel. Direkt auf Johannes zu.

»Achtung!«, brülle ich, aber Johannes reagiert zu spät.

Ich höre ihn gerade noch »Hä?« rufen, da trifft ihn der komplette Batzen – Klong! – voll auf den Kopf.

Johannes geht zu Boden und Lenni stürzt sofort zu ihm. (Aha!!!) Glücklicherweise ist Johannes nicht ohnmächtig. Zumindest spricht er noch. »Was war das?«, fragt er Lenni leicht benommen.

Lenni sieht sich verwundert um und ich höre, wie er sagt. »Cosi hat dir irgendwas an den Kopf geschmissen.«

Fragend sieht Johannes zu mir rüber und ich stehe schockstarr da. »Sorry!«, rufe ich schnell und stürze dann an ihnen vorbei, um mir mein Panda-Brett zu schnappen. Ich klemme es unter den Arm und renne in Richtung Treppenaufgang. Im Gebüsch beginnt es zu rauschen. Cro singt plötzlich: »Easy.« Auch noch das falsche Lied! Wieder Rauschen. Ich renne weiter. Leider rutscht mir bei meiner Flucht meine Sweatshirtjacke von der Hüfte. Deshalb klemme ich sie kurzerhand zum Brett unter den Arm und laufe noch ein bisschen schneller. Dazu singt Cro nun: »Bye Bye«, und meint damit die große Liebe des Lebens. »Bye Bye!« Wie passend.

Als ich den Gehweg erreicht habe, würde ich mich am liebsten mit einem Plopp! in Luft auflösen. Ich denke an den riesigen Schmutzfleck auf meinem Hintern. An Johannes und Lenni, die mir garantiert noch immer völlig fassungslos hinterherstarren, und an Klara, die im Gebüsch hockt und garantiert gar nicht weiß, was sie machen soll. Wäre ich bloß mit Mama auf den Markt gegangen! Jede Mond- und Regelblutungsgeschichte wäre nicht ansatzweise so peinlich geworden wie mein Auftritt eben. Frustriert renne ich weiter bis zu den Rädern, wo ich mich im Gebüsch verstecke, bis Klara irgendwann auftaucht.

»Was war denn los?«, fragt sie.

»Irgendwie ist alles schiefgelaufen!«, jammere ich.

Klara presst die Lippen aufeinander und schaut mich mitleidig an. »Das ist ja blöd! Ähm ... ich will ja nichts sagen ... aber du hast einen Riesenfleck auf deiner Hose.« Ich sehe auf mein blutiges Knie. Klara schüttelt den Kopf. »Hinten, meine ich.«

»Ich weiß!«, jaule ich. »Der war da schon vorher.« Frustriert lasse ich die Schultern hängen. Weil alles so gut aussah mit Lenni und jetzt plötzlich so gar nicht mehr. Weil ich mich eben tödlich blamiert und auch noch Johannes beinahe erschlagen habe. Und weil Lenni ganz eindeutig nichts mehr mit mir zu tun haben will. Gestern hat er noch so nett geguckt. Heute hat er mich komplett ignoriert.

Klara schüttelt verwundert den Kopf: »Ich verstehe das nicht. Überhaupt nicht. Ich habe doch auch gesehen, wie er dich gestern angeschaut hat.«

Arm in Arm hocken Klara und ich im Gebüsch, bis uns die Beine einschlafen. Dann linst meine Freundin auf ihr Handy: »Ich bin jetzt eigentlich mit Ben verabredet, aber wenn du willst, dass ich bei dir bleibe, kann ich das auch absagen.« Treuherzig sieht sie mich an.

»Nein, nein. Ist schon okay«, schnaufe ich, weil ich weiß, wie wichtig Klara ihr Date mit Ben ist. Meine Freundin streicht mir noch einmal über den Rücken, dann schieben wir nacheinander unsere Räder aus dem Gebüsch. Ich schaue noch einmal seufzend in Richtung Skaterpark, ehe Klärchen zur Eisdiele aufbricht und ich schnurstracks und mit einem Skateboard unter dem Arm nach Hause radele, wo ich erst einmal meine lila Yogamatte ausrolle und eine Stunde lang meine Übungen mache – auf festem Boden. Dazu höre ich eine von Mamas CDs zur Chakren-Heilung. Das scheint mir jetzt genau das Richtige zu sein.

Mitten in der Meditation schlafe ich ein und wache erst wieder auf, als meine Eltern vom Markt nach Hause kommen und ich sie unten in der Küche räumen höre. Reichlich verpennt schleppe ich mich die Treppe nach unten. Mama sieht mich erschreckt an und begutachtet sofort meine Wunde am Kinn: »Schätzchen, was ist dir denn passiert?«

»Ich bin gestürzt.« Mit Mundwinkeln, die fast schon am Boden schleifen, lasse ich mich auf die unterste Treppenstufe sinken. Jetzt kommen bestimmt irgendwelche Rescue-Tropfen, schlaue Ratschläge, Mondmärchen oder Superfoods. Doch Mama sagt bloß: »Ein bisschen was von meiner Heilsalbe und frische Luft werden dir guttun!«

Argwöhnisch sehe ich ihr hinterher, wie sie in der Küche verschwindet, und gehe ihr sofort nach. »Frische Luft?«

Mama nickt, während sie ihre Cremes in unseren Kühlschrank sortiert. »Ja, wir übernachten heute im Wald.«

Mir bleibt der Mund offen stehen. »Da ist mir ja jeder Weizengras-Smoothie noch lieber. Ich will nicht in den Wald«, rufe ich. Mir geht es doch eh schon schlecht!

Aber Mama fängt schon an, unser Abendessen und Frühstück einzupacken. »Wie lange wollt ihr denn im Wald zelten?« Ich betone das »Ihr« und »Zelten«, damit gleich klar ist, dass es für mich definitiv nur ein Ausflug ist. Falls ich überhaupt mitkomme ...

»Nur eine Nacht!«, beschwichtigt Mama. »Mal zum

Testen. Packst du dir auch schnell was zusammen? Nicht zu viel, unsere Ente ist schon ziemlich voll.« Damit läuft Mama aus der Küche ins Wohnzimmer, wo sich bereits mehrere Taschen stapeln. Anscheinend gehen hier alle selbstverständlich davon aus, dass ich mitkommen werde, und ich werde nicht mal gefragt.

Trotzig rufe ich ihr hinterher: »Und wenn ich nicht packe?«

»Schätzchen. Im abnehmenden Mond in der Jungfrau *muss* man raus. Das ist die ideale Zeit für Ausflüge. Das wird uns auch als Familie guttun. Heute ist ein perfekter Tag, um Bindungen zu stärken.« Moment mal! Ausgerechnet dieser Tag soll perfekt sein, um *Bindungen* zu stärken? Dass ich nicht lache! »Dieser ganze Mondkram ist doch Quatsch!«, meckere ich und stampfe anschließend wütend die Treppe nach oben. »Und in den Wald komme ich auch nicht mit!« Schlecht gelaunt stoße ich die Tür zu meinem Zimmer auf und knalle sie anschießend hinter mir mit Wucht ins Schloss. Eigentlich hatte ich gedacht, das Schlimmste des ganzen Tages schon hinter mich gebracht zu haben. Aber mit meinen Eltern kommt es immer noch dicker! Ich lasse mich auf mein Bett fallen und starte auf meinem Handy meine Lieblingslieder. Zwischendurch checke ich meinen WhatsApp-Account. Könnte ja sein, dass Klara sich gemeldet hat. Oder Lenni doch noch fragt, wie es mir geht und ob ich mir wehgetan habe. Leider hat sich gar keiner gemeldet.

Ich verstehe überhaupt nicht, wie das mit Lenni heute so schiefgehen konnte. Gestern hat er mich eindeutig beobachtet. Er hat mich sogar angelächelt. Und er war definitiv eifersüchtig auf Ben. Das habe ich genau gesehen! Warum beachtet er mich denn heute gar nicht? Ich habe ihm doch nichts getan!

Da klopft es an die Tür. »Ja?«, rufe ich. Ich versuche dabei, so genervt wie nur möglich zu klingen.

Mama bringt mir einen dampfenden Tee ins Zimmer. »Hier! Der ist gut für die Nerven.« Auf dem kleinen Schildchen, das am anderen Ende des Teebeutels baumelt, lese ich: »Beruhigungstee.«

Ich schüttele den Kopf: »Mann, Mama. Diese Tees bringen doch nichts! Die sagen wahrscheinlich mehr über den Teetrinker aus als über den Tee selbst.«

Meine Mutter lächelt sanft. »Bei vielen Heilkräutern ist die Wirkung längst bewiesen. Sogar von Wissenschaftlern.«

»Dann hätte ich gerne was gegen Liebeskummer!« Jetzt kommen mir die Tränen.

Mama streicht mir über die Stirn, über die Schläfe, über die Wange, nur mein Kinn lässt sie lieber aus. Dann sagt sie: »Bei Liebeskummer ist es wichtig rauszugehen. Du brauchst eine andere Umgebung, in der du frei atmen kannst, ohne belastende Erinnerungen.«

Ich sehe meine Mutter misstrauisch an. »Du willst mich nur überreden, mit euch in den Wald zu kommen.«

»Ich würde es schön finden, wenn du es dir zumindest anschauen würdest.« Dann lacht sie. »Aber gut gegen Liebeskummer ist es trotzdem.«

»Na gut!«, schniefe ich. »Dann packe ich mir jetzt schnell was zusammen.«

Mama lächelt. »Meine Große!« Sie gibt mir einen Kuss und geht aus dem Zimmer.

Ich schaue auf mein Handy. Laubirds Tipps können mich jetzt wahrscheinlich sowieso nicht mehr retten. Dann brauche ich auch kein Internet. Hauptsache, der Empfang reicht aus, damit ich nachher mal kurz mit Klara telefonieren kann.

»Cosi, kommst du? Wir wollen los!«, drängelt Papa von unten.

»Ja, gleich!«, rufe ich, werfe blitzschnell Kopfhörer, Kuschelkissen und das Kokosbodyspray in meinen Rucksack und renne nach unten.

»Du wirst sehen, wenn wir im Wald unser Zelt aufgeschlagen haben und gemütlich am Lagerfeuer sitzen, wirst du alle Sorgen vergessen«, prophezeit Mama, während sie einen riesigen Haufen Decken und Kissen zur Haustür rausschleppt. Ich befürchte allerdings eher, dass sich meine Sorgen verschlimmern werden, wenn ich mit meinen abgedrehten Eltern und depressiven Bäumen am Feuer sitze.

Wir fahren diesmal auf Wunsch von Papa in ein anderes Waldstück. Während er die unzähligen Taschen und Beutel aus dem Wagen hievt, stürzt Mama zuallererst auf den größten Baum am Parkplatz zu, um auch diesen »Hüter« zu begrüßen und sich erneut »mit dem Wald zu verbinden«. Ich winke ihm diesmal nur zu. Das muss reichen, denn ich finde, dass ich mit meiner Anwesenheit schon genug guten Willen zeige.

Mein Vater jedoch trottet zu dem großen Baum, um ihn mit seinen Händen zu berühren. Und ich bereue inzwischen meine Entscheidung, mitgekommen zu sein. Klara ist bestimmt schon längst zurück von ihrem Date mit Ben und hat mir ganz viel zu erzählen. Da fällt mir ein: In dem ganzen Durcheinander habe ich ganz vergessen, ihr zu schreiben, dass ich für eine Nacht im Wald festsitze. Das muss ich unbedingt noch machen. Außerdem ändere ich schnell meinen WhatsApp-Status: »Hey there! I'm using the Buschtrommel. Oder Rauchzeichen. Vielleicht finde ich auch eine Brieftaube.«

Dann trabe ich meinen Eltern hinterher in den Wald. Diesmal entscheidet sich Mama für die erstbeste Waldlichtung, von der aus man keine gefällten Bäume sehen kann. Glücklich breitet sie ihre Arme aus und dreht sich im Kreis. »Ist das nicht schön?«

Papa sieht sich angespannt um – seine Wildschweinangst ist ihm deutlich anzusehen – und zerrt das große Zelt aus der Hülle. Ich halte mein Handy in die Höhe, um zu checken, ob ich nicht doch ein bisschen Empfang habe.

»He, ihr müsst das mehr genießen!«, beschwert sich Mama prompt. »Eure Seelen strahlen ja gar nicht.« Sie sieht erst meinen Vater und dann mich an.

»Ich glaube, meine Seele würde mehr strahlen, wenn ich Internet hätte«, murre ich mit ausgestrecktem Arm.

Mama schüttelt missbilligend ihren Kopf. »Alleine die Fläche eures Fußabdrucks bietet Lebensraum für mehr Lebewesen, als es Menschen auf der Erde gibt. Das ist doch faszinierend.« Sie klingt schon wieder ganz ergriffen. Papa und ich gehen gar nicht darauf ein, während Mama liebevoll ein Blatt vom Boden aufhebt und es eingehend betrachtet. »Es sind die Stimmungsschwankungen der Bäume, die ihr hier spürt. Im Wald ist das Leben doch viel komprimierter als sonst. Alles ist viel intensiver.«

Ich stöhne auf. Bloß nicht noch mehr Stimmungsschwankungen! Mir reichen schon meine eigenen. Und so wie Papa sich permanent nach allen Seiten umschaut, sind ihm ebenfalls seine eigenen Gefühle genug. Wahrscheinlich beeilt er sich deshalb so mit dem Zelt. Als ob so ein bisschen Stoff eine Wildschweinfamilie aufhalten könnte ...

Das mit dem Zeltaufbau ist gar nicht so einfach. Mindestens fünf Mal muss Papa Mama umständlich wieder unter der Plane ausgraben. Wir brauchen locker vier Stunden, bis das Ding steht. Anschließend sind wir ziemlich hungrig, aber auch sehr stolz. Papa zündet für jeden von uns eine kleine Laterne an und ich überlege spontan, meinen WhatsApp-Status in »Beziehungsstatus: Ich gehe mit meiner Laterne« umzuändern. Jemand anders geht ja schließlich nicht mit mir. Ich seufze. Wenigsten ist das ganze Lenni-Schlamassel hier ganz weit weg.

»Warum wollt ihr eigentlich unbedingt in den Wald ziehen?«, frage ich, als wir endlich zu Abend essen. Dabei tunke ich Papas (ausnahmsweise mal leckeres) Vollkornbrot in die (ausnahmsweise mal leckere) Mango-Schafskäse-Paste.

Mama holt tief Luft. »In unserer materiellen Welt glauben wir immer, dass nur Besitz glücklich macht: ein großes Haus, ein tolles Auto, coole Klamotten. Deshalb ist es wichtig, sich zwischendurch mal zu fragen: Was brauche ich wirklich? Es ist doch eine tolle Vorstellung, hier frei im Wald zu leben. Im Einklang mit der Natur. Nicht jeden Dienstag die Mülltonnen rausstellen, jeden Tag die schrecklichen Nachrichten hören und ein Sklave seines Briefkastens sein. Hier können wir uns nur auf uns besinnen.«

Ich knurre. »Hurra! Zurück ins Mittelalter!« Für mich klingt diese Waldidee furchtbar.

Aber Mama scheint ganz überzeugt davon zu sein. »Denk mal an Gunni und Mystique. Die leben, seit Salem bei ihnen ausgezogen ist, in ihrem VW-Bus. Absolut frei und glücklich.«

»Aber ihr seid doch noch nicht in Rente so wie sie! Ich muss noch zur Schule! Und wovon sollen wir überhaupt leben? Was sollen wir essen? Nur noch Farn und Wurzeln?«

»Das haben Papa und ich schon besprochen. Papa könnte auch hier im Wald seine Trommeln zur Welt bringen und ich müsste nur einmal pro Woche ins Haus, die Cremes herstellen. Dann könnten wir auch einkaufen gehen.« Meine Eltern scheinen ihre Waldidee tatsächlich ernst zu meinen. Merken sie nicht, dass das kompletter Wahnsinn ist? Ich kann doch nicht im Wald leben!

Mit rasenden Gedanken im Kopf scharre ich mit meinen Füßen über den Waldboden. »Ganz ehrlich: Wenn ich im Wald lebe, halten mich alle für verrückt. Schon alleine, weil ich kein Internet mehr hätte, wäre ich ein Freak. Wir haben so einen in der Klasse. Gregor. Mit dem will auch keiner was zu tun haben.«

Mama nickt. »Da kannst du mal sehen, wie falsch die Menschen ihre Prioritäten setzen. Internet ist zum Leben überhaupt nicht notwendig.« Mit einem vielsagenden Gesichtsausdruck schaut sie von mir zu Papa, ganz nach dem Motto: »Vielleicht ist unsere Tochter doch nicht mehr zu retten!« Papa schaut sie ebenfalls betroffen an, greift dann zu seiner Trommel und beginnt, darauf herumzuklopfen. Mama steht auf. Obwohl ich keinerlei Rhythmus erkennen kann, fängt sie an, sich zu drehen. Sie schwingt ihre Arme in die Luft wie eine indische Tempeltänzerin. Ich finde, sie bewegt sich schön. Allerdings haben ihre Bewegungen überhaupt nichts mit Papas Getrommel zu tun. Ich kenne das schon. Das nennt sie spirituelles Tanzen. Das soll frei machen. Bei Mama scheint es sofort zu wirken. Plötzlich zieht sie sich das T-Shirt über den Kopf und schlüpft aus ihrem knöchellangen Rock. Jetzt wird's peinlich! Mit wackelnden Brüsten und nur noch mit einem verwaschenen Baumwollschlüpfer bekleidet, springt sie nun von einem Bein auf das andere. Das ist ihr »Krafttanz«. Er soll sich heilend auf Zustände der Verzweiflung auswirken.

Hoffentlich wirkt er schnell! Ich will mir das hier echt nicht länger anschauen!

Papa trommelt stur weiter. Ich aber sehe mich alarmiert um. Wenn jetzt jemand kommt, bin ich geliefert! Ich sehe Mama schon als neue YouTube-Lachnummer durch meine gesamte Schule kursieren. Wer weiß, wo das überall landet: im Fernsehen, weltweit! Danach könnten wir definitiv nur noch im Wald leben. Zurück in die Zivilisation würde ich mich gar nicht mehr trauen.

Nun fängt Mama auch noch an zu schreien: »Babanam Kebab« oder so. Dabei schwingt sie abwechselnd ihre Beine hoch in die Luft. Es wird immer schlimmer. Ich schaue auf mein Handy. Aber das stellt sich tot. Kann ich verstehen. Würde ich jetzt auch am liebsten! Plötzlich nehme ich von rechts Schatten wahr. Einen großen und einen kleinen. Sie pirschen sich durch das Unterholz heran. Der kleinere Schatten beginnt wild zu bellen, als er näher kommt. Ein Hund mit Herrchen.

Peinlich berührt krabbele ich rückwärts ins Zelt. Ich möchte echt nicht mit meinen Eltern gesehen werden. Papa trommelt, ohne seinen Blick zu heben, und Mama dreht sich weiter wild im Kreis. Dabei singt sie: »Babanam Kebab, Babanam Kebab, Babanam Kebab.« Immer schneller und schneller.

Der Spaziergänger und sein bellender Hund laufen eilig an ihnen vorbei. Als ich nach etwa zehn Minuten einen vorsichtigen Blick aus dem Zelt wage, werden Mamas Tanz allmählich ruhiger und Papas Getrommel langsamer. Bin ich froh! Gleich hören sie auf. Inzwischen dämmert es und die Bäume werfen lange Schatten.

So kann ich wenige Minuten später schon von Weitem ein blaues Licht durch die Bäume flackern sehen. Was ist denn das? Kurz darauf höre ich einen Motor brummen. Über den Waldweg, auf dem wir vorhin gekommen sind, fährt ein Streifenwagen. Ich unterdrücke ein Stöhnen. Das hat mir gerade noch gefehlt! Natürlich hält der Wagen unmittelbar neben unserem Zelt, zwei Beamte steigen aus – ein Mann und eine Frau – und laufen direkt auf uns zu. Papa legt seine Trommel zur Seite, Mama hört auf, sich im Kreis zu drehen, und wischt sich eine Haarsträhne aus ihrem verschwitzten Gesicht.

»Guten Abend!«, begrüßt sie die Beamten freundlich.

Die Frau in Uniform antwortet mit einem barschen »Ziehen Sie sich bitte etwas über«. So viel zum freien Leben in der Natur.

»Ist das Ihr Zelt?«, fragt die Polizistin weiter. Und ich denke: Von wem sollte es denn bitte sonst sein? Ich verkrieche mich schnell noch tiefer im Zelt, sodass ich nur noch durch einen schmalen Schlitz erkennen kann, was draußen vor sich geht.

»Das Zelten ist im Wald verboten!«, klärt die Polizistin meine Eltern auf. »Geben Sie uns mal Ihre Ausweise. Das gibt eine Anzeige.«

»Unsere Ausweise haben wir nicht dabei!«, beteuert Mama, während sie sich ihr Shirt überzieht und zurück in ihren Rock schlüpft.

Die Frau stemmt die Hände in die Seiten. »Sie wissen aber schon, dass Sie Ihren Ausweis immer bei sich tragen müssen? Dazu kommen noch Ihr sittenwidriges Verhalten und das unerlaubte Campieren im Wald. Auch noch in einem Naturschutzgebiet. Das wird teuer.« Mama zuckt erschrocken zusammen.

Nun greift die Polizistin nach einem Block und sagt: »Ihre Personalien, bitte.«

Mama sieht hilflos zu Papa, dann wieder zu der Polizistin mit dem Block. Ich drücke mich, so tief wie's geht, ins Zelt hinein, da ruft meine Mutter plötzlich energisch: »Cosi. Ruf unseren Anwalt an!«

Vorsichtig strecke ich meine Nase aus dem Zelt. »Unseren Anwalt?« Mir ist ganz neu, dass wir einen haben.

Mama sieht mich durchdringend an. »Ja, unseren Anwalt. Klaras Vater. Ohne ihn sage ich kein Wort.« Bis jetzt hat sie selten *mit* ihm ein Wort gesprochen, weil sie ihn für einen langweiligen Spießer hält. Aber diesen Kommentar verkneife ich mir jetzt.

»Ich hab doch keinen Empfang!«, erwidere ich stattdessen und halte Mama zum Beweis das Handy aus dem

Zelt. Plötzlich bin ich richtig froh, keinen Empfang zu haben. Ich hätte keine Lust, Klaras Papa zu erklären, dass meine Mutter gerade nackt im Wald tanzend von der Polizei erwischt wurde.

»Geben Sie uns doch erst einmal Ihre Personalien«, mischt sich nun zum ersten Mal der Polizist in das Gespräch ein, der zurückhaltend wirkt.

Mama kneift ihre Augen zusammen, dann plötzlich lacht sie laut auf. »Mensch, du bist es, Salem! Ich habe vor ein paar Tagen noch mit deiner Mutter über dich gesprochen. In der Uniform habe ich dich ja gar nicht erkannt. Wie geht's dir?«

Die Polizistin, die eben noch ganz sauertöpfisch geguckt hat, sieht nun ihren Kollegen überrascht an. »Du kennst die?« Wobei sie »die« so betont, als wären wir Außerirdische mit je fünf Köpfen.

Salem zuckt leicht mit den Schultern und nuschelt: »Das sind Freunde meiner Eltern.«

Ich stecke meinen Kopf aus dem Zelt. *Das* ist Salem? Der missratene Sohn von Gunni und Mystique?! Ich pruste beinahe laut heraus. Er ist Polizist! Und ich habe immer gedacht, er sei Gangster oder so.

Auch Salems Kollegin scheint das alles irre lustig zu finden. Sie gackert: »Hast du etwa solche Eltern?« Das finde ich nun allerdings ziemlich unverschämt. Salem offenbar nicht. Er nickt beschämt, dann holt er tief Luft. »Ein Spaziergänger hat uns darüber informiert, dass hier offenbar Wahnsinnige ihre Rituale abhalten. Also, Abatha, Herbert, ihr dürft im Wald nicht zelten, baut das bitte ab.« Er seufzt. »Außerdem gilt es als sittenwidrig, nackt durch den Wald zu tanzen, Abatha. Das weißt du.

Wenn ihr die ursprüngliche Natur erleben wollt, dann mindestens im Badeanzug oder Bikini.«

Seine Kollegin neben ihm kichert und kriegt sich gar nicht mehr ein. »Deshalb auch der merkwürdige Name. Salem!« Schon prustet sie wieder los.

Meine Mutter setzt ihre strenge Erklärermiene auf. »Salem bedeutet Frieden. Wir haben uns bei einem wunderschönen Namensritual gemeinsam dafür entschieden.« Nun legt sie bedächtig ihre Hände aufs Herz und die Polizistin haut's fast um vor Lachen.

Salem zieht seine Stirn in Falten. »Also, ihr baut bitte das Zelt ab. Wir sehen dann von einer Ordnungsstrafe ab.«

Seine Kollegin wischt sich derweil Lachtränen aus dem Auge und keucht: »Namensritual. Ich lach mich kaputt!«

Dann gehen sie gemeinsam zurück zu ihrem Einsatzwagen. Ich höre das Kichern der Polizistin, bis beide Türen ihres Wagens zuknallen.

Triumphierend sehe ich meine Eltern an. »Na also. Dann packen wir jetzt ein, oder?«

Doch Mama schüttelt den Kopf. »Jetzt? Wo es gerade so schön ist? Auf gar keinen Fall! Wir bleiben über Nacht und hauen dann morgen zeitig ab.«

Papa nickt. Und all meine Hoffnung, heute doch noch von Klara zu hören oder Laubirds letzten Tipp zu erfahren, werden mit den Trommelklängen im Wind verweht.

8

Sonntag

Mein persönlicher Countdown:
Trennung von Lenni: IIIII II I Tage
Ankunft Austauschschüler: IIIII IIII Tage
Laubirds In-einer-Woche-den-Ex-zurück-Plan erfüllt: IIIII (I)

Hallohalli, Cosi!«, flötet Klara ins Telefon. Obwohl ich sie gerade geweckt habe, klingt sie ziemlich fröhlich. Das spricht für ein erfolgreiches Date mit Ben.

»Bevor du mir von Ben erzählst, musst du bitte ausnahmsweise Laubird für mich spielen. Ich hab hier nicht genug Empfang.«

»Hä, wo bist du denn?« Sie klingt jetzt fast ein bisschen besorgt.

Ich seufze. »Lange Geschichte, erzähl ich dir später.«

»Okay.« Sie räuspert sich. »Den Tipp habe ich mir gestern noch angeschaut. Laubird sagt: Geh auf ihn zu und fass ihn an!«

»Fass ihn an?!?« Ich glaube, ich höre nicht richtig. »Wie soll ich ihn denn anfassen?« Schließlich kann ich schlecht auf Lenni zugehen und ihn streicheln wie den Hund von Klaras Tante Vero.

Meine Freundin druckst herum: »Ja ... also ... ganz ehrlich: Das habe ich auch nicht so richtig verstanden.

Vielleicht könntest du ihm einfach mal freundschaftlich auf die Schulter klopfen ...?« Freundschaftlich auf die Schulter klopfen?! Oh Mann. »Was hat Laubird denn genau gesagt?«, hake ich bei Klara nach.

»Dass man beispielsweise seine Hand nehmen oder ihn zufällig im Vorbeigehen streifen soll. Man kann ihn auch während eines Gesprächs unauffällig berühren. Egal, wie. Hauptsache, er spürt dich. Das schafft angeblich Nähe«, erklärt meine Freundin. Ihre Zweifel an diesem letzten Tipp sind förmlich greifbar. Wie Motten flattern sie aus dem Handy-Lautsprecher und umschwirren meinen Kopf. Mir wird ganz schwindelig.

In diesem Moment lehnt meine Mutter vom Beifahrersitz aus ihren Kopf gegen Papas Schulter, der sofort beginnt, liebevoll ihre kunstvoll zusammengeflochtenen Haare zu streicheln. Das schafft Nähe. Sofort stelle ich mir vor, wie ich meinen Kopf an Lenni schmiege und wie er mir dann zärtlich über den Kopf streicht. »Du könntest ja auch ganz aus Versehen in ihn reinrennen«, schlägt Klara nun vor. Zack!, ist mein schönes Bild aus dem Kopf.

»Klärchen, ich glaube, das hat Laubird nicht gemeint.«

»Aber das ist zumindest schön unauffällig«, überlegt meine Freundin weiter. »Außerdem finden Jungs tollpatschige Mädchen niedlich!«

»Ich habe mich in letzter Zeit so was von tollpatschig benommen. Das sollte reichen, damit er mich für den Rest unseres Lebens niedlich findet«, erwidere ich und lasse meinen Kopf gegen das Autofenster sinken.

Klara sagt gar nichts. Weil es bei mir und Lenni so mies läuft, traut sie sich wahrscheinlich nicht, von ihrem Treffen mit Ben zu erzählen. Stattdessen versucht sie, mich aufzumuntern: »Bis jetzt hast du doch alle Tipps super gemeistert.«

»Welchen Tipp genau meinst du?«, frage ich. Von »super gemeistert« kann man bei keinem einzigen sprechen.

Klara druckst herum. »Na ja, irgendwie hat's ja schon immer hingehauen.« Insgeheim bin ich mir sicher, dass Klara genau weiß, dass meine Laubird-Nummer insgesamt eine ziemliche Pleite war. Prompt sagt sie nun auch: »Aber schlimmer kann es jetzt doch nicht mehr werden.«

»Danke, Klara!« Ich seufze und dabei bekomme ich einen dicken Kloß im Hals. Sieben Tage Blamage und meinen Ex habe ich immer noch nicht zurück!

Nun sagt meine Freundin erst einmal gar nichts mehr. Sie denkt nach, dann meint sie: »Weißt du, Cosi, ich habe genau beobachtet, wie Lenni dich neulich angesehen hat. Du darfst jetzt nicht aufgeben! Das wird schon noch!«

Ich seufze erneut. Klara hat gut reden. Um mal kurz auf ein anderes Thema zu kommen, frage ich: »Hat sich wenigstens jemand für die Supersexyflauschimaus gemeldet?« Dabei befreie ich einen erstaunlich langen Zweig aus meinen verknoteten Haaren.

Klara schnauft. »Das weiß ich doch nicht. Schließlich kommen die Mails nur bei ihr an. Ich kann nur gucken, wer sich ihr Profil angeschaut hat, und das waren definitiv keine ernst zu nehmenden Kandidaten. Alles Männer um die hundert, die braun gebrannt vor irgendwelchen Jachten sitzen, die garantiert nicht ihnen gehören. Dazu noch ein paar Irre, die schon auf den Profilbildern nackt posieren.« Klara schüttelt sich. »Dafür bombardiert sie meinen Vater weiter mit Sehnsuchtsnachrichten, auf die er bis jetzt allerdings noch nicht geantwortet hat.«

»Oh Mann!«, stöhne ich laut.

Meine Mutter dreht sich ruckartig um und schaut mich dann vorwurfsvoll an. »Cosi? Hängst du etwa schon wieder am Handy? Wir wollten das doch hier als Familie genießen!«

»Das ist wichtig und es ist Klara!« Demonstrativ drehe ich meinen Kopf zur Seite und frage hinter vorgehaltener Hand: »Und wie war es mit Ben?«

Auf diese Frage hat mein Klärchen natürlich nur gewartet! Sie erzählt, ohne zwischendurch einmal Luft zu holen, von der wahnsinnig tollen Verabredung. Wie sie sich diesen riesigen Eisbecher für zwei geteilt haben und wie er sie anschließend auf seinem Skateboard zu seinem Lieblingsplatz im Park geschoben hat. »Ganz romantisch. Da liegt unter einer Brücke ein Baumstamm im Wasser. Da haben wir uns draufgesetzt, die Füße im Wasser baumeln lassen und geredet. Wie sehr ihn die Trennung seiner Eltern getroffen hat. Und dass er deshalb sogar ein Schuljahr wiederholen musste – obwohl er eh schon später eingeschult wurde, weil er mit seinen Eltern ein paar Jahre in Spanien gelebt hatte und nur noch Spanisch sprach. Deshalb ist er auch so viel älter als wir. Aber weißt du, was das Süßeste war? Er hat mir versprochen, alles zu tun, was er kann, um mit mir die Ehe meiner Eltern zu retten. Lieb, oder? Ich kann mit Ben fast wie mit einer Freundin reden. Ich habe mich noch nie so viel mit einem Jungen unterhalten.« Ich nicke und weiß genau, wie sie sich fühlen muss. Wie auf

Wolke sieben eben! Leider muss Klara dann auflegen, weil sie wie jeden Sonntag ein Basketballspiel hat. Aber sie verspricht: »Am Nachmittag komme ich zu dir. So gegen fünfzehn Uhr bin ich da. Bis später!«

Als wir zu Hause ankommen, feuere ich meinen Rucksack samt Inhalt in die Ecke und springe erst einmal unter die Dusche, wo ich mich extralange mit meinem Kirschblüten-Duschgel einschäume. Anschließend putze ich mir die Zähne – und zwar mit meiner schön chemischen Dreifach-frisch-Zahnweiß-Zahnpasta, die ich mir von meinem Taschengeld gekauft habe. Danach fühle ich mich ein bisschen besser. Ich rolle meine Yogamatte aus und beginne mit dem Sonnengruß. Ein bisschen Dehnen und Strecken tut mir jetzt gut. Immerhin habe ich die vergangene Nacht auf einer hauchdünnen Isomatte verbracht. »Der Horror!«, finde ich. »Naturnah!«, meint Mama.

Als ich einen Blick auf meine Arme werfe, fällt mir ein, dass ich dringend meinen Status ändern muss in: »Heute im Wald geschlafen. 1 367 Mücken gefällt das.« Das Leben im Wald ist wirklich eine Katastrophe. Ich schnappe mir Lennis Sweatshirt und atme tief ein. Leider riecht es inzwischen kaum mehr nach ihm. Umso mehr hoffe ich, dass ich bald wieder am ganzen Lenni schnüffeln kann und nicht mehr bloß an seinem Pulli ...

Dann werfe ich mich auf mein Bett und beginne auf YouTube zu stöbern. Schließlich war ich jetzt mindestens 15 Stunden nicht online. Während ich mir die neuesten Videos anschaue, futtere ich genüsslich die restlichen Gummibärchen, die Klara und ich gestern nicht geschafft haben. Es wäre ein richtig gemütlicher Sonntag – wenn ich nicht immer an Lenni denken müsste.

Und an meinen heutigen Auftrag. Ich soll ihn *anfassen* ... Das ist nun definitiv der schwierigste Tipp von allen! Schon alleine weil Sonntag ist. Das hat Laubird bei ihrem Plan nicht bedacht: Man hat seinen Ex ja normalerweise nicht ständig um sich.

Lenni beispielsweise ist heute beim Tennis, das weiß ich, da seine Mannschaft in der vergangenen Woche auswärts angetreten ist. Deswegen spielt sie in dieser Woche in seinem Verein im Nachbarort. Da könnte ich natürlich prima hinradeln und ihm nach dem Match die Hand schütteln. Zur Gratulation. Oder ihm mitfühlend auf die Schulter klopfen, falls er verloren hat. Aber das ist erstens bestimmt nicht das, was Laubird gemeint hat. Und zweitens würde er sich fragen, was ich überhaupt dort mache ...

Ich müsste ihm also am besten nach dem Spiel *zufällig* über den Weg laufen. Aber was soll ich denn zufällig in dem Kuhkaff, in dem sein Tennisverein ist? Da gibt es nur den Verein, etwa dreißig Häuser und eine Bäckerei – also keinen einzigen Grund für mich, dort zu sein. Nachdenklich rufe ich noch einmal Laubirds neuestes Video auf. Es wäre wesentlich leichter, Laubirds Tipp einfach morgen in der Schule umzusetzen. Da könnte ich Lenni dann tatsächlich mal unauffällig streifen. Aber womöglich ist das richtige Timing enorm wichtig?!

Das findet auch Klara, als sie pünktlich um 15 Uhr bei mir vor der Tür steht. »Nein, Cosi, das machst du auf jeden Fall heute. Wir müssen nämlich sowieso dahin.«

»Ach echt?« Überrascht sehe ich meine Freundin an. Dabei fällt mir auf, dass sie ziemlich angeschlagen aussieht. Heute Morgen klang sie doch noch so fröhlich! »Alles in Ordnung?«

Klara kneift die Lippen zusammen und schüttelt den Kopf.

Wir gehen in die Küche. Durch die Terrassentür sehen wir meine Eltern meditierend im Garten stehen. Papa trägt knallorangefarbene Boxershorts. Mama wieder nur ihren verwaschenen Schlüpfer. Dabei brummen sie monoton vor sich hin.

Klara legt ihren Kopf schief. »Was machen die da?«

»Sie müssen sich wohl von dem Schock im Wald erholen«, erkläre ich achselzuckend, während ich uns selbst gemachten Holundersirup mit Wasser eingieße.

Klara beißt sich auf die Unterlippe und fragt: »Schon wieder Wildschweine?«

»Nein, die Polizei.« Nun muss Klara kurz grinsen, aber dann wird sie gleich wieder ernst. Sie kramt ihr Telefon aus der Tasche. »Hier! Lies mal!« Dabei hält sie mir den gehackten WhatsApp-Chat von Flauschi und ihrem Vater unter die Nase.

Darin schreibt Flauschi: »Ich habe genug davon, an den Wochenenden alleine herumzusitzen, während du deiner Familie den treusorgenden Mann vorspielst.« Oha!

Klaras Vater: »Lass uns da bitte am Montag drüber sprechen. Du bist jetzt doch eh bei deinem Spiel.«

Flauschi: »Das geht bis exakt 16 Uhr. Danach will ich dich sehen.« Sofort sehe ich auf die Uhr. Klara räuspert sich und deutet mit ihrem Kopf zum Handy. Ich soll weiterlesen.

Klaras Vater: »Das werde ich nicht schaffen. Ich bin mit meiner Tochter unterwegs.«

Ich wende mich Klara zu: »Das ist doch gelogen! Dein Spiel ist ja längst vorbei.«

Klärchen deutet wieder zum Handy: Ich soll weiterlesen! Flauschi: »Wenn deine Tochter hört, was ihr Vater so treibt, hat sie unter Umständen gar keine Lust mehr, mit dir unterwegs zu sein ...« Darauf hat Klaras Vater nicht mehr geantwortet.

»Au Backe!«

Mit zitternden Händen nimmt Klara ihr Glas und trinkt einen großen Schluck. Über dem Glasrand erkenne ich ein feuchtes Schimmern in ihren Augen. Hilflos streichele ich meiner Freundin über den Arm. Als sie das Glas wieder absetzt, kramt sie noch einmal in ihrer Tasche und zieht einen Umschlag hervor.

»Post von Ben?«, freue ich mich.

Klara schüttelt vehement den Kopf. »Nein! Diesmal ist es Post von mir. Ich habe Flauschi einen Brief geschrieben.«

»Einen Brief?!« Genauso gut hätte sie sagen können, sie hätte Flauschi eine Nachricht in die Höhlenwand gekratzt. Wer schreibt denn bitte heute noch Briefe? Ich meine: außer Ben.

Klara rechtfertigt sich sofort: »Was anderes hilft uns nicht weiter. Auch diese Kontaktanzeige bringt gar nichts, wenn sie nur hinter meinem Papa her ist. Deshalb habe ich gedacht: Vielleicht hilft im echten Leben nur echtes Leben. Nicht dieser ganze Internet-Kram. Sondern ein Brief zum Anfassen. Deshalb habe ich ihr geschrieben. Willst du ihn lesen?«

Anstatt einer Antwort öffne ich den Briefumschlag. Dort steht:

Liebe Frau Briesnitz,

es fällt mir nicht leicht, Ihnen zu schreiben, aber ich habe keine Ahnung, was ich sonst tun soll. Ich weiß, dass Sie eine Beziehung mit meinem Vater haben. Auch wenn er nicht weiß, dass ich es weiß.

Ich bitte Sie: Lassen Sie meine Familie in Ruhe. Ich möchte nicht, dass meine Familie zerbricht. Mein Freund ist ein Trennungskind. Und obwohl die Trennung seiner Eltern bereits zwei Jahre her ist, leidet er noch sehr darunter. Möchten Sie wirklich eine Familie auf dem Gewissen haben? Ist es Ihnen das wert? Bitte, zerstören Sie nicht meine Familie!

Hochachtungsvoll,

Klara Bentheim

Das muss ich erst einmal sacken lassen.

»Ist es nicht gut?«, fragt Klara verunsichert.

»Doch. Aber es ist ganz schön heftig.« Vorsichtshalber lese ich den Brief ein zweites Mal. Dann bin ich sicher: »Das wird sie bestimmt zum Nachdenken bringen.«

Klara schaut erst hoffnungsvoll zu mir und dann besorgt auf die Uhr. »Wir müssen los.«

Ich nicke. Während meine Eltern noch immer brummend im Garten stehen, steigen wir mit Herzklopfen auf unsere Fahrräder. Dabei kann ich gar nicht sagen, was mich nervöser macht: die Briefübergabe an Flauschi oder die Begegnung mit Lenni. Beides ist ziemlich heikel – und für meinen Geschmack viel zu spontan.

»Willst du ihr den Brief in den Briefkasten werfen oder ihn ihr persönlich geben?«, frage ich, während wir nebeneinander die Landstraße entlangfahren.

Klara sieht mich unglücklich an. »Ich weiß nicht. Wenn

ich ihn ihr gebe, kann ich wenigstens sicher sein, dass sie ihn bekommen hat. Allerdings weiß ich nicht, ob ich mich das traue.« Das verstehe ich. Obwohl es nicht so schrecklich kühl ist, habe ich das Gefühl, ein kalter Schauer läuft mir über den Rücken. Der Himmel ist grau bewölkt. Ich hoffe, es fängt nicht auch noch an zu regnen.

Ich sehe zu Klara rüber, die verbissen auf den Asphalt starrt und bestimmt die ganze Zeit darüber nachgrübelt, wie sie die Briefübergabe am besten über die Bühne bringt. Ich möchte jetzt nicht in ihrer Haut stecken. In meiner allerdings auch nicht.

Klara schaut auf ihr Handy. »Oh, Cosi, schon Viertel vor! Wir müssen uns beeilen.« Dann beugt sie ihren Oberkörper nach vorne und beginnt, kräftiger in die Pedale ihres Rennbikes zu treten. Schwupps! – ist sie weg. Ich komme auf meinem quietschenden Uralt-Rad kaum hinterher. Aber immerhin wird mir durch mein Gestrampel nun endlich warm.

Als wir vor Flauschis Haus abrupt zum Stehen kommen, geht ihr Atem nur minimal schneller, während ich rassele wie eine texanische Klapperschlange.

»Ich hab's mir überlegt: Ich werfe den Brief nur ein. Ich will sie gar nicht sehen.« Ich nicke und lehne mich schlapp auf meinen Lenker.

Trotz ihrer Anspannung unterdrückt Klara ein Grinsen. »Du solltest mal richtig Sport treiben und nicht immer nur Yoga.«

»Das liegt nur an deinem Rad. Fahr du mal mit meinem!«

Nun muss Klara laut auflachen. »Ja klar!« Dann wird

sie wieder ernst. »Okay, es ist kurz vor vier. Du passt auf, dass sie nicht kommt. Und ich werfe schnell den Brief ein.«

Ich schaue zum Haus. Als ich die Mülltonne sehe, die noch immer neben dem Weg steht, zieht sich mein Magen zusammen. Deshalb steuere ich meinen Blick lieber zu den Briefkästen. Sie sind direkt neben der Eingangstür.

Da ruft plötzlich jemand: »Hey, Cosi! Klara! Hallo!«

Verwundert sehen Klara und ich uns um. Auf der anderen Straßenseite steht Gregor und winkt uns so heftig und erfreut zu, dass der ganze Gregor wackelt. Ich hebe nur schwach meine Hand, leider bin ich zu mehr kräftemäßig gerade nicht in der Lage. Auch Klara winkt nur halbherzig zurück. Bei ihr liegt es allerdings nicht an der fehlenden Kraft.

Sie zischt: »Hoffentlich kommt er jetzt nicht zu uns rüber.«

Aber da muss sie keine Sorge haben, denn prompt kräht eine schrille Stimme: »Gregor, du Schlafmütze. Was trödelst du denn schon wieder so rum? Sag bloß, du kennst diese Mädchen? Das sind die, die neulich unseren Müll durchsucht haben! Halt dich bloß fern von solchem Gesindel! Los, komm weiter!«

Es ist doch tatsächlich die giftige Alte von neulich, die vor dem Eingang ihrer Ruine steht und wütend in Gregors Richtung schaut. Ist das etwa Gregors Oma? Ach du liebe Güte! Gregor schaut erst stirnrunzelnd zu ihr, zuckt dann in unsere Richtung entschuldigend mit den Schultern und hebt zwei viel zu schwere Einkaufstaschen zu seinen Füßen auf.

Mit den Tüten schleppt er sich über den Gehweg. Erst am halb verfallenen Jägerzaun dreht er sich noch einmal traurig zu uns um.

Sofort keift die Alte wieder los: »Nun komm schon! Dir kann man heute ja im Gehen die Schuhe besohlen.«

Dann verschwindet Gregor im Haus. Klara und ich starren ihm fassungslos hinterher, bis die Tür hinter ihm zufällt.

»Da wohnt Gregor?« Mehr kann Klara gerade nicht sagen. Sie ist genauso entsetzt wie ich und presst ihre Hand vor den Mund. Einen kurzen Moment vergisst sie sogar, weshalb wir eigentlich hier sind. Wir wussten zwar, dass Gregor bei seiner Oma wohnt. Darüber haben sich ein paar aus unserer Klasse ja auch immer mal wieder lustig gemacht. Ganz besonders Lilly. Aber irgendwie habe ich dabei immer an eine liebe Omi gedacht – mit weißen Kringellocken und Strickzeug in der Hand. Nicht an einen solchen Drachen.

Kopfschüttelnd nimmt Klara ihre Hand wieder vom Mund. »Der Arme!«

»Jetzt weiß ich auch, warum Gregor immer so riecht. Wahrscheinlich gibt's in der Ruine nicht mal fließendes Wasser!«

Klara zieht ihre Augenbrauen hoch. »Jetzt übertreibst du aber, Cosi. Das Haus hat bestimmt ein Bad. Aber so wie seine Oma aussieht, will sie garantiert Wasser sparen. Oder so.« Das glaube ich sofort. Die spart schließlich auch an seiner Kleidung, seinem Essen, seiner Schultasche. An vermutlich allem. Sogar an der Hausreparatur. Während ich noch immer auf das heruntergekommene Haus starre und darauf hoffe, dass es sich plötzlich in ein kleines Schloss verwandelt und der fiese Drache in eine gute Fee, stupst Klara mich an. »Wenn wir das mit Flauschi und Lenni erledigt haben, kümmern wir uns um Gregor. Da fällt uns garantiert was ein. Aber jetzt ist es kurz nach vier. Jetzt müssen wir uns beeilen.«

Klara hat recht. Reflexartig schiele ich in Richtung Tennisclub. Noch ist niemand zu sehen. Aber gleich wird Lenni da mit seinem Rad rauskommen und ich habe noch keine Ahnung, wie ich es schaffen soll, ihn anzufassen. Wahrscheinlich kann ich ihm allerhöchstens aus der Ferne zuwinken, so spät sind wir jetzt schon dran.

»Du passt auf!«, befiehlt Klara, dann nimmt sie alle drei Stufen auf einmal zu Flauschis Haus und stellt sich vor den Briefkasten. »Briesnitz, Briesnitz, Briesnitz ...«, murmelt sie dabei vor sich hin. Ich will ihr gerade zurufen, wie merkwürdig es ist, dass Flauschi und Lenni da gerade zusammen im Tennisclub sind, da öffnet sich plötzlich die Haustür.

Klara und ich zucken ertappt zusammen. Dann reiße ich ungläubig Augen und Mund auf, denn in der Tür steht nach Gregor die zweite Überraschung des Tages.

»Ben!«, ruft Klara heiser.

»Klara!«, ruft Ben ebenso erstaunt.

»Hallo!«, rufe ich vom Gehsteig aus.

Klara und Ben stehen sich unsicher gegenüber. Doch dann entdeckt Ben den Brief in Klaras Hand und er strahlt sie an. »Oh! Hast du mir einen Brief geschrieben?«

Mit eisiger Miene schüttelt Klara ihren Kopf und versteckt den Brief hinter ihrem Rücken. Was total unsinnig ist, da er den Brief ja nun eh schon gesehen hat. Dementsprechend irritiert sieht Ben sie an. Ich kann förmlich sehen, wie es in Klaras Kopf rattert. Allerdings frage ich mich, was es da zu rattern gibt. Ben wohnt eben auch in diesem Haus. Na und? Sie kann ihm doch sagen, dass sie der Geliebten ihres Vaters einen Brief geschrieben hat und dass die ausgerechnet auch in diesem Haus wohnt. Aber Klara sagt keinen Mucks. Steht nur wie erstarrt vor den Briefkästen.

Dabei sollte sie sich allmählich beeilen. Von rechts nähern sich nämlich gerade Flauschi und ein humpelnder Junge, der – jetzt rutscht mir das Herz in die Hose! – wie Lenni aussieht. Er hat einen Gipsfuß und geht an Krücken. Lenni? Wie hat er das denn angestellt? Gestern im Skaterpark war doch noch alles in Ordnung! Am liebsten würde ich ihm sofort entgegenlaufen und fragen, was passiert ist. Aber nach seinem ablehnenden Verhalten gestern traue ich mich das nicht. Stattdessen stehe ich nun ebenso stocksteif da wie Klara und räuspere mich laut in ihre Richtung. Klara bemerkt das nicht mal. Sie starrt nur Ben an. Deshalb räuspere ich mich noch einmal lauter.

Ben, der bis eben noch verständnislos zu Klara geschaut hat, guckt nun zu mir. »Alles okay, Cosi?«

Daraufhin dreht sich auch Klara endlich um. Ich deute heftig mit dem Kopf in Lennis und Flauschis Richtung. Jetzt passiert alles gleichzeitig, ich wappne mich für meine erste Lenni-Berührung seit unserer Trennung vor über einer Woche.

Als Lenni mich entdeckt, bleibt er abrupt stehen. So als würde er seinen Augen nicht trauen. Kein Wunder. Wahrscheinlich überlegt er sich, was ich bloß immer mit dieser Mülltonne haben könnte, dass ich schon wieder hier herumlungere. Demonstrativ trete ich deshalb einen Schritt von der Tonne weg und Lenni beginnt ein superangeregtes Gespräch mit seiner Trainerin. Die beiden sind inzwischen so nah, dass ich bereits ihr Lachen hören kann.

Immerhin erwacht Klara nun endlich aus ihrer Starre. »Du wohnst hier?«, fragt sie mit einem seltsam lauernden Unterton in der Stimme.

Ben nickt und scheint etwas verwundert über Klaras Tonfall.

Klara schaut auf die Briefkästen und setzt ihr Verhör fort. »Aber dein Name steht doch nirgends dran.«

Ben lächelt wieder. »Ach, das ist die doofe Hausverwaltung. Sie haben meinen Namen auf dem Schild vergessen. Aber wir dürfen ihn auf gar keinen Fall selbst dazuschreiben. Weil ja alles ganz einheitlich und ordentlich aussehen soll.« Demonstrativ rollt Ben mit den Augen, dann lächelt er wieder. »Aber was macht ihr hier?«

Noch ehe Klara etwas entgegnen kann, haben Lenni und Flauschi uns erreicht. Flauschi sieht Ben überrascht an. »Nanu, ich dachte, du bist bei deinen Kumpels?«

»Hi, Mum!«, begrüßt Ben sie. »Ich wollte gerade los.«

Jetzt machen Lenni und ich tellergroße Augen. *Mum?!* Flauschi ist Bens Mutter?!

Klara presst ihre Lippen aufeinander und ich verstehe sofort: Sie hat es offenbar schon geahnt. Deshalb hat sie so komische Fragen gestellt. Aber … ich begreife noch nicht ganz: Ben heißt doch Eggert mit Nachnamen!

Während Lenni und ich offenbar als Einzige hier von dieser Nachricht von den Socken sind, scheint Flauschi von der allgemeinen Überraschung und Anspannung nichts zu merken. Sie schaut fröhlich in die Runde und sagt: »Ich muss gleich weiter. Schließlich habe ich Lennis Eltern versprochen, ihn nach Hause zu fahren. Er hat sich leider gestern verletzt und konnte heute nicht mitspielen. Aber er wollte uns wenigstens anfeuern. Stimmt's, Lenni?«

Wie auf Befehl nickt Lenni. Dabei tanzen unzählige Fragezeichen um seinen Kopf. Sein Klassenkamerad Ben ist Flauschis Sohn, deshalb lungern anscheinend auch Klara und ich neuerdings häufiger hier rum. Bleibt für ihn wahrscheinlich nur noch die Frage, was ich in Bens Mülltonne gesucht habe ...

Flauschi beginnt, in ihrer Handtasche zu kramen, und zückt ihren Hausschlüssel. Dann schaut sie zu Ben. »Wann bist du heute Abend zurück?« Dabei macht sie schon einen Schritt in Richtung Tiefgarage.

Ben holt tief Luft, dann nimmt er Klaras Hand und sagt: »Mum, das ist meine Freundin Klara.«

»Das ist deine Freundin?« Flauschis blaue Augen leuchten erfreut auf. Sofort lässt sie ihren Schlüssel zurück in die Tasche fallen und geht auf Klara zu, um ihr die Hand zu schütteln. Fehlt nur noch, dass sie sie gleich umarmt!

Klara macht vor Schreck einen Schritt nach hinten, bis sie gegen die Briefkästen stößt. Eine herzliche Umarmung von Flauschi ist sicherlich das Letzte, was meine Freundin jetzt möchte.

Flauschi jedoch ist ganz aus dem Häuschen vor Freude: »Mensch, Klara, das ist ja toll! Dann muss es Ben aber heftig erwischt haben, wenn er dich sogar vorstellt.« Dabei zwinkert sie ihrem Sohn schelmisch zu.

Ich schaue von Flauschi zu Klara und zu Ben. Meine Freundin tut mir leid. Ihr fällt es sichtlich schwer,

Flauschis herzlichen Händedruck zu erwidern. Auch ihr Lachen sieht aus, als hätte sie fürchterliche Zahn-, Kopf-, Bauch- und Halsschmerzen. Alles zusammen. Das ist ja auch kein Wunder: Ausgerechnet die Mutter ihres Freunds entpuppt sich als die Geliebte ihres Vaters. Schlimmer geht's ja gar nicht!

Trotzdem darf ich bei all dem Wirrwarr nicht vergessen, dass ich selbst noch einen Auftrag habe: Ich muss doch Lenni anfassen! Was für ein Glück, dass er zu mir gekommen ist. Da scheint mir das Universum heute ausnahmsweise mal helfen zu wollen. Auch dass er sich den Fuß verletzt hat, ist gar nicht schlecht. So könnte ich ihm eine Hand auf die Schulter legen und fragen, wie das mit dem Fuß passiert ist. Ganz unauffällig könnte ich so Körperkontakt herstellen. Nervös sehe ich zu ihm rüber. Wie er dasteht mit seinem verbundenen Fuß.

Mit einem warmen Bauchkribbeln wende ich mich ihm zu. Doch noch ehe auch nur die äußerste Spitze meines Zeigefingers sein Shirt berührt hat, weicht er erschrocken zurück. Leider hat er die kleine Hecke nicht gesehen, die direkt hinter ihm angepflanzt ist. Und weil er ohnehin ein bisschen wackelig auf den Füßen steht, verliert Lenni das Gleichgewicht und stürzt rücklings in das frisch angelegte Beet.

Ich schreie auf: »Oh nein!« Dann stürze ich Lenni hinterher, um ihm wieder auf die Füße zu helfen.

Er jedoch sieht mich entsetzt an und rutscht mit panischem Gesichtsausdruck und reichlich unbeholfen auf seinem Hintern von mir weg bis zu der Mülltonne, aus der ich neulich gesprungen bin. An der zieht er sich mühsam hoch.

Flauschi eilt ihm zu Hilfe. »Hast du dir wehgetan? Was ist denn passiert?«, fragt sie besorgt.

Lenni schüttelt wortlos den Kopf und klopft sich, so gut es geht, den Dreck von der Hose.

Und ich fühle, dass sich mein Herz heftig zusammenkrampft. Was habe ich ihm denn getan, dass er so gar nichts mehr mit mir zu tun haben möchte? Langsam gehe ich einen Schritt in Richtung Straße. Im Augenwinkel fange ich Klaras Blick auf. Obwohl sie ja nun selbst gerade genug zu verarbeiten hat, schaut sie mich fragend an. Sie versteht offensichtlich auch nicht, was mit Lenni los ist.

Nur Flauschi bekommt von alldem nichts mit. Sie lacht laut auf. »Wisst ihr: Wenn wir schon mal alle so nett beisammenstehen, kann ich euch auch gleich mal einander vorstellen: Ben, das ist Lenni, einer meiner besten Spieler. Und Lenni, das ist Ben, mein Sohn, der leider seit zwei Jahren überhaupt keine Lust mehr hat, Tennis zu spielen, und nur noch auf seinem Skateboard unterwegs ist.« Sorgenvoller Blick zu Lennis Fuß. »Dabei ist skateboarden so gefährlich. Lenni hat sich dabei gestern seinen Knöchel verknackst.«

Ben hebt seine Hand in Lennis Richtung. »Wir kennen uns, Mum. Wir gehen in eine Klasse.«

»Ach wirklich?«, ruft Flauschi und klatscht begeistert in die Hände. »Na, das ist ja ein toller Zufall!«

Ben findet diesen Zufall ganz eindeutig nicht ganz so toll. Mit genervter Miene erklärt er. »Wenn du ab und zu mal zum Elternabend gegangen wärst, hättest du diesen Wahnsinnszufall vermutlich längst aufgedeckt.«

Flauschi schaut schulterzuckend in die Runde. »Ich

hab's nicht so mit solchen Schulveranstaltungen.« Dann sieht sie in meine Richtung. »Und wer bist du?«

Ich muss schlucken, damit ich möglichst normal klinge. »Ich bin Cosi. Klaras Freundin.« Fast hätte ich gesagt: »Und ich möchte jetzt bitte sofort nach Hause!« Der Schock über Lennis ablehnendes Verhalten sitzt mir heftig in den Knochen und im Grunde wundert es mich, dass ich überhaupt einen halbwegs locker dahingesagten Satz rausbekommen habe. Es bereitet mir regelrecht körperliche Schmerzen, hier neben Lenni zu stehen und so zu tun, als wenn nichts wäre. Lenni verhält sich ja, als hätte ich eine ansteckende Krankheit. Wahrscheinlich hat er Angst, ich würde mich an ihm festkletten und ihn nie wieder loslassen.

Flehend sehe ich Klara an, dass wir bitte gehen sollen. Denn ich will sie ja auch nicht alleine hier stehen lassen. Schließlich muss sie noch die Sache mit dem Brief erledigen. Da holt meine Freundin tief Luft und stellt sich so gerade hin, dass sie locker fünf Zentimeter größer wirkt. Dann spricht sie Flauschi zum ersten Mal direkt an: »Ja, das ist wirklich schade, dass Sie nicht zu Schulveranstaltungen gehen. Sonst hätten Sie auch meine *Mutter* kennengelernt. Meinen *Vater* kennen Sie ja schon.«

Flauschi sieht Klara verständnislos an. Nun begreift jedoch Ben und ihm entgleiten die Gesichtszüge. Als Klara dann auch noch den Brief hinter ihrem Rücken hervorholt und ihn kommentarlos seiner Mutter reicht, beißt er sich auf die Unterlippe und macht spontan einen Schritt auf Klara zu, um auch ihre andere Hand in seine zu nehmen. Ben scheint das auch zu wissen mit dem Körperkontakt, der Nähe schafft. Dabei wird er ganz blass – es ist ihm deutlich anzusehen, dass es ihm ebenfalls gerade den Boden unter den Füßen weghaut.

Sobald Klara der verblüfften Flauschi den Brief in die Hand gedrückt hat, reißt sie sich von Ben los, nimmt wieder mit einem Sprung alle drei Stufen auf einmal und ruft: »Komm, Cosi, wir hauen ab.«

Wir haben uns gerade auf die Räder geschwungen, da rollt über die Hauptstraße ein silberner BMW heran. Plötzlich bremst er etwa zehn Meter vor uns mit quietschenden Reifen, wendet dann hektisch und rast mit Vollgas zurück in die Richtung, aus der er gekommen ist. Ich weiß genau, wer das war, und Klara weiß es auch. Sie presst die Lippen aufeinander und blinzelt, um die Tränen aus den Augen zu drücken. Völlig kopflos rast sie über die Straße, sodass ich ihr schon wieder kaum folgen kann. Jetzt spüre ich die Kälte nicht mehr.

Stattdessen schwitze ich und mein Herz hämmert, als hätte es sich plötzlich verhundertfacht und überall im Körper verteilt. Das ist einfach alles zu schrecklich. Lenni will sich nicht einmal von mir anfassen lassen. Damit ist Laubirds Plan nun endgültig gescheitert. Und Klaras Ben ist ausgerechnet Flauschis Sohn. Das ist wie der schlimmste Albtraum.

Erst kurz vor unserer Stadt fährt Klara endlich langsamer. »Ich fasse es nicht!«, höre ich sie schimpfen. »Ich fasse es nicht, ich fasse es nicht, ich fasse es nicht!«

Plötzlich bleibt Klara so abrupt stehen, dass ich eine Vollbremsung machen muss, um nicht von hinten in sie reinzudonnern. Dann dreht sie sich um. Sie ist total verheult. »Das ist einfach zu viel! Ich habe keine Lust mehr, so zu tun, als ob alles in Ordnung wäre. Mein Vater weiß jetzt eh, dass ich von Flauschi weiß.« Zerknirschter Blick zu mir.

»Na, und bei dir ist es ja auch nicht besser gelaufen ...« Ich schniefe: »Lenni schafft es sogar, auf Krücken vor mir zu flüchten! Und Gregor hat eine schreckliche Oma.«

Arm in Arm stehen wir heulend neben der Landstraße. Ich lege meinen Kopf auf Klaras Schultern und sie vergräbt ihr Gesicht in meinen zerzausten Haaren. Passend zu unserer Stimmung fängt es nun auch noch an zu schütten. Es regnet, als wollten mit uns nun auch die Wolken ihren ganzen Frust und den ganzen Kummer loswerden.

»Ich habe jetzt keine Lust, nach Hause zu fahren. Und erreicht werden möchte ich jetzt auch nicht.« Sie zieht ihr Handy aus der Tasche und schaltet es aus. »Aber ich weiß, wo wir jetzt hinfahren! Wo wir auf jeden Fall unsere Ruhe haben.«

Ohne nachzufragen, steige ich hinter Klara aufs Rad und kurze Zeit drauf erreichen wir den Park mit dem Spielplatz und den Skaterrampen. Wegen des schlechten Wetters ist der Park menschenleer. Sämtliche Jogger, Skateboarder, Kinder und Spaziergänger haben ihn fluchtartig verlassen. Kurz vor einer kleinen steinernen Brücke steigt Klara ab und schlägt sich mit ihrem Rad in das feuchte Gebüsch. Das muss der Platz sein, von dem Klara erzählt hat, den Ben ihr gezeigt hat.

Denn in dem Bach unter der Brücke liegt tatsächlich ein Baumstamm. Geschützt vom Regen und dick genug, dass man bequem auf ihm sitzen kann.

Klara schnieft: »Ich habe mir das so schön vorgestellt mit Ben ... Dass Flauschi seine Mutter ist, damit hätte ich nie gerechnet.«

»Er heißt doch auch ganz anders!«, sage ich kopfschüttelnd.

Klara zuckt mit den Schultern. »Das hat nichts zu sagen. Wahrscheinlich heißt sein Vater Eggert.« Da hat Klara natürlich mal wieder recht. Ich finde das trotzdem unglaublich, es ist, als hätte sich das Universum gegen uns verschworen.

»Allerdings hätte ich ebenso wenig erwartet, dass die garstige alte Frau Gregors Oma ist«, schiebt Klara hinterher.

Bekümmert nickend lege ich den Arm um meine Freundin und fange noch einmal mit dem Lenni-Thema an. »Ich verstehe nicht, dass Lenni und ich bis vor acht Tagen noch ein Paar waren, und jetzt können wir nicht einmal mehr normal miteinander umgehen.« Klaras und mein Kummer geht im Rauschen des Baches unter. Der Himmel über uns ist grau und wolkenverhangen, es donnert und blitzt.

Klara und ich sitzen eng umschlungen da, halten uns gegenseitig warm und starren auf das Wasser, das um uns herumfließt. Doch selbst, als es wieder ruhiger wird und die Sonne zwischen den Blättern der großen Weide hindurchscheint und ihre warmen Strahlen über uns ausbreitet, sitzen Klara und ich noch immer tieftraurig und ohne ein Wort zu sagen auf dem Stamm.

Da hören wir jemanden rufen. »Klara! Klaaaaara!«

»Das klingt wie Ben.«

»Auweia! Und du siehst ein bisschen aus wie Abigail!«,

sage ich und versuche hektisch, mit meinem Ärmel ihre Tränen wegzuwischen.

Das Rufen wird lauter. Im Gebüsch raschelt es. »Klara!« Plötzlich taucht Ben vor uns auf – triefnass von Kopf bis Fuß und mit seinem schrabbeligen Skateboard in der Hand. Die dunklen Haare kleben klitschnass an seiner Stirn und seine Jeans ist nass und übersät mit schlammbraunen Sprenkeln. Er sieht abgekämpft aus. Aber auch erleichtert. »Ich habe dich überall gesucht! Und dann ist mir die Brücke eingefallen.«

Gerührt sehe ich Ben an. Den coolen Ben. Der nie mit irgendwem ein Wort gesprochen hat. Fast bittend reicht er Klara seine Hand. Und fast bittend sehe ich meine Freundin an und hoffe einfach auf ein Happy End. Eines zumindest.

Klara lächelt. Und streckt Ben gleich beide Hände entgegen. »Das mit unseren Eltern hat nichts mit uns zu tun«, sagt Ben.

»Nein«, wiederholt Klara. »Das hat nichts mit uns zu tun.«

Mir wird ganz warm ums Herz.

Plötzlich wendet sich Ben mir zu. »Ach, und dir soll ich sagen: Lenni wäre auch gerne mitgekommen, um euch zu suchen. Aber er ist ja gerade nicht so gut zu Fuß. Ich soll dir ausrichten, dass er sich nachher bei dir melden wird.« Ben grinst mich breit an.

Mein warmes Herz macht einen Hüpfer. »Lenni will sich melden? Hat er gesagt? Wann?« Aber leider hat Ben keine Ahnung, wann oder wie sich Lenni melden wird. Ich muss dringend nach Hause! Und weil ich eh das Gefühl habe, dass Klara und Ben jetzt noch ganz viel miteinander besprechen und dabei definitiv alleine sein wollen, mache ich mich auf den Weg nach Hause – mein Handy halte ich dabei fest umklammert. Hoffentlich möchte Lenni mir nicht nur sagen, dass ich ihn endlich in Ruhe lassen soll.

Ich bin so in meine Gedanken vertieft, dass mir gar nicht auffällt, dass Gunnis und Mystiques knallbunter VW-Bus in unserer Einfahrt parkt. Dementsprechend überrascht bin ich, als ich die beiden in unserem Garten sehe und sie zusammen mit Mama und Papa unser Waldzelt aufbauen. Die Männer werkeln vor sich hin, die Frauen bequatschen mal wieder ihr Lieblingsthema.

»Ich verstehe auch nicht, wie er so werden konnte. Du kannst mir glauben, Abatha: Ich frage mich jeden Tag, was ich falsch gemacht habe.« Sie sprechen über das »Problemkind« Salem. Ich muss grinsen.

Statt einer Begrüßung rufe ich: »Wollt ihr jetzt im Garten zelten, weil's im Wald verboten ist?«

Mama strahlt mich an. »Da bist du ja! Nein, für mich ist das mit dem Zelten durch.«

»Wollt ihr dann jetzt bei uns im Garten wohnen?«, frage ich deshalb Mystique, die schallend loslacht und abwinkt. »Nein, wir haben doch unseren Bulli!«

Mama kommt auf mich zu, ihre bunten Gewänder wallen im Wind. »Deine Lehrerin hat vorhin angerufen. Frau Steinbrück?« Ich ziehe die Stirn kraus.

»Und was wollte sie?«, frage ich zerknirscht, obwohl ich es schon weiß: Sie hat garantiert wegen der Aktion neulich im Parkhaus angerufen.

»Ach, sie meinte irgendwas wegen skateboarden vor ihrem Auto. Habe ich nicht ganz verstanden. Und dass sie uns gestern nicht erreicht hat. Aber dann habe ich ihr vorgeschlagen, dass eure französischen Austauschmädels bei uns im Garten schlafen können. Zwölf Mädchen bringen wir hier locker unter. Papa kocht dann jeden Tag für alle. Wir haben schon ein paar typisch französische Rezepte rausgesucht: Löwenzahnsalat mit Ziegenkäsetalern. Das wird bestimmt richtig nett. Deine Lehrerin klang auf jeden Fall ziemlich zufrieden, weil dann kein Mädchen bei einem Jungen schlafen muss.«

Ich strahle Mama an. »Wirklich? Oh, super!« Die Französinnen hätte ich bei dem Trubel ja fast vergessen. Mir fällt ein Stein vom Herzen. Löwenzahnsalat hin oder her, das sind gute Nachrichten!

Da schaut Mama über meine Schulter in Richtung Straße. »Ich glaube, da ist jemand für dich.«

Überrascht drehe ich mich um. »Lenni!«

Schüchtern lächelt er mich an und hält sich dabei an unserem wackeligen Holzzaun fest. »Hi!«

Schlagartig habe ich das Gefühl, bei mir würde das Herz nicht mehr in der Brust, sondern im Hals sitzen. Aber noch ehe ich auch nur einen Schritt in seine Richtung gesetzt habe, steht meine Mutter schon bei ihm. »Na endlich lerne ich dich mal kennen«, plappert sie los, während sie das Gartentor öffnet. »Ich muss mir die Geschichten über dich ja schon seit diesen Wasserbomben anhören.«

»Mama!«, versuche ich, ihren Redeschwall zu unterbrechen. Aber meine Mutter lässt sich nicht unterbrechen. »Damals kam Cosi von der Schule nach Hause und hat mir alles haarklein erzählt. Ich glaube, der Lenni ist verliebt in mich, hat sie gesagt.« Sie lacht ganz verzückt und legt Lenni die Hand auf die Schultern. (Hab ich es nicht geahnt! Noch vor dem ersten »Hallo!« drückt sie ihm diese Geschichte rein.)

»Maamaaa, jetzt ist gut!« Dabei dränge ich sie beiseite und bitte Lenni herein. Mama, ihre Freundin, Gunni und mein Vater machen lange Hälse, bis wir im Haus verschwinden, wo Lenni entsetzt vor den erdfarbenen Bildern meiner Mutter stehen bleibt.

»Sind die von dir früher?«, fragt er vorsichtig.

»Nein, die sind von meiner Mutter – heute.« Dabei verziehe ich mein Gesicht. Lenni muss schmunzeln. »Schaffst du es die Treppen hoch?«

»Ich versuch's ... wenn ich keins von den Bildern angucke, vielleicht.« Wir schauen uns kurz lachend an und ich überlege, ob ich ihm hochhelfen soll (anfassen schafft Nähe!), aber dann traue ich mich nicht.

Als wir endlich oben ankommen, sieht Lenni sich neugierig um. Er hat schließlich mein Zimmer noch nie gesehen. Ich setze mich vorsichtig in den alten Schaukelstuhl meiner Oma und warte darauf, dass Lenni etwas sagt.

»Gemütlich!«, meint er und sein staunender Blick wandert über meinen Uralt-Computer. Wahrscheinlich fühlt er sich wie in einem Technikmuseum.

Ich schaue ihn abwartend an. Ungewohnt unsicher druckst er herum: »Ähm ... Geht es dir gut?«

»Es ging mir schon besser!«, antworte ich ehrlich. Sofort habe ich die Bilder vom Wald, vom Skateboarden, von Flauschi und Gregors Oma im Kopf. Und Lenni.

Lenni setzt sich auf meinen Schreibtischstuhl und dreht sich in meine Richtung. »Ich habe noch mal nachgedacht.« Kurze Pause. »Über unsere Trennung.«

Ich ziehe meine Füße hoch und lehne meinen Kopf auf die Knie. »Und?«, frage ich, wobei ich mich bemühe, nicht so aufgeregt zu klingen. Dabei schlägt mein Herz so heftig, dass ich schon befürchte, Lenni könnte es hören.

»Na ja, ich habe in der vergangenen Woche einfach gemerkt, dass ich dich noch sehr lieb habe ... Auch wenn du dich manchmal merkwürdig benimmst. Aber da kannst du bestimmt nichts für ...« Wahrscheinlich fallen ihm gerade die Bilder im Flur und die Gestalten in unserem Garten ein, die Sache mit der Mülltonne, mit meiner Aktion im Französischunterricht und der Skateboard-Unfall natürlich. Lenni fährt fort: »Und deshalb habe ich ...« Er räuspert sich. »Deshalb habe ich im Internet nachgelesen, wie man seine Exfreundin zurückbekommt. Weißt du, da gibt es so einen Wochenplan von Nickelback.« Lenni lacht kurz auf. »Kennst du ja. So ein bekannter YouTuber.«

Ich halte die Luft an.

»Und da war der erste Tipp, dass ich unsere Freundschaft beenden soll. Das war an dem Tag, als du auf einmal am Skaterpark aufgetaucht bist. Deswegen ... es tut mir leid, dass ich einfach weggeskatet bin.« Er schaut mich süß und zerknirscht unter seinen dunklen Haaren hindurch an. »Und der zweite Tipp war, dass ich dir aus dem Weg gehen soll. Der war für heute.« Dann schweigt Lenni.

Ich beiße mir auf die Unterlippe. Fast muss ich lachen. Gerade hole ich Luft, um Lenni zu beichten, dass ich auch so einen Ex-zurück-Plan verfolgt habe, da sagt er: »Aber weißt du: Das ist ja totaler Schwachsinn!«

Okay, ich behalte alles für mich. Stattdessen sehe ich Lenni aufmerksam an. Meinen Lenni. Wie er jetzt unsicher vor mir sitzt, seine Hände knetet und sich durch seine wuscheligen Haare fährt und mich dabei mit seinen unglaublich schönen dunklen Augen anschaut. Bin ich verliebt! Am liebsten würde ich ihm sofort um den Hals fallen. Aber ich warte ab, was er mir sonst noch zu sagen hat.

»Na ja ... auf jeden Fall ... ähm ... habe ich mich deshalb gestern und heute ziemlich blöd verhalten. Das tut mir leid. Manchmal nehmen wir diesen Internet-Kram wohl zu ernst.«

Ich muss lächeln. Jetzt ist mir alles klar.

Lenni lächelt zurück. Dabei bilden sich wieder diese unglaublich niedlichen Grübchen auf seinen Wangen.

Er fragt: »Erdbeereis?«

Ich nicke. »Ein Erdbeer-Pärchenbecher. Wie früher.«

Nun grinst er über das ganze Gesicht, dann reicht er mir seine Hand und zieht mich zu sich rüber.

9

Zwei Wochen später

Mein persönlicher Countdown:
Beziehung mit Lenni: IIII Tage (+ 4 Monate)
Abfahrt Austauschschüler: I Tag
Laubirds In-einer-Woche-den-Ex-zurück-Plan
erfüllt: 100%ig!!!

Hallihallöle, meine Lieben! Auf besonderen Wunsch von zwei meiner treuesten Fans widme ich mich heute mal einem ganz speziellen Thema, und das lautet: Wie verkuppele ich meinen besten Freund?

Denn das kennt wahrscheinlich jedes Mädchen: Der beste Freund ist einfach supernett, hat aber noch immer keine Freundin. Da macht man sich als beste Freundin natürlich so seine Gedanken. Aber ich sag euch gleich: Da könnt ihr nichts machen – das muss euer Kumpel schon alleine hinkriegen. Trotzdem habe ich dazu mal eine kleine Umfrage gestartet und meine weiblichen Fans gefragt, was sie an einem Typen süß finden. Vielleicht hilft das ja eurem besten Freund ein bisschen weiter, da sind nämlich ein paar erstaunliche Sachen rausgekommen.

Also: Mädels stehen drauf, wenn Typen ihnen die Haare hinters Ohr klemmen. Sie lieben es, wenn sie von hinten umarmt werden. Der Typ soll sie beschützen. Und – das finde ich total süß – er soll sie »Prinzessin« nennen.

Ansonsten: Sorgt dafür, dass euer Kumpel cool aussieht, einen gepflegten Eindruck macht, gut riecht und nette Freunde hat. Aber das hat er ja, wenn ihr ihn verkuppeln wollt. (Zwinker!) Also sollte seinem Glück eigentlich nichts im Wege stehen. Dann viel Glück! Tschüüü! Und Daumen hoch – ihr kennt das ja!

»Ich finde, wir haben alles richtig gemacht«, stellt Klara zufrieden fest, während sie Gregor von oben bis unten mustert.

»Das finde ich auch! Du siehst wirklich très joli aus!«, sage ich und lasse mich neben Klara aufs Bett fallen.

Während meine Mutter ihm noch ein paar Haare von der Schulter pustet, schaut Gregor verlegen an sich runter. »Findet ihr?« Dabei merkt er es garantiert selbst, denn er strahlt gerade heller als jeder Bauscheinwerfer. Zwar sind ihm der Hoodie, den Ben ihm geschenkt hat, und Lennis verwaschene Jeans ein kleines bisschen zu groß. Trotzdem sieht Gregor supercool aus. Er ist kaum wiederzuerkennen. Vor allem, nachdem Mama ihm jetzt auch noch die Haare geschnitten hat. Übrigens obwohl wir gerade im zunehmenden Mond der Fische sind! (Deshalb hatte sie sich nämlich auch erst geweigert. »Da wachsen die Haare doch so schnell nach, da lohnt sich die Mühe gar nicht, sie zu schneiden.«) Aber als Mama Gregor mit seinen selbst geschnittenen Zotteln gesehen hat, hat sie dann doch eine Ausnahme gemacht und sofort ihre alte Friseurschere rausgekramt. Jetzt fallen ihm seine blonden Haare ziemlich lässig ins Gesicht.

Außerdem riecht er gut. Klara hat Gregor nämlich das neue Parfum von ihrem Vater geschenkt. »Das ist schon okay«, meint sie. Seit der Flauschi-Geschichte ist ihr Vater ausgesprochen großzügig. Sogar ihre pinken Martens hat Klara nun endlich bekommen. Als Abschiedsgeschenk. Weil Klaras Vater die Mutter zu einer Reise nach Paris eingeladen hat. In die Stadt der Liebe. Um ihre Ehe zu retten.

Seitdem trägt Klara ihre Martens jeden Tag – trotz der sommerlichen Temperaturen, die wir nun endlich haben. Auch heute hat sie sie wieder an – am Tag der großen Abschiedsparty für unsere französische Austauschklasse. Das bedeutet: Heute ist die allerletzte Chance für Gregor, sich seine Lise zu angeln! Er hat sich nämlich in so ein nettes Hippie-Mädchen verguckt, das Papas geschmacklose Brotaufstriche genauso lecker findet wie er. Schon deshalb passen Lise und er perfekt zusammen, finde ich …

»Danke schön, Cosi! Danke schön, Klara! Danke schön, Abatha!«, bedankt sich Gregor gerade zum hundertsiebenundzwanzigsten Mal. Meine Mutter schaut ihn ganz gerührt an. Gleich fragt sie ihn bestimmt, ob sie ihn vielleicht adoptieren darf. Ein Junge, der ihr Essen mag und obendrein so dankbar ist, wenn sie ihm die Haare schneidet, gefällt meiner Mutter ganz offensichtlich.

»Pas de problème!«, flötet Klara und ist gerade dabei, sich aus meinem Bett zu hieven, da schallt plötzlich ein lautes Hämmern durch mein geöffnetes Fenster. Alle zucken erschrocken zusammen.

Klara stürzt als Erste ans Fenster, um runter in den Garten zu gucken. Ich brauche gar nicht nachzuschauen, was das ist, denn ich ahne es schon: Gunni und Papa hauen gleichzeitig auf ihre Schamanentrommeln.

»Och nö!«, rufe ich.

»Wie schön!«, ruft Mama.

Doch dann mischt sich ein schneller Beat unter das monotone Getrommel. »Ich glaube, die Party geht los. On y va, mes amis!«, ruft Klara und springt fröhlich die Treppen nach unten, dicht gefolgt von Gregor, meiner Mutter und mir. Ich muss grinsen. Einfach nur, weil alles so schön ist.

Draußen ist die Luft noch warm und in unserem Garten leuchten überall Laternen und Lampions. Mystique kommt uns mit einem Tablett entgegen, auf dem sich unzählige kleine pappefarbene Macarons stapeln. »Wollt ihr mal die leckeren Buchweizen-Macarons probieren, die ich gebacken habe? Ohne Zucker. Nur mit Ahornsirup.« Gregor greift sofort zu, Klara und ich hingegen sehen zu, dass wir wegkommen.

Da entdecke ich Lenni, der versucht, Papa und Gunni einen etwas cooleren Rhythmus beizubringen. Die beiden Männer geben sich wirklich Mühe, trotzdem klingt es bei ihnen natürlich nicht ansatzweise so toll wie bei meinem Freund. Als Lenni merkt, dass ich ihn beobachte, schüttelt er sich lachend seine dunklen Haare aus dem Gesicht und zwinkert mir zu. Davon wird mir schon wieder ganz warm im Herzen, im Bauch und in den Beinen.

Ich sehe mich nach Klara um. Die hat sich zu Ben gestellt, der auf einem Tisch sitzt und im Takt der Musik mit dem Kopf wippt. Dann dreht er Klara vor sich, nimmt sie von hinten in die Arme und streicht ihr ganz zärtlich eine Haarsträhne aus dem Gesicht. Obwohl er Laubirds neuestes Video garantiert nicht kennt, macht Ben mal wieder alles richtig. Jetzt flüstert er Klara etwas ins Ohr. Wahrscheinlich nennt er sie gerade »Meine Prinzessin«. Klara sieht zumindest total glücklich aus.

Nur Gregor steht noch ein bisschen verloren (und einsam) neben dem Buffet, das meine Eltern aufgebaut haben. Dabei schiebt er sich ein Stück Quinoa-Quiche nach dem anderen in den Mund. Doch dann gesellt sich Lise, seine Traum-Französin mit den dichten braunen Kringellocken und den weiten bunten Schlaghosen, zu ihm. »Salut, Gregor! Danse avec moi!«

Schüchtern lächelt Gregor Lise an, die sich lachend eine Haarsträhne aus dem Gesicht pustet, Gregors Hand schnappt und ihn einfach in Richtung Tanzfläche zieht. Ich muss grinsen. Aber nur kurz. Denn dann entdecke ich Lilly und ihre Gang. Sie sitzen neben Frau Steinbrück und granteln mit unserer Französischlehrerin um die Wette – so als hätte man sie dazu verdammt, sämtliche Papp-Macarons von Mystique alleine aufzufuttern.

Es ist also alles perfekt. Diesmal wirklich. Zufrieden schließe ich die Augen, um diesen Moment für alle Zeiten abzuspeichern. Da nimmt jemand meine Hand. Als ich mich umdrehe, sehe ich in Lennis strahlendes Gesicht.

Aus dem Lautsprecher tönt Cro. Lauter als Papas Schamanentrommeln. Und er singt, dass die Zeit jetzt perfekt ist. Und damit hat er recht. Perfekter geht es nicht.

Ich glaube, ich muss dringend meinen Status ändern.